CRASH

NICOLE WILLIAMS

CRASH

QUANDO A PAIXÃO EXPLODE

Tradução
Débora Isidoro

essência

Título original: *Crash*

Preparação: Meggie Monauar
Revisão: Mariane Genaro e Alice Camargo
Diagramação: Futura
Capa: Departamento de criação da Editora Planeta
Imagens de miolo: Kjpargeter/Shutterstock
NatBasil/Shutterstock
Imagem de capa: Rekha Garton / Arcangel

CIP-BRASIL. CATALOGAÇÃO NA PUBLICAÇÃO
SINDICATO NACIONAL DOS EDITORES DE LIVROS, RJ

W689c
Williams, Nicole
Crash: quando a paixão explode / Nicole Williams; tradução Débora Isidoro. – 1. ed. – São Paulo : Planeta, 2017.
Tradução de: Crash

ISBN: 978-85-422-1050-7
1. Romance feminino. 2. Ficção americana. I. Isidoro, Débora. II. Título.

17-41603 CDD 813
CDU 821.111(73)-3

2017
Todos os direitos desta edição reservados à
EDITORA PLANETA DO BRASIL LTDA.
Rua Padre João Manuel, 100 – 21º andar
Ed. Horsa II – Cerqueira César
01411-000 – São Paulo-SP
www.planetadelivros.com.br
atendimento@editoraplaneta.com.br

Para as garotas legais e fabulosas da FP. Não há um só dia em que eu não me sinta grata por ter todas e cada uma. Vocês me inspiram a ser uma escritora melhor, além de uma pessoa melhor. Vocês me incentivam, me deixam extravasar e não têm medo de me mandar encarar as dificuldades. Escrever até não haver mais nada para ser dito. E depois escrever mais. Canhões de amor e glitter para todas vocês!

Eu tinha certeza de que mais de um minuto havia passado, mas não era difícil que tivesse perdido a noção do tempo. Abri os olhos. Os dele eram cinzentos, o tom mais claro que já tinha visto.

— Pode me beijar, Jude.

Eu esperava qualquer coisa, menos uma testa franzida e um olhar sombrio.

— Eu sei que posso — ele respondeu com a voz tensa. — Só não sei se devo.

A dor que brotava no meu peito começou a se espalhar. Só existia um jeito de aliviá-la.

— Você *deve* me beijar, Jude.

O olhar dele escureceu mais um pouco, mas não se desviou do meu.

— Não devia — ele falou, tocando minha nuca e deixando um dedo escorregar por baixo da gola da minha regata. — Mas, neste momento, nem ligo.

UM

O verão me deixa boba. Por isso eu me sentia feliz por ele estar quase acabando.

Todos os anos desde a puberdade, desde a metade de junho até o começo de setembro, eu tinha certeza de que ia encontrar o Príncipe Encantado do mundo moderno. Podiam me chamar de antiquada, de romântica incurável e até de idiota, mas, qualquer que fosse o nome, sabia qual era o significado: eu era, realmente, uma boba. Até hoje, nunca encontrei ninguém que pudesse chegar aos pés do Príncipe Encantado. Até aí, nenhuma surpresa, porque descobria a cada dia que os homens eram meio que um pé no saco. Mas, no final deste verão, enquanto eu caprichava no bronzeado na praia do Lago Sapphire algumas semanas antes de começar o último ano na escola nova, conheci um Príncipe Gostoso.

Ele chegou com vários amigos e ficou jogando bola com eles. Enquanto eu olhava, me dei conta de que espécimes como esse confirmavam que existia algum tipo de regra divina no universo, porque nenhum processo de seleção natural está à altura da tarefa de criar uma *coisa* como ele. Isso só podia ser obra de um deus.

Ele era alto, tinha ombros largos, olhos acinzentados e cílios pretos capazes de acabar com as melhores intenções de qualquer garota. Resumindo, em termos nada bobos, ele era exatamente o meu tipo. E de todas as outras mulheres do hemisfério norte.

Minha raspadinha azul de framboesa perdeu a graça diante daquilo. Eu não sabia o nome dele, não sabia se tinha uma namorada – e não sabia se queria uma –, mas eu sabia que estava encrencada. Só quando o jogo acabou e ele olhou para mim, pude ter uma ideia do tamanho da encrenca.

O olhar, mais demorado que qualquer outro que já havia trocado com um desconhecido, transmitiu naquela breve conexão algo que penetrou em mim, abriu caminho para aquele estranho. Eu já havia sentido a mesma coisa algumas vezes na vida, durante um contato visual com um desconhecido qualquer que me olhava de passagem e implorava para que eu o percebesse e retribuísse.

Até hoje nunca retribuí, e a última vez que deixei um momento como esse passar aconteceu em um restaurante aonde tinha ido com minha família. O cara deixou uma pizza em cima da mesa, disse "bom apetite" e, quando estava se afastando, piscou para mim. Meu coração disparou, minha cabeça ficou confusa e senti uma dor por dentro quando ele se virou e saiu, como se tivéssemos ficado presos um ao outro por uma corda. Havia deixado passar quatro dessas possibilidades sem explorar nenhuma delas, mas prometi a mim mesma – por tudo que havia de mais sagrado – que não deixaria um quinto garoto ir embora do mesmo jeito.

Eu nunca tinha certeza se a pessoa que me olhava estava sentindo a mesma coisa e na mesma intensidade que eu. Então, quando o Príncipe Gostoso virou e correu atrás de alguém na praia, eu soube que corria o risco de ser confundida com uma dessas garotas que se especializam em ir atrás de homens bonitos que estão cuidando da própria vida. Não dei importância, afinal, a vida é curta, e eu tinha dedicado boa parte da minha acreditando na ideia de aproveitar cada momento.

Então ele parou de novo, como se meu olhar o tivesse congelado. Mas, dessa vez, não foi só um contato visual: em uma encarada de uns cinco segundos, os olhos dele demonstraram a mesma perplexidade que eu sentia. E quando a sua boca começava a esboçar um sorriso, a bola o acertou em cheio no rosto. Foi como naquelas cenas de filme: um garoto completamente desligado encarando uma menina recebe a carimbada de uma bola de futebol na testa.

— Para com isso, Jude! — gritou o garoto que havia jogado a bola. — Ela é demais *até* para você. E está segurando um livro, o que significa que sabe ler. Ou seja, também é inteligente o bastante para evitar caras como você.

Pus os óculos escuros quando meu príncipe correu atrás da miniatura de provocador e voltei minha atenção para meu livro.

Eu tinha visto além da atração nos olhos dele. Era só uma questão de quanto tempo: ia fingir que não ligava até ele se aproximar de mim. Eu tinha o dia todo para isso.

Foi assim que alimentei minha confiança enquanto ele jogava o outro menino sobre um dos ombros e corria para o outro lado; e então o atirou na água, afundando várias vezes sua cabeça, até o garoto gritar de tanto rir. Fiquei tranquila de novo quando eles saíram da água e voltaram a se juntar ao grupo que jogava futebol.

Tentei me distrair com o livro, mas, quando percebi que lia o mesmo parágrafo pela sexta vez, desisti. Ele ainda não havia olhado de novo para mim – era como se, de repente, eu tivesse ficado invisível.

Depois de mais uma hora sem acontecer nada, decidi assumir o comando. Se ele não se aproximava e eu não me sentia preparada para tomar a iniciativa, precisava dar um jeito de atraí-lo. Os meninos eram criaturas muito simples de decifrar, pelo menos no nível primitivo. Já nos níveis da mente, do coração e da alma, eram tão complicados como termodinâmica. E como "primitivo" era só um modo carinhoso de descrever hormônios descontrolados, decidi usar a meu favor a superabundância deles nos adolescentes.

Peguei a garrafa de água da minha bolsa de praia e, lentamente, como quem não quer nada, fiquei em pé. Sem parecer ridícula, é claro. Ele não olhou para mim enquanto arrumei o biquíni, mas alguns homens olharam. Bom sinal, eu estava fazendo a coisa certa; mau sinal, ele não notava, mas toda a encenação acontecia para ele.

Soltei o cabelo, que caiu sobre minhas costas, e balancei a cabeça só para garantir. Quase resmunguei um palavrão quando arrisquei mais uma olhada. Nada. O que uma garota não faz para chamar a atenção de um cara hoje em dia, não é mesmo?

Andei até a mesa de piquenique, onde o novo membro da nossa família, um filhote quase sem pelos, estava ofegante e parecia sorrir. Ele era tão novo ainda que nem tínhamos lhe dado um nome.

— Bom menino — falei ao ajoelhar-me ao lado dele. O filhote aproveitava a sombra da mesa. — Como vocês são do mesmo gênero, embora eu considere sua espécie mais interessante em muitos aspectos, tem alguma sugestão do que posso fazer para ter aquele garoto? — Despejei mais água na vasilha do cachorrinho enquanto dava uma espiada em Jude, que arremessava a bola. O cara era o melhor jogador de futebol de areia que eu já tinha visto.

Meu pequeno amigo lambeu meu braço algumas vezes, antes de colar o focinho úmido na minha perna. Talvez fosse coisa da minha cabeça, mas o filhote olhou para o Jude e foi como se realmente sorrisse, então, não contive o riso.

— Tá bom, tá bom. Eu sei que as mulheres estão dominando o mundo, mas eu ainda sou antiga para algumas coisas — falei enquanto fazia carinho atrás de suas orelhas. — Acredito que deva ser o homem a tomar a iniciativa com uma garota. E se você me denunciar para o movimento feminista, hoje à noite vai ficar sem carne.

Afaguei sua cabeça quando ele latiu prometendo silêncio. Depois voltei para minha toalha, espiando Jude discretamente quando ele jogou a bola para outro garotinho. Se ficar em pé, se alongar e ajeitar o biquíni não funcionava, e faltava só uma hora para o jantar, eu teria que tomar medidas drásticas – mais desesperadas, digamos. Eu era teimosa e boba, mas como havia esperado todo esse tempo até ele aparecer, não ia desistir agora. Desistir não combinava comigo.

Deitei sobre a toalha de barriga para baixo, levando os braços às costas para soltar a cordinha do biquíni. Eu tinha dezessete anos, sete deles com peitos que exigiam um sutiã, ou seja: já sabia que desamarrar aquela tirinha significava noventa e cinco por cento de chance de atrair qualquer homem num raio de cinco toalhas de praia. Jude podia estar no limite da sexta toalha, mas isso era tudo o que me restava. Era minha última cartada.

Fiz um travesseiro com meu vestido e fingi que minha única preocupação era diminuir o tamanho das marcas do biquíni, mas olhei ao redor e constatei que todos os homens no bendito raio de cinco toalhas estavam olhando. Menos *ele*.

Ouvi até alguns assobios dos jogadores de futebol, que fingi ignorar, mas Jude não se manifestava. Uma das minhas amigas do antigo colégio uma vez falou que, se algum dia um cara não reagisse a esse último esforço, seria hora de recorrer ao Vaticano. Depois disso, só um milagre.

Hora então de ligar para Roma, porque o único garoto que eu queria que me notasse era o único que não me notava.

Decidi esperar mais cinco minutos, depois engoliria o orgulho e tomaria a iniciativa. Eu sabia que, se tivesse que ir atrás dele, provavelmente seria rejeitada, mas não deixaria mais uma chance como essa passar em branco. *Carpe diem, baby*.

Senti alguma coisa passar por cima de mim e vi um movimento pelo canto do olho, mas não dei muita importância, até que o corpo que eu desejava agarrou o objeto voador um segundo antes de ele cair. Ou de cair em cima de mim, pelo menos.

Jude não caiu em cima de mim com todo o peso do corpo, o que me fez pensar que o tombo era intencional, mas ainda assim consegui soltar um gritinho. Amarrei o biquíni enquanto ele tentava se levantar.

— Meu nome é Jude Ryder, já que está salivando como um cachorro raivoso para saber, e eu não namoro, não me envolvo em relacionamentos, não mando flores e não telefono. Se não fizer questão de nada disso, talvez a gente possa pensar em alguma coisa especial.

Então era esse o momento mágico pelo qual eu havia esperado durante a maior parte de uma linda tarde de verão? Que desperdício. Não havia nada além daquele olhar penetrante, nada além de um... um... lance oportunista de verão. Sim, era isso. Aff... Eu ia acabar virando freira se meu radar para homens não começasse a localizar garotos que não fossem só um pênis ambulante.

— E eu diria meu nome, se quisesse alguma coisa com você além de mandar sair de cima de mim. — Virei assim que tive certeza de que a parte da frente do meu corpo estava coberta. Mas, não sei se pelo movimento ou pela decepção do momento, a perna dele enroscou no meu quadril. Legal, agora o cara estava montado em cima de mim, e, apesar da raiva, senti meu coração bater como nunca havia batido.

Ele sorriu para mim. Bom, na verdade, era mais uma careta. Uma risadinha cheia de atitude e vaidade. E meio sexy também. Poderia ser completamente sexy, se eu já não estivesse decidida a não cair na armadilha do garoto.

— Estava tentando calcular quanto tempo levaria para colocar você na horizontal — ele disse, e seus olhos desceram até o meu umbigo. — Mesmo não tendo o estilo missionário que deve ser seu tipo.

O que restava da minha ideia de cavalheirismo e amor à primeira vista acabava de ser destroçado. Nunca reconheci verbalmente que era uma romântica. Esse era um dos muitos segredos que guardava só para mim, mas era um ideal especial, e um único garoto havia acabado de destruir o que restava dele.

Empurrar seu peito era como tentar mover um tanque de guerra. Tirei os óculos de sol para que ele visse meu olhar fulminante.

— Será que é porque precisa de uma mulher de verdade, em vez do seu tipinho imaginário ou inflável, para transar com você?

Ele riu, como se eu tivesse falado alguma coisa fofa.

— Não, o estoque de garotas não é um problema. Mas, se são elas que vêm atrás de mim, por que eu tenho que fazer todo o trabalho sozinho?

O gosto horrível na minha boca podia ser ânsia de vômito.

— Você é nojento — falei, e o empurrei de novo. Agora com mais força, batendo as mãos em seu peito, mas era como se ele sentisse apenas o sopro do vento.

— Nunca disse que não era — ele respondeu, e levantou as mãos num gesto de rendição quando o ataquei novamente. — Mas sabia que você não ia parar de me secar enquanto não soubesse da verdade, nua e crua. Portanto, não esquece que eu avisei. Posso não ser o tipo de cara que lê livros didáticos na praia — ele acrescentou olhando para o meu livro aberto —, mas sou inteligente o bastante para saber que meninas como você devem ficar longe de caras como eu. Portanto, fica longe.

Agora o meu olhar era oficialmente fulminante.

— Não vai ser difícil, assim que você me soltar — respondi, querendo que ele se afastasse. E ele se afastou, mas ainda exibia aquele sorrisinho de lado. Eu odiava esse tipo de sorriso. — E saiba que está invadindo propriedade particular. — Agarrei a ponta da toalha para mostrar a que me referia, e no mesmo instante os latidos começaram atrás de mim. Sabia que aquele cachorro era minha alma gêmea. — E cuidado com o cão. — Mostrei os dentes quando Jude se sentou ao meu lado, ainda com uma perna em cima de mim. — Pode ir agora.

Isso o deixou sério.

— Quê? — Sua testa franziu, fazendo sua touca cinza cair um pouco em cima dos olhos.

E que tipo de pessoa usava uma touca grossa na praia em um dia quente como aquele? Os perturbados, claro. O tipo do qual eu precisava ficar longe.

— Sai daqui — eu disse, e acenei mandando-o embora. — Não vou perder meus últimos e preciosos minutos de uma tarde perfeita de verão com você. Obrigada pela distração para os olhos, mas já deu para ver que é só isso. Aliás, sua bunda nem é tão impressionante de perto.

Não tive tempo para me arrepender da besteira que tinha falado, porque ele ficou boquiaberto por um segundo, e essa era exatamente a reação que eu queria provocar.

— Vocês, garotas, falam uma língua que eu nunca vou entender, mas está dizendo o que acho que está dizendo?

— Se entendeu que é para levantar e sair da frente do meu sol e da minha vida a partir de agora e para sempre, sim, estamos na mesma frequência — respondi, escorregando sobre a toalha para pôr a cara no sol, tentando fingir que a cara dele não era a imagem dos meus pensamentos mais sacanas. Com exceção da cicatriz no rosto, dava para dizer que ele era perfeito.

Perfeitamente diferente do meu tipo. Precisava me lembrar disso. E me *convencer* disso também.

Ele ainda mantinha a testa franzida, como se tentasse entender o mais enigmático dos enigmas.

— Por que está com esta cara de tonto? — perguntei.

— Porque ainda não tinha encontrado uma garota que me dispensasse — ele revelou, e vi algo novo em seus olhos.

— Desculpa se sacudi seu mundo de falta de respeito pelas mulheres, mas parece que minha missão aqui está cumprida. — Sentei e enfiei o livro na bolsa.

— Que cachorro é aquele? — perguntou ele de repente. O tom grave havia desaparecido de sua voz.

Olhei para ele enquanto continuava guardando dentro da bolsa meus objetos indispensáveis para um dia na praia, tentando entender se a pergunta era séria. Até pouco antes ele estava em cima de mim, e agora passava para uma conversa casual.

— São muitas raças misturadas — comecei devagar, olhando de canto para ele, para ver se aquilo era alguma nova armadilha.

— Ah, ele é um vira-lata.

— Não — respondi, enquanto admirava o bichinho desgrenhado que mostrava os dentes para Jude. — Ele é bem miscigenado.

— Essa é a melhor tentativa que já vi de fazer uma porcaria parecer menos porcaria — ele disse, e girou a bola de futebol sobre um dedo.

— Não, é meu jeito de ver uma coisa como ela realmente é — falei, e percebi que parecia mais na defensiva do que pretendia parecer. — Aquela "porcaria", só para sua informação, foi agredida, chutada, mal-alimentada e queimada pelos antigos donos, que o deixaram num abrigo quando ele teve a ousadia de comer um sanduíche de atum que caiu da mesa. Aquela "porcaria" seria sacrificada hoje por nenhuma outra razão que não fosse o azar.

Jude olhou novamente para o filhote.

— Pegou esse cachorro hoje? — perguntou fazendo uma careta. — Com tanto cachorro no mundo, você escolheu o mais esquisito que eu já vi.

— Não podia deixar que ele fosse sacrificado porque pessoas idiotas e muito cruéis o arruinaram, podia? — Não queria pensar no que meus pais iam dizer. — Olha para ele. Foi brutalizado por humanos, e a única coisa com que se preocupa agora é me proteger. Como eu poderia deixar de salvar esse animal?

— Ele é o cachorro mais feio que eu já vi. Quase não tem pelo, e não vou chegar perto para não ficar sem as bolas, mas tenho certeza de que cheira mal. A menos que... — Ele se inclinou para mim, empurrou meu cabelo para trás e enfiou o nariz no meu pescoço. Minha reação imediata foi um arrepio. Esse garoto sabia o que estava fazendo com o mais leve toque de seus dedos sobre o trecho adequado de pele e um sopro morno na área certa do pescoço, que podiam destruir as melhores intenções de uma garota. Mas eu controlei o arrepio. Não seria uma dessas meninas que estremeciam na frente dele. Jude não precisava de mais alimento para aquele ego inflado.

— Não, aqui só sinto cheiro de doçura e inocência — ele cochichou no meu ouvido. E sorriu para mim, pois sabia exatamente o que estava fazendo e o que eu tentava *não* fazer. — É bom levar o saco de pulgas ao lava-rápido de vez em quando. — Ele riu quando o cachorro latiu novamente por vê-lo perto de mim, mas se afastou. — O que seus pais disseram quando levou o Cujo para casa?

Foi minha vez de fazer careta.

— Bom, eles ainda não sabem que a querida filha passou por cima deles e levou para a vida da família esse animal de passado questionável. Preciso pensar nisso.

Minha careta ficou ainda mais feia quando ele verbalizou o que eu tentava não pensar.

— E já que comecei, vou antecipar a reação deles. — Ele bateu com um dedo no queixo e olhou para o céu. — Eles vão falar para você mandar essa coisa embora, levar o cachorro de volta para o lugar onde o encontrou.

Bufei.

— Provavelmente — confirmei, tentando construir uma justificativa que convenceria meus pais. Pelo que conhecia do meu pai, sabia que ele aceitaria. Mas, com minha mãe, seria outra história, e meu pai havia aprendido anos atrás que a vida não era fácil quando ele não entrava com ela no mesmo barco.

— Por que fez isso? — Ele ainda olhava para o cachorrinho como se estivesse diante de um enigma. — Você não parece ser o tipo de garota que se revolta contra as ordens dos pais.

— Não sou — confirmei. — Mas passamos por uma grande mudança na nossa vida recentemente, e não consegui ignorar essa criatura.

Há três anos eu adotava e reabilitava cachorros. Cada empregado e voluntário dos abrigos da área me conhecia pelo nome e sobrenome. Essa podia ser a ação "filantrópica" de que eu mais gostava, mas não era a única em que estava envolvida. No colégio onde estudava antes, fui presidente da Sociedade Verde e supervisionei a campanha Toys for Tots por três anos seguidos. Além disso, dava aulas particulares como voluntária na escola de ensino fundamental que ficava próxima da minha casa e promovia uma liquidação trimestral de pães cuja renda era revertida para as famílias de militares da região, cujos parentes ainda serviam no exterior. Iria começar meu último ano do ensino médio em uma nova escola, e não sabia o que esperar, se é que podia esperar alguma coisa. Será que esse novo colégio tinha os grupos com os quais eu estava acostumada? E, se tivesse, será que esses grupos acolheriam uma recém-chegada ex-aluna de uma escola particular?

— Mudança de vida? Ignorar? — ele repetiu. — Confesso, fiquei curioso quando você começou a falar, mas agora estou absolutamente fascinado, porque você fala em adotar um cachorro como se isso fosse um vício. — Ele sorriu para mim, e juro que senti meu estômago flutuar. — E aí, que grande mudança de vida esses lindos olhos azuis estão vendo?

Devolvi os óculos escuros ao lugar por uma questão de princípios. Se ele estava tentando encontrar um jeito de bancar o condescendente por causa dos meus olhos, não deixaria que continuasse olhando para eles.

— Vendemos a casa onde cresci e mudamos para nossa casa no lago — comecei a explicar, tentando parecer tão despreocupada quanto podia —, e esse lugar onde moramos agora tem regras ridículas, restritivas, e os idiotas não permitem que os cães andem sem coleira. — Estava ficando nervosa só de pensar nisso, e minhas mãos se moviam depressa. — Não temos um canil, não posso deixar o cachorro dentro de casa porque meu pai é alérgico, e esse carinha aqui se transforma no diabo-da-tasmânia quando a gente tenta pôr uma coleira nele. — O cachorro ainda olhava desconfiado para Jude. — É como se ele pirasse com a ideia de ficar preso.

— Conheço a sensação — Jude respondeu, admirando o cachorro com uma expressão nova no olhar. Camaradagem?

— Já sei, já sei. — Peguei minha raspadinha derretida. — Você já disse que não se amarra a coisas como namoradas. Não precisa repetir.

Quando bebi um longo e último gole do xarope azul, Jude me olhou de um jeito muito profundo para um garoto de personalidade superficial.

— Existem outras maneiras de se amarrar a alguma coisa, não precisa ser só a uma garota. Na verdade, posso dizer que vivo amarrado a tudo, menos a uma mulher.

Muito bem, eu não esperava esse momento de vulnerabilidade de um cara que, provavelmente, achava que um primeiro encontro legal incluía uma visita ao banco de trás do carro dele.

— Não quer explicar? — Deixei o copo vazio na areia.

— Não — ele respondeu olhando para a água. — Mas obrigado por perguntar.

— Jude! — Alguém gritou da praia.

Era um homem de meia-idade, bem gordo, com uma barriga enorme. Jude acenou para ele.

— Já vou, tio Joe.

— É seu tio? — Olhei para um e para o outro e não vi nenhuma semelhança entre eles além do fato de os dois serem homens.

Jude assentiu com a cabeça.

— Tio Joe.

— E aqueles são seus primos? — Mais uma vez, dei uma olhada nos meninos de idades variadas, do jardim de infância ao ensino médio, provavelmente, e não vi nenhum traço físico que sugerisse parentesco.

Jude balançou a cabeça em mais uma resposta afirmativa e se levantou.

— São filhos de mães diferentes? — Era brincadeira, mas não totalmente.

Senti a risada dele passear pelo meu corpo.

— Talvez.

Sabia que o fim estava próximo e decidi encerrar a conversa de uma vez.

— Bom, é isso. Te conhecer foi... — Procurei a palavra certa, mas não consegui pensar em nada. — Foi uma coisa — concluí, e vi aquele sorriso aparecer de novo. — Valeu.

— Valeu... — ele respondeu, franzindo a testa como se procurasse alguma coisa em mim.

— Lucy — falei sem saber por quê. Já tinha dito meu nome um milhão de vezes e de jeitos diferentes, mas falar para ele era estranhamente íntimo.

— Lucy — ele repetiu saboreando a palavra. Depois de sorrir de canto mais uma vez, foi se juntar aos meninos que saíam da praia.

— Caramba, Lucy — falei para mim mesma, desabando sobre a toalha de praia. — Onde você está com a cabeça? Acabou de escapar de uma roubada bem grande.

Porém, enquanto falava comigo mesma com toda a convicção de que era capaz, não conseguia desviar os olhos do garoto que deixava a praia girando a bola de futebol entre os dedos.

De repente, Jude parou e virou para trás, e aquele sorriso voltou quando me pegou olhando para ele.

— E aí, Lucy? — Jude gritou enquanto colocava a bola de futebol embaixo do braço. — Até onde vai me deixar ir antes de me dar o número do seu telefone?

Meu palpite sobre Jude-é-roubada desapareceram de repente. Eu queria levantar e fazer alguma coisa, fiquei eufórica. Mas ainda tinha alguma dignidade em nome de todas as mulheres e não podia dar esse mole para ele.

— Acha que o fim do mundo ainda está muito longe? — gritei de volta desviando o olhar.

Jude balançou a cabeça e riu.

— Vai bancar a difícil, Lucy?

— Não, Jude — respondi empurrando os óculos para o alto da cabeça. — Eu sou impossível.

Mentira descarada, mas ele não precisava saber.

— Jude! — Tio Joe gritou de novo, meio irritado dessa vez. — Agora!

Jude ficou tenso, e o sorriso desapareceu.

— Já estou indo! — gritou ele antes de correr em minha direção. Ajoelhou-se ao meu lado e me encarou. — E o telefone?

— Não. — Estava tão perto de ceder que acabaria dando o número, se ele insistisse.

— Por quê?

— Porque você precisa se esforçar mais. — Minha consciência perguntou o que eu achava que estava fazendo. Esse tipo de garoto parecia totalmente errado, mas havia alguma coisa nele, algo que vi naquele instante de vulnerabilidade, que me envolveu.

Jude se aproximou mais, tanto que seu nariz quase tocou o meu, e perguntou:

— Mais quanto?

Respirei devagar, torcendo para que minha resposta não desse a impressão de que eu estava com crise de ansiedade.

— Use a cabeça, já que deixou claro que não precisa dela para estudar.

Ele esperou um pouco, talvez por pensar que eu desistiria de "me fazer de difícil". Fechei a boca e não falei mais nada.

— Eu vou pensar em alguma coisa boa — ele disse finalmente, e devolveu meus óculos ao lugar deles. — Muito boa.

— Se conseguir pensar em alguma coisa tão boa assim — respondi, feliz por estar novamente de óculos escuros, porque assim ele não podia ver a festa nas minhas pupilas —, não só te dou meu telefone como topo sair com você. — Senti aquele meu lado desinibido, que me esforçava tanto para reprimir, vindo à tona. A parte de mim sobre a qual tentava me convencer de que era má e errada, entre tantas outras coisas, mas a que, quando negava, sentia estar lutando contra minha natureza.

— Por que acha que quero sair com você? — Seu rosto era mais sério do que qualquer outro que já tinha visto em um adolescente.

Xinguei ele mentalmente, desejando falar vários palavrões, quando percebi que sua expressão continuava paralisada. Eu ia responder "nada", ou pegar minha toalha de praia e a bolsa e sair dali com o rabo entre as pernas, quando vi o sorriso praticamente distender os lábios de Jude.

— Você fica bonita quando está atormentada, sabe? — Ele riu e girou a bola mais uma vez. — É, eu quero sair com você. Normalmente não curto muito essas coisas de encontro, mas acho que posso abrir uma exceção para uma garota que resgata vira-latas. — O filhote rosnou embaixo da mesa de piquenique. — Uma garota que lê física quântica na praia.

Eu podia corrigi-lo, explicar que estava dando uma olhada em biologia, não em física quântica, e que estava estudando porque precisava muito melhorar minha média geral no próximo ano, mas duvido que ele se importasse com isso ou soubesse qual era a diferença.

— E uma garota que adota o estilo europeu, que também é meu estilo favorito de bronzeado, e faz *topless*.

O sorriso de Jude cresceu, e ele levantou o queixo.

— Engraçado... Para alguém que prefere *topless*, você parece bem comportado — respondi, deixando meus olhos passearem pela camiseta térmica de mangas longas que colava em seu peito suado ou molhado, ou as duas coisas. Aparentemente, sol forte e trinta e cinco graus de temperatura não justificavam tirar a roupa, de acordo com as normas de Jude.

Ele tentou me convencer.

— Tem uma obra de arte, uma verdadeira obra-prima escondida embaixo desta camiseta.

Enrijeceu e moveu os músculos para comprovar o que dizia. Não que eu precisasse ser convencida.

— Não posso deixar tudo isso à mostra de graça.

Se já não houvesse umas três dúzias de bandeiras vermelhas marcando os motivos pelos quais eu devia ficar longe desse sorridente e musculoso garoto que devia estar enrolado em fita amarela de isolamento, agora eram três dúzias e mais uma. E o que foi que eu fiz?

Exatamente o que sabia que *não* devia fazer.

— E qual é o preço do ingresso para visitar o Museu do Jude?

O sorriso dele desapareceu, seu olhar ficou vazio.

— Para garotas como você, que têm um futuro brilhante e vão conquistar o mundo, é caro. Muito caro — ele respondeu enterrando os dedos dos pés na areia.

Jude vulnerável de novo. Não sei se ele tinha graves oscilações de humor ou se, no fundo, era só um cara sensível batendo nas paredes para se libertar. Queria descobrir.

— Isso é você me dizendo sem querer que é para eu ficar longe?

— Não. — Ele olhou no fundo dos meus olhos. — Sou eu dizendo francamente para você ouvir sua intuição e o que está gritando dentro de você nesse momento.

— Por que acha que minha intuição está dizendo alguma coisa?

— Gritando — ele corrigiu. — Eu sei. Experiência.

Se Jude achava que sua experiência era o manual de instruções de Lucy Larson, não podia estar mais enganado.

— Vejo você por aí, então?

Ele balançou a cabeça, e o sorriso voltou.

— Vejo você por aí então.

DOIS

Depois de implorar aos Darcy, para quem eu trabalhava de babá de vez em quando na casa do outro lado do lago, para ficarem com o filhote por uma noite enquanto eu decidia o que ia fazer com ele, o sensato lado esquerdo do meu cérebro finalmente tinha se imposto ao lado direito, que não tinha limites.

Jude Ryder não era só um problema, era problema com uma pitada de perigo e dor de cabeça na sobremesa. Eu não ligava para estereótipos, mas sabia que o caminho de Jude e o meu nunca se cruzariam – a menos que um de nós se rendesse ao outro, literalmente.

E eu havia me esforçado muito e por muito tempo para deixar que meu caminho desse em nada.

Quando saí da Sunrise Drive para continuar sacolejando pela rua de terra que daria na nossa casa, que antes era a segunda, agora a primeira e única, os motivos pelos quais eu devia tirar Jude da cabeça continuavam se acumulando. Eu sabia por que não devia me envolver com ele, e tudo fazia sentido, mas havia algo dentro de mim que não dava a mínima para isso.

Alguma coisa resistia e se recusava a ouvir minha intuição. Alguma coisa queria Jude Ryder em minha vida, independentemente das consequências ou do desfecho da história.

E qualquer que fosse essa coisa, eu a queria muito.

Desliguei o motor do meu Mazda do lado de fora da garagem, que estava lotada de caixas e móveis da nossa antiga casa, que era quatro vezes maior que essa. Houve um tempo em que não nos preocupávamos com dinheiro, mas, depois que o império comercial do meu pai desmoronou, as economias se foram e coisas como segunda casa e viagem de férias para a Europa se tornaram luxos do passado. Minha mãe era arquiteta, e o que ela ganhava era suficiente para manter a família de três pessoas, mas não sobrava nada. Mesmo que ainda tivéssemos todo o dinheiro que um dia tivemos, sobreviver sem prosperar ainda seria uma boa expressão para descrever a família Larson. Fazia cinco anos que apenas cumpríamos a rotina.

Pus o vestido por cima do biquíni para não ter que ouvir um dos esperados e criativos sermões da minha mãe sobre dar o leite antes de alguém comprar a vaca, e só então subi a escada da varanda.

— Oi, pai — falei ao abrir a porta de tela. Depois de cinco anos, não o procurava mais sentado em outro lugar que não fosse a velha poltrona azul. A qualquer momento antes das sete da noite, era sempre lá que ele estava, hipnotizado pela televisão ou pelas palavras-cruzadas. Depois desse horário, transformava-se em um chef gourmet e preparava pratos da culinária italiana com tal perfeição que ninguém poderia imaginar que ele era norueguês.

— Oi, minha Lucy *in the sky*. — Essa era a resposta esperada há anos. Meu pai era fã dos Beatles, e eu, a segunda filha, tenho esse nome por causa de sua canção favorita, para horror da minha mãe. Ela era a anti-Beatle por excelência, se é que existe essa classificação. Não sei como meu pai conseguiu dar aos dois filhos nomes que homenageiam a banda que formou uma geração, como ele mesmo diz; mas, pensando bem, há muita coisa que não faz sentido no relacionamento dos meus pais.

— Como foi seu dia? — perguntei por força do hábito. Os dias dele agora eram sempre iguais. A única variação era a cor da camisa que vestia e o tipo de molho que preparava para o jantar.

Ele estava abrindo a boca quando as primeiras notas do jingle de *Jeopardy!* ecoaram, e, pontual feito um relógio, levantou-se e foi para a cozinha como se estivesse indo para a guerra.

— Jantar pronto em meia hora — anunciou amarrando o avental com um gesto cerimonioso.

— Tudo bem — respondi, tentando entender por que, depois de tanto tempo, ainda lamentava a perda do que meu pai e eu havíamos sido. — Vou tomar uma ducha e volto para arrumar a mesa. — Corri para a escada assim que ouvi o ruído dos saltos no cascalho, mas era tarde demais.

— Lucille. — A porta de tela se abriu, deixando entrar uma inevitável frente fria que eu também chamava de mãe. — Para onde está fugindo?

— Para o circo — respondi.

A rainha de gelo ficou subpolar.

— Considerando como está vestida, ou despida, e levando em conta a queda da sua média geral nos últimos anos, a carreira de trapezista talvez não seja uma ideia tão absurda.

As palavras dela nem me magoavam mais. Agora, doíam tanto quanto somente um leve arranhão.

— Que bom saber que tenho correspondido às suas expectativas — devolvi. — Não vou me esquecer de mandar um cartão-postal quando ficar famosa no Cirque du Soleil.

Eterna defensora de dar a última palavra, subi a escada correndo, antes de acabarmos brigando de verdade. Porém, estava só adiando o inevitável. Meia hora depois, quando meu pai avisasse que o jantar seria servido, continuaríamos exatamente de onde havíamos parado. Seria uma refeição com fogos de artifício.

Bati a porta do quarto e me encostei nela, forçando-me a respirar fundo. Esse exercício nunca me acalmava como deveria, mas me ajudava a recuar da beira do precipício e me permitia seguir adiante — com algo que não envolvesse minha mãe, de preferência.

Eu sei que muitas adolescentes acreditam que a mãe as odeia e tem como principal objetivo arruinar sua vida. A diferença é que, com minha mãe, isso é verdade. Ela me odeia e quer acabar com a minha vida, como eu fiz com a dela.

Mas nem sempre ela foi assim, esse exemplo de mulher profissional seca, desmancha-prazeres e que odeia a filha. Na verdade, no dia em que meu pai se transformou num introvertido com sérias dificuldades, no limite da loucura, perdi a mulher que costumava colocar na minha lancheira guardanapos de papel assinados com "♥ mamãe".

Essa pessoa não voltaria nunca mais, mas eu ainda me flagrava desejando que ela voltasse sempre que empurrava a bandeja pelo balcão na fila do almoço e pegava alguns guardanapos.

TRÊS

Algumas pessoas tinham galos. Outras tinham despertadores. Eu tinha os Beatles.

Meu pai era tão pontual quanto previsível, e esta manhã "Come Together"[1] tocava no volume quase máximo, o que significava que eram sete horas. Para uma adolescente em férias de verão, os Beatles são tão bem-vindos quanto um alarme de incêndio disparando ao nascer do sol.

Levantei resmungando e calcei o primeiro par de sandálias que encontrei. Uma camada de protetor labial e uma ajeitada no cabelo com as mãos, e eu estava pronta. A calça de ioga e a camiseta regata estavam entre os dez primeiros lugares da minha lista de invenções que podem mudar uma vida. Essa dupla incrível servia como pijama, roupa de academia, parceira diária e look perfeito para uma visita matinal ao estúdio de dança.

Eu podia viver bem sem muitas coisas. Xampu, alcaçuz, esmalte vermelho, sem dormir e... afe, garotos! Mas não vivia sem a dança. Balé, para ser mais específica, mas não exclusivamente. Dançava em qualquer oportunidade. Break, hip-hop, valsa, tango e até piruetas, encarava qualquer coisa desde os três anos de idade.

Quando recebi a notícia de que teríamos que viver de modo, digamos, mais simples, o que significava que faríamos economia porque estávamos ficando sem dinheiro, só fiz um pedido.

Na verdade, foi mais uma exigência.

As aulas de dança na Academia da Madame Fontaine não seriam interrompidas. Muito menos canceladas por insuficiência de recursos. Essa foi a principal razão que me fez decidir trabalhar no verão em um dos cafés da área do lago. Não deixaria que o dinheiro, ou a falta dele,

1. "Come Together", John Lennon, Paul McCartney; EMI, 1969. (N.E.)

atrapalhasse meus sonhos. Nossa casa no lago ficava a quarenta e cinco minutos de carro da nossa antiga casa, então eu conseguiria continuar com as aulas de dança naquelas férias. Essa foi uma das poucas coisas boas que surgiram na minha vida.

Não ligava para o fato de não poder mais usar roupas de grife e passar a fazer compras na liquidação do brechó, nem para ter que trocar meu carro por transporte público ou não ter mais um teto para me abrigar. Mas eu *precisava* continuar dançando.

Isso era a única coisa que me mantinha com a cabeça fora d'água quando eu sentia que estava me afogando. A única que me fazia sobreviver aos dias sombrios. A que ainda me recebia de braços abertos e correspondia ao meu amor. A única coisa que não havia mudado em minha vida.

Joguei as sapatilhas de ponta sobre um ombro e pendurei a bolsa no outro, depois abri um pouco a porta do quarto. A casa era velha, "cheia de personalidade", como meus pais disseram quando a compraram dez anos atrás – na verdade, um modo delicado que eles encontraram para amenizar o fato de que era uma tranqueira e que só continuava em pé por sorte. Mas, há dois verões, eu tinha aprendido a lubrificar as dobradiças e usar a pressão ideal na maçaneta para abrir a porta de meio século de idade sem fazer barulho.

Depois do refrão de "Come Together", esperei até ouvir o *click-clack* dos saltos da minha mãe ou seus três suspiros. Tudo limpo. Era a minha chance.

Ela já havia saído para trabalhar, talvez até já estivesse no trabalho. Portanto, nenhuma ameaça próxima. Depois do jantar da noite passada, ou melhor, depois dos últimos cinco anos de jantares, evitar minha mãe era minha segunda prioridade depois de dançar.

Enquanto descia a escada, uma imagem invadiu minha cabeça. Uma imagem que eu havia tentado apagar. Uma imagem contra a qual minhas melhores intenções haviam sido inúteis.

Jude Ryder agachado na areia, bem perto de mim, me olhando como se conhecesse cada um dos meus segredos e não se incomodasse com eles. Jude Ryder bronzeado depois de um dia de verão na praia, com olhos de prata derretida, os músculos definidos embaixo da camiseta...

Meu pé ficou preso no degrau quase no fim da escada, e, se não fossem todos aqueles anos de dança, eu teria caído de cara no assoalho de madeira velha.

Recuperei o equilíbrio, verifiquei se sapatilha, bolsa e orgulho ainda estavam intactos, e prometi a mim mesma que nunca mais ficaria sonhando, pensando, considerando, imaginando ou desejando Jude Ryder de novo.

Não precisava de uma declaração assinada por todas as garotas que ele provavelmente seduziu e largou para saber que o cara era uma passagem só de ida para uma gravidez indesejada, na pior das hipóteses, ou um atalho para um coração partido, na melhor delas.

— Tchau, pai! — gritei ao pegar uma maçã da fruteira. — Vou para a aula de dança, volto antes do jantar. — Parei para pegar uma garrafa de água na geladeira e saí.

Não fazia diferença o tempo que eu ficava esperando, meu pai nunca respondia. Nem com um breve aceno de cabeça. Ele era como um boneco na poltrona, olhando distraído para o nada pela janela.

Eu podia transar com metade da população mundial em cima da bancada da cozinha que ele não se importaria. Ou nem perceberia.

Disse a mim mesma que ficar pensando nas esquisitices da minha família não resolveria nada, então direcionei meus pensamentos para outra coisa, qualquer coisa que não tivesse a ver com família.

E para onde minha cabeça me levou?

Jude Ryder.

Era um fluxo de ideias doente, autodestrutivo.

Quando estava me aproximando do Mazda, algo chamou minha atenção, que se destacava por refletir o sol da manhã e que não estava ali no dia anterior.

Um retângulo de tela delimitava um espaço onde havia uma casinha, duas vasilhas de plástico e uma corda. Era um canil.

A solução para um dos intermináveis problemas que me atormentavam. Uma resposta para uma prece silenciosa.

Desci até a praia lutando contra as lágrimas. Percebi um laço de fita vermelha na porta trancada com cadeado, com um bilhete dobrado pendurado embaixo dele.

Imagino que para noventa e nove por cento das garotas ganhar um canil de presente esteja em primeiro lugar no ranking das piores coisas da vida, antes mesmo de encarar um cabelo rebelde na noite do baile de formatura. Mas, para mim, alguém que não conseguiria se encaixar nos moldes de normalidade nem se passasse o resto da vida tentando todos os dias, era como encontrar o último queridinho de Hollywood embrulhado embaixo da árvore de Natal com uma etiqueta vermelha e votos de "*bon appétit*".

Sorrindo como as meninas da escola para as quais revirava os olhos, puxei o bilhete do laço sem nem me importar com quem havia construído o canil. Meu único pensamento era que aquele presente significava que o míni Cujo poderia ficar comigo até se recuperar e ser adotado por outra família.

Meu sorriso, que antes parecia eterno, desapareceu assim que li a mensagem:

"E aí? Quando rola o encontro?"

A assinatura era só um "J", mas eu não precisava de pontuação perfeita ou do nome inteiro para saber quem havia deixado o bilhete. Exatamente o cara em quem eu precisava parar de pensar, mas não conseguia.

Exatamente o cara que eu não precisava ver nunca mais. O cara que eu queria ver agora.

Como se minha história de relacionamentos fracassados já não fosse suficiente, agora eu recebia a prova real de que ia acabar virando uma velha megera.

Olhei ao redor e não vi nem sinal daquele cujo rosto, corpo e sorriso superavam os dos deuses. Estava irritada comigo por me sentir desapontada.

Certa de que um cara como Jude sabia exatamente o que estava fazendo e qual seria a próxima jogada, olhei sorridente para o canil pela última vez e corri para o Mazda. Paredes de espelhos e assoalhos de madeira me chamavam, e eu estava decidida: dançar era mais importante que os garotos.

Com uma exceção, talvez.

Balançando a cabeça e controlando firmemente minha gêmea interna, má e irresponsável, liguei o carro e aumentei o volume da música até quase explodir os alto-falantes.

E nem assim consegui tirar Jude Ryder da cabeça.

Desabei. Caí sentada com tanta força que fiquei sem ar. A última vez que levei um tombo como esse foi aos doze anos, no segundo dia de sapatilha de ponta.

Fiquei brava porque a queda antecipou o fim da minha aula. E fiquei ainda mais brava porque Becky Sanderson, que vivia repetindo que entraria na Julliard desde que estávamos no fundamental, assistiu ao desastre de camarote. Mas fiquei mesmo furiosa por saber que teria um hematoma enorme no traseiro até o inverno porque estava distraída pensando em alguém em quem não deveria.

Eu não sabia como nem por que, mas Jude Ryder havia disparado uma granada em minha vida, e em menos de vinte e quatro horas ela dizimava tudo que eu tinha de mais sagrado.

Eu queria xingar o criador por não ter colocado nas mulheres um botão para deletar-reduzir-expurgar os homens, mas era muito supersticiosa. Acreditava que xingar o divino garantiria um lugar no inferno. E não seria o inferno sobrenatural dominado por Satã, mas o inferno na terra mesmo.

E vamos combinar: eu já estava tão perto dele que precisava me comportar bem a cada segundo do dia.

Quando parei o carro em casa, deitei a cabeça no volante e tentei pensar em uma equação viável para viajar no tempo, que adiantasse minha vida em um ano.

E como os cães são as criaturas mais sensíveis do mundo, uma língua quente e molhada deslizou pelo meu rosto.

— Por que você não pode ser um garoto, Rambo? — perguntei enquanto coçava sua cabeça.

Ele latiu como se sorrisse para mim. Meu mais novo projeto animal havia ganhado um nome na noite passada na casa dos Darcy. Pelo que entendi, estava passando uma maratona de *Rambo* na televisão, e, sempre que o sr. Darcy tentava desligar o aparelho, o filhote surtava. A TV ficou ligada a noite toda, e na manhã seguinte o "macho castrado e mestiço", cuja eutanásia havia sido programada para o dia em que o adotei, tinha um novo nome.

— Tudo bem, garoto — falei, olhando séria para a casa de praia. — Vamos acabar logo com isso. — Peguei no colo os nove quilos de cachorro e me dirigi ao canil como se aquele fosse um território seguro. Como se o fato de poder contê-lo fosse a prova de que poderia ficar com ele.

— Aí está sua nova casa, Rambo — sussurrei quando o coloquei lá dentro. — Seja um bom menino e não cave, não lata e não destrua a casinha, combinado?

Ele começou a inspecionar o canil imediatamente, rosnando nos cantos onde parafusos e porcas haviam passado muito tempo sendo apertados por um certo par de mãos...

— Não gosta muito do Jude, não é? — Ajoelhei do lado de fora. — Por quê?

— Provavelmente porque os cães têm uma intuição muito forte.

Levei um susto tão grande com a voz atrás de mim, tão perto da minha nuca, que caí sentada pela segunda vez no mesmo dia. Nesse ritmo, ia acabar me tornando a primeira bailarina desajeitada que o mundo já tinha visto.

— Droga, Jude — falei, e Rambo começou a rosnar. — Sabe, existem algumas palavrinhas ótimas de uma sílaba só que servem para uma pessoa alertar a outra e evitar que...

— Ela caia de bunda? — Jude concluiu com aquele mesmo sorriso que havia sido meu fim no dia anterior e, como comprovava meu estômago se contorcendo, hoje também.

— Elas se assustem — corrigi, me preparando para ficar em pé.

Mas não deu tempo, ele agarrou minhas mãos e me puxou. Disse a mim mesma que o calor que invadia minhas veias pelos pontos de contato era o mesmo calor de Hades.

Mesmo com meu tom mais autoritário, eu não era muito convincente.

O sorriso dele cresceu, os olhos brilharam. Jude sabia exatamente o que o contato provocava em mim. E eu odiava que soubesse.

— Desculpa se te assustei — ele disse, e soltou minhas mãos.

— Está se desculpando por ter me derrubado de bunda, é isso? — Queria que ele parasse de olhar para mim como se pudesse ver tudo que estava acontecendo em lugares que não podiam ser mencionados.

Ele revirou os olhos.

— Peço desculpas por todas as ofensas passadas, presentes e futuras que possa ter cometido em sua presença.

Atrás de mim, ouvi Rambo bebendo água da tigela.

— Deixando de lado as brincadeiras e provocações — falei —, muito obrigada. Essa deve ser a coisa mais legal que alguém já fez por mim.

Ele me encarou e pôs as mãos nos bolsos.

— Não foi nada.

— Ah, foi sim — insisti, decidida a não permitir que ele diminuísse a importância do que tinha feito. — Só queria saber como construiu essa coisa sem ninguém ouvir ou perceber.

— Sou o ninja da construção de cercas — ele falou com um sorriso torto. — E moro na casa ao lado da sua. — Ele apontou a casa vizinha com o queixo, levantou uma sobrancelha e esperou.

— Foi a sua família que comprou a casa dos Chadwicks no outono passado? — Olhei para o chalé em forma de A. Tive a impressão de que continuava vazia.

— Sim, foi.

— Você é meu vizinho? — Ter um vizinho como Jude era o sonho de toda adolescente americana. Por que, então, eu tinha a sensação de ter engolido um tijolo?

— Não — ele respondeu, e passou a mão sobre a boca como se tentasse disfarçar um sorriso. — Você é minha vizinha.

— Puxa... — suspirei. — É o fim do bairro.

Ele concordou, os olhos cinzentos estavam tão claros hoje que pareciam moedas de prata.

— Acabou.

Uma palavra. Uma palavra acompanhada por aquele olhar.

Eu tinha sorte de que meus joelhos ainda não tivessem se dobrado.

— Então... — Jude me olhou da cabeça aos pés —, vizinha, o que acha de sexta à noite?

— Acho que sexta à noite vai ser sexta à noite — respondi, feliz por algumas partes minhas ainda reagirem depressa e se manterem firmes.

Nenhum homem, mesmo que fosse quase um deus, me reduziria a uma maníaca apaixonada que só sabia suspirar e piscar.

— Foi fraca, Luce — ele comentou estalando a língua. — Precisa melhorar a velocidade e o conteúdo das respostas se vai passar muito tempo comigo. É difícil me acompanhar.

— Tenho uma solução simples para isso. — Cruzei os braços e me apoiei no canil. — Não passar muito tempo com você.

— Ah, então decidiu ser esperta e ficar longe? — A voz dele agora era mais baixa.

— Lucy sendo esperta? — Envolver as palavras com todo esse gelo no calor que estava fazendo exigia um nível especial de talento e disciplina. — Tão provável quanto eu ter três dias de férias a qualquer momento da próxima década.

Juro, se eu fosse um cachorro, estaria com os pelos eriçados ou com o rabo entre as pernas. Em se tratando da minha mãe, não sabia se era melhor lutar ou me acovardar e expor a jugular.

— Não sei, senhora — Jude respondeu, passando por mim para se aproximar da minha mãe. — Lucy parece ser esperta. Ela é uma dessas garotas que têm a cabeça no lugar.

Minha mãe estalou a língua três vezes.

— Bajulação nunca foi virtude, mocinho. Especialmente quando, nesse estágio do jogo da vida, é utilizada por rapazes que esperam conseguir achar o caminho para dentro da calcinha de uma moça.

— Mãe — sibilei ao me virar.

— Quem é seu novo amigo, Lucy? — Ela o estudou da cabeça aos pés como se ele fosse tão comum, e bem menos útil, que um jeans *stretch*.

— Jude. — Quando ela se comportava desse jeito, eu limitava as respostas a uma palavra.

— E imagino que Jude — ela disse como se mordesse uma fatia de limão — tenha um sobrenome.

— Ryder — ele respondeu estendendo a mão, para a qual minha mãe olhou contrariada como se fosse uma viga malcolocada em um de seus projetos.

— Ryder — ela repetiu com tom de insinuação, como se o acusasse de querer se aproveitar de mim. — É claro.

Incrível. Minha mãe devia ser a primeira mulher que olhava para a cara de Jude e não sentia um "tum tum" em algum lugar dentro dela. Até um homem, um homem hétero, teria ficado mais impressionado com Jude do que ela.

— Outro cachorro. — Ela suspirou. — Que número é esse? Parei de contar no quinto. — Ela olhou para o canil e para o que havia dentro e em volta dele, como se tivesse que despachar tudo no próximo trem que saísse da cidade. — Quanta esperteza. Quando você vai aprender que não pode salvar o mundo cada vez que encontrar uma alma perdida? — disse, e a dureza desapareceu de seu rosto, deixando em seu lugar apenas a tristeza com o fato de que era minha mãe de verdade.

Ela estava na metade do caminho para a porta de casa e fora do alcance da minha voz, quando respondi:

— Até quando não tiver mais almas perdidas para salvar.

— Ela parece ser uma grande mulher — Jude comentou atrás de mim, mas consegui sentir o sorriso em seu rosto.

— Você nem imagina. — Virei e desejei não ter aquela sensação de que caía em um abismo cada vez que olhava para ele. — Acha que eu sou esperta?

— Só porque decidiu ficar longe de mim.

Olhei para o canil, imaginando o tempo, o dinheiro e o planejamento necessários para construí-lo sem ser notado, e não precisei saber dos detalhes que fizeram de Jude Ryder quem ele era. Quem constrói um canil da noite para o dia? Em algumas horas? Só podia ser alguém com um bom coração em algum lugar embaixo daquelas camadas de músculos e atitude.

— Quem disse que decidi ficar longe?

— Você — ele respondeu, enfiando as mãos nos bolsos do velho jeans acinzentado.

— Eu não. E se decidi, tenho o direito de mudar de ideia a qualquer momento.

— Nesse caso, eu tenho o direito de retirar o que disse.

— Você disse tantas coisas! Qual delas quer retirar?

Ele estendeu a mão e deslizou os dedos pelas fitas da sapatilha pendurada no meu ombro, cuidadoso como se estivesse com medo de quebrá-las.

— Sobre você ser esperta.

Ele podia ter dito mais alguma coisa ou ter feito alguma coisa, mas isso seguiria sendo um mistério, porque, naquele momento, "Eight Days a Week"[2], dos Beatles, explodiu pelas janelas da casa. O jantar estaria pronto em meia hora.

— Está com fome?

Acariciando as fitas cor-de-rosa uma de cada vez, com mais cuidado do que parecia ser possível para mãos como aquelas, Jude olhou para a casa.

— Talvez.

— Talvez? Você é um adolescente. E é superdesenvolvido. Deve estar sempre com fome.

Uma pausa. O conflito interno era tão forte que se refletia no seu rosto.

— Vem — insisti, segurando sua mão. — Meu pai é o melhor de todos os cozinheiros, e você acabou de conhecer minha mãe. Não me faça entrar lá sozinha.

Ele suspirou e olhou para mim.

— Tem certeza?

— Certeza total, absoluta, completa. — Levantei uma sobrancelha. — Quer que eu continue?

— Faz isso parar. — Ele cobriu as orelhas com as mãos.

— Vem, Dramassauro Rex. — Dei tchau para o Rambo, que estava feliz roendo seu osso, e levei Jude pela calçada de pedra.

— Mais uma tentativa fraca de fazer graça, Luce — ele comentou entrelaçando os dedos nos meus. — Bem fraca.

— Desculpa, ó deus sagrado da comédia.

Ele me empurrou de leve com o cotovelo enquanto andávamos e sorriu daquele jeito diabólico que me deixava com o coração na boca.

— Bom saber que está disposta a admitir que sou um deus.

— Ai, meu Deus — suspirei balançando a cabeça.

— Exatamente. É assim que deve se referir a mim.

Olhando para ele com a cara menos divertida que consegui fazer, empurrei a porta de tela. É bobagem adiar o inevitável.

---

2. "Eight Days a Week", John Lennon, Paul McCartney; EMI, 1964. (N.E.)

A hora do jantar na casa dos Larson não estava nem perto do topo da minha lista de prioridades, principalmente nos últimos tempos, quando o jantar era uma ocasião marcada por silêncio. A menos que a gente contasse as caras feias que minha mãe disparava como bolinhas de pingue-pongue entre mim e meu pai. Mas me sentar à mesa da família com Jude, um cara sobre quem eu sabia bem pouco, apenas por quem me sentia perigosamente atraída e que, pelo menos na aparência, era um garoto com quem nenhum pai em sã consciência ia querer a filha adolescente... Ah, esse jantar tinha tudo para ser épico.

Um desastre épico.

— Que puta cheiro bom — Jude me disse, farejando o ar carregado de aromas de vinho e cogumelo.

As palavras dele não foram ouvidas apenas por mim, como ficou claro quando meus pais viraram a cabeça para olhar para ele.

Soltando um golpe duplo, minha mãe franziu a testa e comprimiu os lábios. Meu pai sorriu. Se ela via o mal em tudo, a desgraça na vida, meu pai só via o bem. Ou melhor, via e ainda vê entre as sete e as nove da noite.

Jude escolheu falar primeiro com minha mãe.

— Desculpe pelo vocabulário, senhora. — Ele pôs as mãos nos bolsos. — Cresci em uma casa onde palavrão era como um segundo idioma. É tão natural que eu nem percebo. Mas prometo tentar me controlar quando estiver na sua casa.

Ela se recostou na cadeira e cruzou os braços.

— Sempre achei que palavrão é um péssimo substituto para inteligência.

Meu queixo caiu. Isso era levar a crueldade a um novo nível, até para minha mãe.

A expressão de Jude não mudou.

— No meu caso, sou obrigado a concordar com a senhora. Meu registro de ocorrências tem sido o pesadelo dos meus pais.

— E pela sua cara, imagino que se orgulhe disso.

Agora, além de estar de boca aberta, eu queria me enfiar em um buraco. Independente do que estivesse escondido naquilo que formava uma pessoa como Jude, nenhum segredo, crime ou transgressão merecia esse grau de sordidez.

Olhei para ele e vi seu rosto calmo como se estivesse fazendo ioga.

— Não, senhora — ele respondeu dando de ombros.

— Não, você se orgulha, ou não, você não se orgulha?

Jude soltou minha mão e a encarou diretamente ao responder:

— Não no sentido de que me orgulho de poucas coisas em minha vida.

Minha mãe não tinha uma resposta imediata para isso. Mesmo em seu mundo pintado de preto, ela hesitou diante desse grau de honestidade.

— Exatamente o tipo de pessoa bem-sucedida que quero ver na companhia da minha filha.

— Mãe — murmurei com tom de aviso. Não que isso a afetasse de alguma maneira.

— Foi o que eu disse a ela — respondeu Jude. — Mas o que aprendi sobre Lucy nas poucas horas que passamos juntos é que é uma daquelas pessoas que não deixa ninguém tomar decisões por ela.

O celular, que minha mãe mantinha ao alcance das mãos o tempo todo, vibrou. Pela primeira vez em muito tempo, ela o ignorou.

— E o que mais aprendeu sobre Lucy? Já que é o especialista...

Ele segurou minha mão e sorriu para mim.

— Ela é esperta, exceto quando não é.

O telefone vibrou de novo. Dessa vez ela o atendeu.

— Que revelação — disse ela a Jude antes de se levantar e sair da cozinha, cumprimentando a pessoa do outro lado da linha com uma palavra breve e um suspiro.

— Desculpe — pedi a ele.

— Pelo quê? — Jude respondeu em voz baixa. — Não pode controlar as atitudes da sua mãe, assim como ela não pode controlar as suas.

— Uau — murmurei, puxando-o para frente. A mãe já tinha ido, agora faltava o pai. — Hoje você está perspicaz, não?

— Ninguém nunca usou essa palavra para me descrever. — Ele puxou a touca para baixo, cobrindo os olhos. Com todas as mangas compridas e a touca que usava, eu já começava a me perguntar se ele tinha a circulação de uma mulher de oitenta anos.

— Pai — chamei batendo em seu ombro. Nenhuma resposta. — Terra para *monsieur* Larson — tentei de novo.

Ele permanecia atento às panelas borbulhando e chiando sobre o fogão.

— Oi, minha Lucy *in the sky*...

— Esse é o Jude — interrompi. Não queria que Jude me visse como a menininha que eu já me sentia perto dele.

Meu pai levantou um dedo e desligou o fogão. Não sabia como ele era capaz de calcular tão precisamente o tempo de preparo de uma refeição, mas tinha certeza de que o fenômeno não se repetiria na minha geração. Não comigo, pelo menos.

Ele se virou limpando as mãos no avental.

Meu Deus, o avental! Como pude esquecer? Jude arregalou os olhos, mas se recuperou tão depressa que certamente meu pai nem percebeu. Não que ele se incomodaria se percebesse. O avental havia sido um presente importado de Roma e tinha a estampa da escultura de Davi em sua glória – toda sua glória exposta em locais anatomicamente corretos.

— *Hey, Jude* — meu pai o cumprimentou, e parecia muito satisfeito com a situação toda.

— Sr. Larson — ele respondeu estendendo a mão. — Belo avental.

Meu pai passou a espátula para a outra mão e retribuiu o cumprimento.

— Já gostei de você — disse, e limpou um pouco da farinha do rosto. — Lindo nome, bom gosto para acessórios de culinária — continuou, e só então notou que a outra mão de Jude segurava a minha. — E gosta da minha filha. Você é um homem esperto, Jude. — Piscou para ele e virou novamente para o fogão, dedicando-se a uma sequência frenética de movimentos de virar, bater e misturar.

— Não é difícil reconhecer alguma coisa especial depois que a vida jogou um monte de merda no seu caminho — respondeu Jude.

— Levanto as mãos ao céu por isso — meu pai declarou, enquanto eu confirmava se meus pés ainda estavam pisando o chão.

Algo no olhar de Jude se acalmou quando ele olhou para mim e falou "especial", e isso me deixou perturbada.

— Lucy *in the sky* — disse meu pai —, pode pular algumas faixas do disco para nós? Vamos tocar para o Jude sua canção dos Beatles.

— Não — Jude falou de repente. Meu pai e eu ficamos parados olhando para ele. — Minha mãe adorava os Beatles, por isso o nome

— ele explicou, e não havia mais tensão em sua voz. — Já ouvi essa música o suficiente para três encarnações.

Meu pai o estudou por mais um tempo antes de encerrar o assunto.

— Bom, então não vou torturá-lo mais. Mas é uma ótima canção para justificar a escolha de um nome. A segunda melhor, talvez — e sorriu ao olhar para mim. — Logo depois de "Lucy in the Sky with Diamonds"[3].

— Essa música fala de usar drogas para encobrir o sofrimento da vida — Jude respondeu. — Acho que minha mãe ainda estava chapada do parto quando escolheu meu nome.

Meu pai olhou para ele outra vez, como se tentasse entender alguma coisa que ainda não havia conseguido identificar.

— Também é uma música sobre o amor — disse. — E sobre deixar esse amor se manifestar quando mais precisamos dele.

Jude ficou calado, e algo tão forte passou por sua cabeça que fez sua expressão mudar de novo.

— Bom, tanto faz, é só um nome.

— Um bom nome — meu pai insistiu balançando a espátula na direção dele. — Qual é seu sobrenome, Jude? — Ele se virou para tirar o frango da panela.

— Ryder, senhor.

— Hum. — Uma ruga surgiu em sua testa. — Não é um nome conhecido, mas tenho certeza de que já vi seu rosto antes.

Jude segurou minha mão com mais força.

— Muita gente diz isso.

— Cresceu por aqui?

— Cresci em todos os lugares — Jude respondeu.

— A família dele comprou a casa dos Chadwicks — expliquei, sem saber se falava por Jude, ou por mim. — Talvez por isso tenha a impressão de que já o conhece.

Meu pai pensou um pouco e serviu molho nos pratos.

— Talvez — disse para si mesmo. — Talvez não.

— Posso ajudar, pai? — Levei Jude comigo. Tinha certeza de que, se soltasse a mão dele, essa poderia ser a última vez que a segurava.

---

3. "Lucy in the Sky with Diamonds", John Lennon, Paul McCartney; EMI, 1967. (N.E.)

— Tenho dois pratos prontos — ele respondeu enquanto terminava de espalhar o molho sobre o frango. — Uma coisa é certa, filho. — E bateu no rosto de Jude. — Não sei se já o vi antes ou não, mas seu rosto é muito bonito.

Estava acostumada a ser constrangida por meus pais, algo esperado para alguém que era filha de um maluco e de uma rainha do gelo, mas essa havia ultrapassado todos os limites. Meu pai praticamente afagando o rosto de Jude, andando pela cozinha com um avental que exibia a nudez de uma estátua antiga, sorrindo como o Chapeleiro Maluco.

Se Jude ainda quisesse me ver amanhã, depois do jantar desta noite, seria capaz de lidar com qualquer outra coisa que eu propusesse. Essa era minha esperança.

Virei para ele e percebi que me encarava como se não pudesse fazer outra coisa. Talvez por isso eu estivesse autorizada a atualizar minha origem de caucasiana para vermelho-tomate.

Olhei para a porta, depois de novo para ele. Também não o culparia. Eu era membro de sangue dessa família e queria sair correndo por aquela porta várias vezes por dia.

Jude balançou a cabeça e a abaixou até eu sentir seu hálito quente no pescoço.

— Não vai se livrar de mim assim tão fácil.

Estava lutando contra um surto grave de arrepios, mas consegui responder:

— Droga.

— Mags! — Meu pai gritou para o alto da escada, conseguindo me assustar e sacudir o armário de louça ao mesmo tempo. — Jantar servido!

Ele ficou parado ao pé da escada, esperando uma resposta que, eu sabia, não receberia. O único ser humano na Terra que minha mãe negligenciava mais que eu era meu pai. Mais um segundo passou antes de ele revirar e se dirigir à mesa, onde Jude e eu nos sentávamos.

— Espero que goste — disse ao colocar o prato de frango na frente de Jude.

Seus olhos eram dois raios laser apontados para mim quando ele respondeu:

— Eu já gosto.

QUATRO

Sempre adorei fogueiras. Mas uma fogueira à noite, com Jude ao meu lado embaixo do cobertor, com um pai prestes a ir para a cama, era mais que amor.

Essa era a fogueira que superava todas as outras.

— Boa noite, crianças — meu pai disse enquanto se levantava.

Sobrevivemos ao jantar, graças à minha mãe ter ficado trancada no escritório, dando um sermão em alguém pelo celular. Meu pai, por mais estranho que fosse, era fácil de conviver, se a gente ignorasse o fato de que ele não tinha um vínculo muito forte com a realidade, e Jude não parecia ter muito problema com isso.

— Boa noite, pai. — Meu coração já batia acelerado. Eu sabia que alguma coisa aconteceria quando ficássemos sozinhos. A tensão entre nós na última hora apontava para isso, com diálogos carregados de expectativa, mãos agitadas, pernas se tocando. As palavras não ditas se tornaram mais poderosas do que se as tivéssemos falado.

— Boa noite, sr. Larson. Obrigado pelo jantar mais uma vez. — Jude falou enquanto sua mão quase tocava meu joelho. — Gosto do seu pai. — Ele começou a traçar círculos com o polegar na parte interna da minha perna.

Sorri e concordei. Era impossível fazer mais do que isso.

— Ainda não posso falar nada sobre sua mãe — ele acrescentou rindo.

Mais um sorriso e um movimento afirmativo com a cabeça.

— E gosto de você — ele baixou o tom de voz. — Na verdade, gosto muito de você. — Jude tirou a mão da minha perna e tocou meu rosto. Depois o tocou com a outra mão. Ele me segurava com tanta firmeza que não dava para olhar para outra coisa que não fosse ele, mas com delicadeza suficiente para eu saber que, se tentasse me soltar, não encontraria resistência.

— Também gosto de você.

Ele levantou uma sobrancelha e esperou.

— Gosto muito — acrescentei, sentindo tantas faíscas que tinha certeza de que poderia pegar fogo a qualquer momento. — Não dou o número do meu telefone para qualquer um, sabia?

Sorrindo, ele aproximou o polegar da minha boca. Tocando o limite do lábio inferior, estudou-me como se eu fosse algo que ele consumiria.

Eu era a favor do empoderamento feminino e toda essa história, mas sentir o calor desse contato me fazia querer ser possuída de todas as formas que uma pessoa pode possuir a outra.

Eu tinha certeza de que mais de um minuto havia passado, mas não era difícil que tivesse perdido a noção do tempo. Abri os olhos. Os dele eram cinzentos, o tom mais claro que já tinha visto.

— Pode me beijar, Jude.

Eu esperava qualquer coisa, menos uma testa franzida e um olhar sombrio.

— Eu sei que posso — ele respondeu com a voz tensa. — Só não sei se devo.

A dor que brotava no meu peito começou a se espalhar. Só existia um jeito de aliviá-la.

— Você *deve* me beijar, Jude.

O olhar dele escureceu mais um pouco, mas não se desviou do meu.

— Não devia — ele falou, tocando minha nuca e deixando um dedo escorregar por baixo da gola da minha regata. — Mas, neste momento, nem ligo.

Os lábios dele tocaram os meus antes que eu pudesse pensar no que havia dito. Eram tão poderosos quanto as mãos, mas igualmente gentis, ao mesmo tempo. Ele os entreabriu, e seu gemido vibrou em meu peito. Sem pensar se devia ou não, passei uma perna por cima das dele porque, além de qualquer pensamento racional, eu não conseguia me aproximar dele o suficiente.

A língua contra a minha, o peito apertado contra o meu, as mãos agora segurando as minhas como se sentissem a mesma voracidade que eu sentia. Pensei que esse poderia ser um daqueles momentos que as pessoas recordavam em seus piores dias e sorriam. Mas eu não me limitaria a sorrir. Eu daria cambalhotas cada vez que me lembrasse disso, até o fim da minha vida.

Minhas mãos deslizaram para baixo da camiseta e desceram pelo abdome até não haver mais para onde ir, senão ainda mais para baixo.

— Luce — ele suspirou quando meus dedos pararam no cinto. — Para. — As mãos seguraram meu quadril com firmeza, mas sua boca voltou a acompanhar o ritmo da minha.

— Eu paro quando você parar — cochichei com os lábios tocando os dele.

— Droga. — Ele me empurrava com as mãos, mas continuava me chamando com a boca.

— Se já acabou aí, posso experimentar? — Alguém gritou da praia.

— Merda — ele resmungou e me levantou com agilidade.

— O que é isso? — murmurei enquanto arrumava os cabelos.

— Entra, Luce — Jude ordenou e se colocou na minha frente. — Agora.

— Por quê? — Eu não ia a lugar nenhum. Não enquanto um homem que tentava me dar ordens ficaria do lado de fora. — Quem são eles? — Os desconhecidos se aproximavam de nós.

Ele se virou para mim, e seus olhos estavam tão perturbados que não consegui determinar se aquela emoção era desespero ou euforia.

— Não faça perguntas, Lucy Larson. Vá para casa agora. — Ele me segurou pelos ombros e me empurrou na direção do chalé. — Agora.

Ele tinha pavio curto, o que não era bom. Porque eu também tinha. Virei novamente e o encarei furiosa.

— Nunca mais me empurre! — gritei. — E nunca mais me dê ordens.

A expressão de Jude passou pelo vazio e chegou ao desespero.

— Por favor, Luce. Entre.

Ele estava tão aflito e parecia tão impotente que eu quase entrei. Mas os três desconhecidos já estavam chegando.

— Está escondendo o jogo, Jude? — Um deles deu mais um passo, chegando ainda mais perto da fogueira. Não era alto como Jude, mas era mais forte. Olhando para mim como se fosse tirar a minha roupa, continuou:

— Descola uma bunda nova e não tem a decência de dividir com os irmãos?

— Irmãos? — cochichei, deixando Jude se colocar na minha frente.

— Metaforicamente, gatinha — disse o garoto. — Irmãos que dividem tudo. — As costas largas de Jude eram a única coisa que me protegiam do olhar violador do Fortinho. — Tudo — repetiu, contando uma história vulgar com uma só palavra.

— Vince — Jude respondeu com tom de ameaça. — Saia daqui antes que eu o obrigue a fazer isso.

Vince deu risada.

— Sei que se acha o fodão na briga e na cama, mas duvido que consiga derrubar nós três antes de a gente derrubá-lo. — Os outros dois, que deviam ser gêmeos, inclusive no quesito higiene, juntaram-se a ele. — E antes de a gente derrubar sua garota também. Um de cada vez.

Eu deveria estar apavorada. O instinto de sobrevivência teria que estar disparando todos os sinais de alerta dentro de mim. Meninas adolescentes tinham pesadelos com situações como essa. Mas eu não estava com medo. Não sei se eram os punhos cerrados de Jude, a fúria que transbordava dele ou o fato de o meu instinto de sobrevivência ter entrado em hiato, mas eu estava calma.

— Vamos ver como vai ser para você — Jude respondeu rangendo os dentes. — Pode vir, seu merda. Qual vai ser o primeiro a me encarar? — Ele chamou cada um com o dedo.

Esperamos. Nenhum – muito menos os gêmeos fedorentos – parecia ser capaz de sair dali com vida, muito menos andando, se atacasse Jude. Pela expressão cautelosa no rosto deles, era possível imaginar que ele era a morte ambulante com punhos poderosos.

— A gente vai deixar você na boa — Vince falou finalmente. — Pode terminar o que veio fazer aqui. A última trepada do verão.

Jude grunhiu, parecia um animal raivoso.

— Decisão inteligente, mas não vai livrá-lo de levar uma surra na próxima vez que eu o encontrar.

— Como sempre, Jude, foi um prazer — Vince falou enquanto se afastava, seguindo os gêmeos, que já estavam na metade do caminho para a praia. — E um conselho para você, garota. — Ele deu um passo para o lado para conseguir me enxergar. Ele sorriu maliciosamente. — Faz o cara usar camisinha. Você não vai querer pegar o que esse galinha tem.

O corpo de Jude se projetou para a frente. Ele queria ir atrás dos garotos e fazer sei lá o que com eles, mas se conteve. Quando olhou para mim, seus ombros se encurvaram e os braços relaxaram junto ao corpo.

Ele havia sido insultado de todas as maneiras possíveis, provocado, ridicularizado, mas ainda estava ali, na minha frente. Ele seria capaz de acabar com os três em dez segundos, a julgar pela fúria e pela confiança que vi em seus olhos.

Mas ficou ali comigo. Para me proteger, caso os três palhaços decidissem voltar, ou para continuar de onde tínhamos parado, eu não sabia. E não me importava.

— Ei, babacas! — gritei para o trio que voltava à praia. Antes, tomei o cuidado de me colocar em um lugar visível para que eles entendessem bem o recado. Levantei o dedo do meio e berrei: — Isso aqui tem de sobra para dividir!

— O que está fazendo, Lucy? — Jude cochichou me puxando para trás dele.

Jude não parecia ser o tipo cavalheiro, mas eu gostava do jeito dele, até mais do que deveria gostar uma mulher do século XXI.

— Não é nem uma parte do que eu queria fazer — respondi. Os três gargalharam.

— Escuta, gosto da sua atitude corajosa e direta, de verdade, mas não se meta com gente desse tipo.

— Pessoas desse tipo ou *irmãos* desse tipo? — Estava agitada, cheia de energia acumulada dos últimos dez minutos de altos e baixos, e não sabia o que fazer com ela.

Jude suspirou.

— Aqueles caras são seus irmãos? — Cheguei a rezar para ouvir um não.

— De certa forma — ele respondeu fechando os olhos.

— De que forma?

Ele abriu os olhos e segurou minha mão.

— De uma forma que não importa.

— Então, eles que se danem — decidi, e deixei Jude segurar minha mão, mesmo sabendo que não devia deixar, não antes de saber quem ou o que ele era. — Eu devia ter xingado os três de novo. Cachorro que muito late...

— Não — ele me interrompeu com firmeza. — Por favor, Luce. Esses desgraçados nem latem, enfiam os dentes em você sem aviso prévio. — Segurando meus braços, ele me puxou para perto como se quisesse fazer suas palavras penetrarem em mim por osmose. — Não se meta com eles. Se vir os caras vindo em sua direção, atravesse a rua.

Revirei os olhos. Ele estava exagerando, com certeza. Não duvidava de que o trio sem noção se drogava e saía por aí vandalizando propriedade pública. Mas eles não eram corajosos o suficiente para fazer coisas que dariam muito tempo de cadeia, se fossem pegos. A covardia estava estampada na testa de cada um deles.

— Merda, Luce — disse Jude, cruzando os braços atrás da cabeça e olhando para a praia. — É exatamente por isso que estou dizendo para ficar longe deles. Para não acabar revirando os olhos no meio da minha vida de merda.

Agora as palavras de alerta começavam a fazer sentido. O motivo de ele ter dito que, se eu fosse esperta, deveria ficar longe dele.

Mas, se ficar longe dele me fazia esperta, eu queria ser boba para sempre.

— Jude. — Segurei em sua cintura.

Ele me olhou com ar cansado.

— Que é?

— Vem, me beija.

Uma pausa. E então ele me beijou.

Não tinha ideia de que horas eram quando Jude e eu finalmente conseguimos desgrudar um do outro, mas, quando fui para a cama naquela noite, sabia que faltava pouco para o Sol aparecer. Isso significava que teria que enfrentar três horas de uma aula assassina de balé depois de duas horas de sono.

Mas isso não tinha importância. Cada minuto de sono perdido havia sido passado nos braços de Jude.

Fechei os olhos e me esforcei para desligar minha cabeça superaquecida. Abri-os um instante depois: Rambo parecia um alarme de furacão.

Pulei da cama e corri até a janela. Rambo não costumava latir. Ele rosnava, mostrava os dentes e latia baixo de vez em quando, mas nunca o ouvi latir como agora. Era como se ele ou alguém perto dele estivesse prestes a ser estrangulado.

Eu não conseguia enxergar muito mais que o brilho do canil e sombras se movendo com o vento, ou pessoas se movendo pela área. Quando levantei a vidraça para dar uma olhada, vi uma parede de fogo explodir ao redor do canil de Rambo.

Não pensei em nada, agi instintivamente. Pulei a janela e escorreguei pelo telhado. A única coisa em que pensava era salvar Rambo de mais um incêndio. Um incêndio do qual eu podia realmente salvá-lo.

Como ou quem havia começado o fogo nem passou pela minha cabeça. Eu só precisava chegar lá. Salvá-lo.

Balancei as pernas além da beirada do telhado. Meus pés encontraram a balaustrada da varanda, e de lá foi só um pulo para o chão. Tinha feito a mesma coisa uma dúzia de vezes, mas não considerava esse caso como um exemplo de sair escondida.

Não ouvi mais os latidos de Rambo desde a explosão, e não sabia se ele havia parado porque estava com medo ou morto. Parecia errado torcer pela primeira opção.

Peguei a mangueira ao lado da casa, abri a torneira e corri para o quintal. Tive a impressão de que levei uma eternidade para atravessar os cem metros em direção à praia, onde ficava o canil. Mantendo o polegar na saída da mangueira, joguei água na porta do canil primeiro, apagando o fogo para poder abri-la e soltar Rambo. Assim que as chamas se apagaram, destranquei o cadeado sem me preocupar com o fato de que ele estava ainda quente o suficiente para causar bolhas. Abri a porta e entrei.

— Rambo! — chamei aflita. — Vem, menino. — Meus olhos e a garganta ardiam por causa da fumaça, mas dei mais um passo.

As lágrimas ameaçavam transbordar. Tinha certeza de que encontraria o corpinho desgrenhado de Rambo sem vida no chão, quando a bolinha de pelos pulou latindo no meu colo. Chorei de alívio e deixei que ele lambesse cada centímetro do meu rosto.

— Que susto, garoto — solucei ao sair do canil. De repente, Rambo parou com as lambidas frenéticas. Um grunhido baixo fez seu corpo vibrar.

Não sei se as risadas atrás de mim estavam começando ou se já aconteciam há algum tempo, mas, quando aplausos as acompanharam, finalmente percebi.

Deixei Rambo no chão e olhei para trás. Vince e os gêmeos se aproximaram de mim. Sem a formidável largura de Jude para me proteger, a expressão do trio era uma ameaça. Eles me apavoravam.

— E a gente se encontrou de novo — disse Vince, separando-se dos outros dois.

Sentia ânsia de vômito, mas não deixei de responder:

— Eu estava torcendo por isso, não sabia se tinham entendido bem meu recado quando me despedi. — Levantei a mão e o dedo do meio, repetindo o gesto algumas vezes.

Sabia que era infantil, sabia que era inadequado e sabia que era inútil contra três homens e o que eles pretendiam fazer comigo, mas a sensação era ótima.

A cara de Vince ficou no chão. Ele parecia não acreditar que eu mostrava o dedo para eles depois de meu cachorro quase ter sido incendiado e com três garotos que eram a imagem da encrenca olhando para mim como se eu fosse o próximo degrau em sua escalada no mundo do crime.

— Vou gostar de te ver queimar, vadia. — Ele cuspiu para o lado. — Segurem a piranha, ela vai ter uma aula de boas maneiras.

Eu devia ter gritado, devia ter corrido ou ao menos tentado encontrar uma pedra ou um pau que pudesse usar como arma, mas nunca fui o tipo de garota que faz o que devia fazer.

Olhei para a casa de Jude, torcendo para que ele saísse de lá e viesse me salvar. Nesse instante, dois pares de braços me agarraram, torcendo os meus com tanta força que não contive um grito.

— É melhor me soltar agora! — gritei para os gêmeos enquanto me debatia. — A menos que queiram um murro no meio da testa. — Olhei para trás de novo e não vi nem sinal de Jude, nem de luz na casa.

— Ele não vem te salvar, querida — disse Vince se aproximando de mim. — Jude não é o tipo de cara que gosta de bancar o herói. Ele é mais o anti-herói, sabe?

Os gêmeos riram.

— Hum, sei — bufei. — E você é o tipo de pessoa que tenta incendiar um cachorro inocente para tirar de casa uma garota que quer intimidar. Acha mesmo que pode reconhecer um herói, se encontrar um?

Desde os meus três anos, minha mãe vivia dizendo que eu ia morrer por causa da minha boca, e o brilho assassino que vi nos olhos de Vince parecia confirmar essa previsão.

— Do que exatamente está me chamando?

Estreitei os olhos e cravei os calcanhares na areia.

— De covarde.

Não parecia fisicamente possível um cara daquele tamanho se mover com tanta rapidez.

— Eu ia te deixar viva — ele cochichou no meu ouvido enquanto apertava meu pescoço —, mas mudei de ideia depois desse comentário. — Os dedos soltaram meu pescoço e tocaram a cabeça. Eu já sabia o que ele pretendia fazer e me preparei, mas não foi o suficiente para diminuir a dor que senti quando ele puxou meu cabelo com força suficiente para arrancar quase metade dele.

Fechei os olhos e sussurrei a prece que fazia todas as noites antes de dormir quando era criança, e depois, quando deveria gritar por causa de outro puxão de cabelo, escutei algo maior. Um urro tão desesperado e enfurecido que parecia que o próprio diabo tinha aparecido para visitar Sapphire Lake.

Quando abri os olhos, a primeira coisa que vi foi o rosto de Vince passando da dominação ao medo, pouco antes de algo acertá-lo entre os olhos. Vince cambaleou antes de cair para trás.

Em seguida Jude apareceu em cima dele como se tivesse surgido do nada, acertando soco atrás de soco em qualquer parte de Vince que conseguisse alcançar.

— Vai ter que me amarrar melhor na próxima vez, seu doente de merda! — Cada palavra era seguida por um soco, e cada soco acertava o alvo como o estrondo de um trovão.

Fiquei ali parada, ainda em choque com tudo o que havia acontecido; e em choque também por ver Jude espancar outro garoto com tanto ódio que nem parecia se importar com a possibilidade de matá-lo.

Não sabia se estava aliviada por ele estar do meu lado ou aterrorizada por saber que uma pessoa assim existia.

De repente, Jude parou e olhou para mim.

— Luce — disse normalmente, sem demonstrar nenhum sinal de cansaço —, entra e liga para a polícia.

Continuei parada no mesmo lugar, e ele acrescentou:

— Estou aqui. Não vou deixar que a machuquem. — Nesse momento, os gêmeos covardes decidiram unir forças contra Jude. Ou contra mim, eu não sabia. — Vai, Luce — ele implorou, inclinando a cabeça em direção a casa. — Eu vou te proteger.

Dessa vez, quando tentei andar, consegui mover os pés. Rambo, que não havia saído do meu lado, me seguiu. Subir da praia para casa foi como tentar correr uma maratona em menos de uma hora, mas eu continuei andando, olhando para trás a cada passo para ter certeza de que Jude estava conseguindo se defender dos três.

Defender-se era um jeito ameno de dizer que ele não deixaria ninguém vivo. Como e onde aquele cara havia aprendido a lutar daquele jeito era algo que eu nem queria saber, mas me sentia grata por isso.

Estava chegando perto de casa quando notei as luzes azuis e vermelhas girando, e um policial apareceu apontando uma lanterna para o meu rosto.

— Fomos chamados por alguém que mora do outro lado do lago e viu fogo nesta região — ele disse, caminhando em minha direção seguido pelo parceiro. — Viu alguma coisa?

— Foi aqui — respondi ofegante. — O incêndio foi aqui. — Apontei para a praia, e então o policial conseguiu realmente ver o meu estado. Ele arregalou os olhos.

— Senhorita, precisa de atendimento médico? — perguntou, e continuou se aproximando de mim como se eu estivesse mentalmente instável, o que, àquela altura dos acontecimentos, não era impossível.

— Talvez — respondi insegura. Ainda sentia a adrenalina com tanta intensidade que não conseguia perceber se estava ou não ferida.

— Hal, chame os paramédicos.

O parceiro assentiu e correu de volta à viatura.

— Muito bem, moça — ele disse ao parar na minha frente. — Sou o oficial Murphy. Qual é o seu nome?

— Lucy. — Pigarreei para limpar a garganta. — Lucy Larson.

— Bom, srta. Larson — continuou o oficial Murphy sem me encarar realmente, tentando sem sucesso olhar para mim como se alguma coisa não estivesse muito errada. — Tem mais alguém lá?

— Sim. — Agarrei seu braço e o puxei para a praia. — Mais quatro pessoas.

— E como elas se chamam? — Murphy andava depressa e passou na minha frente.

— Só sei o nome de dois. Um é Vince.

— E o outro? — Murphy parou e olhou para mim.

Engoli em seco antes de responder.

— Jude. Jude Ryder.

— Espera. — O rosto de Murphy se transformou. — Jude Ryder está lá?

Concordei, franzindo a testa.

— Merda — ele resmungou antes de pegar o rádio do bolso. — Hal — chamou em voz baixa —, pede reforço. Jude Ryder está aqui.

Hal também resmungou um palavrão antes de responder:

— Copiado. Vou pedir imediatamente.

CINCO

Um dos meus lugares favoritos no chalé era a varanda fechada com tela. Eu adorava ficar encolhida na velha cadeira de balanço, enrolada em um cobertor e olhando a paisagem.

Isso mudou nesta noite.

Tem alguma coisa a ver com o homem que eu esperava beijar todas as noites até a eternidade ter sido algemado e levado com mais três caras que mais cambaleavam do que andavam, enquanto o que restava do canil ainda fumegava. Esse tipo de coisa tem o poder de tirar o mundo da gente do eixo.

Os paramédicos tinham ido embora, porque, com exceção de um ou outro hematoma, eu estava inteira. Meus pais finalmente acordaram quando mais três viaturas da polícia chegaram com as sirenes ligadas. Minha mãe ainda estava atordoada com a dose dupla de pílulas para dormir, e meu pai ficou tão devastado quando soube o que havia acontecido que também teve que aceitar um tranquilizante. Agora eles estavam sentados no divã, tão afastados um do outro quanto era possível; os olhos, vidrados e perdidos em algum ponto entre mim, a praia e as viaturas de polícia, como se tentassem decidir se o que acontecia era real.

— Sr. e sra. Larson? — O oficial Murphy bateu uma vez na porta de tela antes de entrar na varanda. — Já terminamos tudo por aqui. Vou deixar meu cartão, caso tenham alguma dúvida. — Ele deixou o cartão com minha mãe e olhou para nós três como se fôssemos a coisa mais triste que via naquela noite. E talvez estivesse certo. — Vocês serão informados de tudo que acontecer. Lucy, você precisa ir à delegacia prestar depoimento amanhã bem cedo. Quer que eu mande uma viatura vir buscá-la ou prefere ir sozinha?

— Eu vou com meu carro — respondi com um sorriso sem graça e sem deixar de afagar Rambo, que estava deitado no meu colo e não parecia ter planos de sair dali tão cedo.

Murphy também sorriu e se agachou ao meu lado.

— Você está bem, Lucy? — Ele tocou meu braço. — Precisa de alguma coisa?

— Não. — Tentei não olhar para a terceira viatura, onde era visível uma cabeça baixa coberta por uma touca. — Está tudo bem.

— Certo. — Ele se levantou. — Até amanhã.

— Oficial? — falou minha mãe num tom meio agradável. Deviam ser os comprimidos para dormir. — Só para esclarecer, o sr. Ryder não vive na casa ao lado?

— Não, sra. Larson. A menos que esteja se referindo a passar algumas noites escondido na casa de barcos.

— Escondido? — Era como se ela nunca houvesse escutado aquela palavra.

— Sim, arrombamento e invasão, como chamamos na minha área de trabalho. Também conhecido como ocorrência regular, em se tratando de Jude Ryder.

— Não é a primeira vez que ele é preso? — perguntou ela olhando para mim.

O oficial Murphy riu.

— Nem perto disso. Conhecemos Jude e aqueles outros três baderneiros desde que eles eram alunos do fundamental. Sangue ruim, todos eles. O tipo de garoto que todo pai de menina reza para a filha nunca ter a infelicidade de conhecer. O tipo que se transforma em um homem que vai passar a vida na cadeia.

Minha mãe suspirou e balançou a cabeça, enquanto meu pai desfrutava os benefícios da viagem pela terra dos tranquilizantes.

— Mas o Jude me salvou dos outros três — expliquei, sem saber nem por que estava falando. Como já imaginava, não sabia nada sobre o Jude. Eu me sentia traída, enganada e abandonada. Mas, de algum jeito, mesmo com tudo que havia contra ele, ainda sentia necessidade de defendê-lo. — Eles teriam feito uma coisa horrível, se Jude não tivesse interferido. — Fiz questão de encarar minha mãe, deixando claro que Jude havia sido o único em condições de me salvar, porque meus pais dormiam o sono dos dopados.

— Não quero duvidar do que está dizendo, Lucy, mas em todos esses anos desde que comecei a lidar com Judy Ryder, nunca soube de ninguém de quem ele tenha cuidado, além dele mesmo. — O sorriso do oficial era piedoso. — Garotos como ele não gostam de ninguém, só deles.

— Não acredito nisso — retruquei.

— Eu sei, Lucy. Sei que não acredita — Murphy respondeu abrindo a porta de tela. — Jude não seria um transgressor tão eficiente e bem-sucedido, se não fosse encantador e manipulador, mas vou te dizer uma coisa. Quando ele for solto, talvez em três semanas, espero, mas, mais provavelmente, dentro de alguns dias, me avise se tiver alguma notícia dele, está bem? Se ele telefonar para se desculpar e implorar por perdão ou se ligar só para dar um oi, me avise mesmo, e eu retiro o que disse sobre ele não gostar de ninguém além dele mesmo. Mas, se ele não ligar, me faz um favor e esquece que conheceu Jude Ryder?

Não sei bem se balancei a cabeça de um lado para o outro ou para cima e para baixo, mas o oficial Murphy estava certo.

Não recebi o tal telefonema, nem em alguns dias, nem algumas semanas mais tarde.

SEIS

Primeiro dia na escola nova. Último ano. Essas pessoas que dizem que o inferno não existe estão muito enganadas.

Southpointe High School era tudo que eu acreditava que só acontecia na televisão. As meninas eram duas vezes mais bonitas que as adolescentes medianas, os garotos podiam passar por universitários, os *geeks* eram jogados nas latas de lixo, várias professoras davam mole para alunos, e vi pelo menos uma dúzia de episódios de compra e venda de drogas acontecendo entre as aulas.

E ainda não era nem hora do almoço.

O professor falava sobre a programação do semestre, que incluía ler e resumir livros que eu havia lido no sétimo ano, quando o sinal tocou como se fosse um alarme de bombardeio. Como aluna nova, deduzi que a insistência com que todos me ofereceram o lugar perto da porta era só uma demonstração de cortesia. Mal sabia que aquela era a carteira mais próxima da campainha, que lembrava um estrondo sônico.

Como nas três aulas anteriores, a quarta aula, de inglês, rendeu mais risadinhas e revirar de olhos a cada vez que eu pulava de susto. Teria que comprar um estoque de analgésicos, porque tomaria um comprimido a cada quatro horas, a partir daquele momento até o dia da formatura, que seria em três de junho. E, sim, eu já havia começado a contagem regressiva.

— Então, você é a aluna nova por quem os meninos já estão fazendo apostas. — A menina era tão elegante, tão linda, que era a personificação do que as pessoas queriam dizer quando falavam "verniz" para descrever o comportamento de alguém. — Acho que Luke Morrison é o "mais cotado para ser o primeiro a pegar a novata".

— Como é que é? — Eu era favorável a manter uma atitude amistosa, principalmente porque não tinha nenhum amigo ali, mas não ia oferecer a jugular.

A garota verniz percebeu bem depressa que eu não seria o capacho pessoal no qual ela limparia o salto agulha, porque sorriu e acenou.

— Não se incomode com nada do que a espécie masculina diz ou faz por aqui. Sei que é consenso geral a ideia de que eles evoluíram dos macacos, mas, na minha opinião, isso ofende os macacos.

— Tudo bem — resmunguei antes de pendurar a mochila no ombro.

— Taylor — a menina se apresentou, jogando o cabelo quando um garoto passou perto dela e a olhou de um jeito que devia ser restrito ao quarto.

— Lucy — respondi, sem saber se estava fazendo minha primeira amizade no Colégio do Inferno ou se ela era alguém que seguia o lema "mantenha os amigos perto e os inimigos mais perto ainda".

— O que vai fazer na hora do almoço, Lucy? — Taylor enganchou o braço no meu e me levou para a porta.

Não tive tempo para responder.

— Precisa sentar comigo e minhas meninas. Não aceito um não como resposta — ela avisou, e foi me levando pelo corredor como se fosse a dona do lugar. Juro, todo o mundo virava para olhar quando ela passava rebolando. Garotos piscavam, assobiavam e encaravam. *Muitos* encaravam. As meninas fingiam ignorá-la, mas olhavam para ela de lado ou de cara feia.

— Obrigada? — respondi, mesmo sem saber se devia me sentir grata. Pensei no meu irmão, como sempre acontecia em algum momento todos os dias. Ele era ótimo nesse tipo de situação, para fazer amigos e lidar com novos cenários. Fazer amigos nunca foi fácil para mim, e tudo indicava que Southpointe High não seria uma exceção.

— A primeira impressão é tudo, e a segunda é nada — Taylor comentou quando entramos na cantina. Vi ali a mesma reação que ela havia provocado no corredor. Não sei o que essa garota tinha de especial, mas era forte. — Tudo é uma questão de controlar as consequências, mas acho que a gente vai se dar bem, se jogar direito.

Minha cabeça rodava.

— Você fala em controle de consequências porque os meninos já estão espalhando boatos sobre quem vai transar comigo primeiro, ou mais depressa, ou mais forte, ou alguma coisa assim? — E pensar que a escola era um lugar de aprendizado superior.

— Os meninos? É claro que não — Taylor respondeu acenando para a mesa no canto mais afastado. — Isso é a forma mais elevada de elogio que eles conhecem. São as meninas, mais especificamente as namoradas dos caras, que estão apostando sobre a aluna nova. Além do mais, seu guarda-roupa não desmente a imagem de vagabunda.

Torci o nariz. Ela falava de um jeito com o qual eu não estava acostumada, além de estar atacando meu guarda-roupa. Minha saia era um pouco curta, sim, mas eu usava cardigã e sapatilha para suavizar o efeito, fala sério.

— Elas estão tramando uma ofensiva, e é das grandes.

— Que ofensiva? — Talvez alguns olhares e caras feias fossem para mim. Na verdade, aquela garota de cabelo escuro que usava rímel como se não soubesse o que significava a expressão "menos é mais" olhava diretamente para mim enquanto passava um braço em torno do cara ao lado dela.

— Elas já decidiram que você é vagabunda — Taylor falou com indiferença. — Já vi o recado rabiscado nos espelhos de dois banheiros com batom da coleção passada e ouvi cochichos umas cinquenta vezes nos corredores.

Seria possível odiar o colégio ainda mais? Sim, a resposta é sempre sim.

— Fodástico — respondi mantendo a pose. — E o que eu fiz ou não fiz para merecer os babacas de Southpointe High apostando quem vai me comer e as garotas que namoram com eles me chamando de vagabunda?

Sim, eu sabia que o mundo não era justo. Nem tudo fazia sentido ou seguia um caminho lógico, harmonioso, mas queria uma razão, pelo menos, para explicar por que o mundo era essa porcaria. Isso se houvesse uma causa.

— O motivo... — Taylor me fez parar e me virou, e ficamos de frente para a fila do balcão. Prendi a respiração e senti uma tontura forte. — ... está ali.

A bandeja parou de repente sobre os trilhos, e os ombros dele ficaram tensos, Jude virou e me encarou como se soubesse exatamente onde eu estava. Vi um esboço de sorriso e senti o mundo começar a girar descontroladamente.

— Considerando esse sorriso idiota na sua cara, imagino que a história seja verdadeira. — Taylor tentou me tirar dali, mas eu não me movia. Na verdade, não conseguia me mexer enquanto Jude me olhava daquele jeito. — Mas vou dizer qual é a regra número um em Southpointe High: se quiser preservar uma reputação moderadamente aceitável, não olhe, não fale e, Deus a livre, não saia com garotos como Jude Ryder.

Ele abandonou a bandeja e andou em minha direção, abrindo caminho pela cantina lotada. Todos que o viam se aproximando saíam da frente, e os que não o viam eram puxados pelos amigos mais próximos ou empurrados pelos ombros largos de Jude.

— Ele vem vindo? — A voz de Taylor sugeria o fim do mundo.

— Sim. — Eu não estava tão abalada.

Taylor balançou a cabeça como se eu fosse um caso perdido.

— Jude nunca vai atrás de uma mulher. Ele é o perseguido, não o perseguidor.

Foi minha vez de ignorar.

— Ele só vem dar um oi.

— Exatamente, Jude não se desloca para dar oi para ninguém — ela insistiu impacientemente. — Repito, ele é o perseguido.

Senti que todos os olhares da cantina iam e voltavam entre mim e Jude. O que acontecia ali era um drama colegial novo, recém-saído da gráfica.

— Pensei que tivesse dito que uma garota que se importa com a própria reputação não se aproxima de caras como Jude. Não é por isso que sou a vagabunda honorária, de acordo com a população de Southpointe High, tão imparcial e adepta de dar a uma pessoa o benefício da dúvida?

— É, eu disse isso — Taylor respondeu, olhando para Jude de um jeito que despertou em mim o instinto territorial. — Mas você não notou que, com caras como Jude, uma garota não se preocupa com sua reputação?

Eu não tinha resposta para isso, então me soltei e caminhei em direção a ele.

— O que está fazendo? — Taylor perguntou atrás de mim.

— Vou dar um oi.

— Não pode! — Ela correu e segurou meu braço.

Eu não sabia se essa menina usava drogas ou tinha se esquecido de tomar o remédio, mas ela estava começando a me irritar.

— Escuta, Taylor — respondi, e virei de frente para ela. — Se minha reputação de vagabunda vai piorar por eu dar oi para alguém, que seja. — Puxei o braço e percebi que ela me olhava como quem tivesse sido ferida.

Que bom fazer amigos.

— Oi, Luce.

Senti um arrepio.

— Oi, Jude. — Recuperei o controle da melhor maneira possível. Ele ainda sorria como se esse encontro fosse a melhor coisa que havia acontecido na semana, e, com exceção de uma cicatriz nova cruzando a sobrancelha, estava exatamente igual: roupas escuras, touca escura, segredos obscuros.

— Não esperava te ver aqui — ele falou enquanto enfiava as mãos nos bolsos.

— Sério? — Eu tentava agir como se não estivéssemos em um palco diante de uma plateia. — Também não esperava te ver aqui, especialmente depois de ter visto você ser levado em um carro da polícia.

Ele ficou sério e massageou a nuca.

— Ah, sim, sobre isso, acho que tenho que explicar umas coisas.

— Umas coisas? Você tem uma montanha de explicações a dar.

— Eu sei. — Ele ficou sério de repente. — Eu sei.

— Quando saiu? — perguntei em voz baixa enquanto olhava em volta rapidamente.

— Tudo bem, todo o mundo já sabe — gritou Jude — que eu sou um FILHO DA PUTA imprestável — A voz dele reverberou nas paredes da cantina, seguida por um coro de colheres batendo em bandejas. — Saí há duas semanas — ele acrescentou falando normalmente.

Tentei não demonstrar o quanto a declaração havia me abalado.

— E não podia ter ligado?

— É claro que podia, Luce — Jude respondeu secamente.

— Só não ligou.

— Precisa de uma resposta para isso ou só está procurando um jeito de me fazer sentir mais merda do que já me sinto?

— *Você* se sente um merda? — Dei um passo à frente. — Você se sente um merda? — Repeti só porque me fazia sentir bem. — Meu cabelo quase foi arrancado por gente com quem você se relaciona, pessoas que eu nem teria tido a honra de conhecer, se não fosse por você. Meu cachorro quase virou churrasco. Sou oficialmente a vagabunda honorária de Southpointe High porque, de algum jeito, todo o mundo sabe que te conheço, e isso deve significar que dormi com você. — Daria à plateia exatamente o que ela queria, um show, e não deixaria que ninguém perdesse um só minuto dele.

— Aí está sua resposta — Jude estava tenso. — Por isso não liguei. Por isso não apareci na sua casa assim que me soltaram, como queria ter feito. Eu sou um câncer, Luce. E não sou nem do tipo que dá para curar com radiação. Sou o câncer que mata.

A vulnerabilidade cujos sinais eu tinha visto antes estava lá de novo, inundando seus olhos.

Mas eu estava muito brava, ou muito magoada, para me deixar afetar por aquele olhar.

— Ah, que bom, obrigada por nada. Boa sorte.

Acho que a coisa mais difícil que fiz até hoje foi dar as costas para ele na frente de todos aqueles olhos arregalados na cantina e me afastar.

Não sabia para onde ir, mas não podia ficar andando em círculos, a menos que quisesse acrescentar "desequilibrada mental" à minha lista de títulos. Por isso, engoli o orgulho e a opinião sobre Taylor ser a mulher mais manipuladora que já pisou a face da Terra e fui me sentar à mesa dela.

— Não esperava te ver de novo — Taylor falou, mordendo uma cenoura e me olhando de um jeito que teria acabado com uma mulher menos resistente.

— Por quê? — perguntei, esforçando-me para parecer despreocupada. — Eu falei que só queria dar oi para um velho amigo.

— Foi um oi bem demorado — Taylor respondeu sarcasticamente antes de beber um pouco do refrigerante diet.

As garotas à mesa, que não haviam sido tão contempladas pela genética, mas ainda eram suficientemente bonitas para empinar o nariz cirurgicamente esculpido para mim, riram dentro de suas latas de refrigerante diet.

— Aquilo, Taylor — eu disse enquanto puxava a cadeira e me sentava. Eu não precisava esperar o convite, se elas não iam me convidar. — Aquilo foi um adeus.

— Não parece — ela insistiu olhando por cima do meu ombro.

Olhei para trás e vi Jude parado no mesmo lugar onde o deixei, olhando para mim tão intensamente como nunca tinha visto antes. Olhando para mim como se não se incomodasse com o que os outros estavam pensando.

Virei para a mesa e encarei Taylor.

— Ah, Taylor. Tenho certeza de que você, mais do que ninguém, sabe que um olhar pode enganar. — Tirei a maçã da bolsa, cravei os dentes nela e sorri desafiante.

— Não entendi. — Ela se inclinou para a frente.

Eu estava provocando a pessoa errada, sabia disso, mas já havia passado por muita coisa na vida, o suficiente para reconhecer cretinice maldosa quando a via, e essa garota era a rainha da maldade.

— Você, por exemplo. Alguém como você, com uma beleza convencional, cirúrgica — senti a respiração coletiva profunda em volta da mesa —, fabricada. — Eu dava cambalhotas por dentro. — Bom, não dá para imaginar que alguém como você é insuportável, maldosa, uma p...

— Oi, meninas — interrompeu o recém-chegado, cutucando duas das meninas boquiabertas antes de parar atrás da cadeira ao meu lado. — Este lugar está ocupado?

Balancei a cabeça e o olhei para ele de cima a baixo, depois peguei uma garrafa de água na mochila. Sorriso radiante demais, cabelo loiro demais, bronzeado muito artificial, camisa muito passada. Bonito de um jeito pasteurizado, de um jeito que eu não achava bonito.

— Você deve ser a garota de quem todo o mundo está falando — ele disse ao sentar.

Risadinhas em volta da mesa.

O garoto ficou vermelho ao perceber seu erro.

— Ah, todos estão comentando porque você é nova na escola, foi isso que eu quis dizer — ele explicou, o que provocou mais risadas.

— É claro que foi isso — Taylor resmungou.

Ele a encarou como se dissesse "dá um tempo", depois olhou para mim.

— Eu sou o Sawyer — disse com um sorriso branco artificial. — Sawyer Diamond.

Ai, cara. Até o nome dele era... irritante. Se meu pai soubesse que eu estudava com um garoto cujo sobrenome era Diamond, tentaria arranjar um casamento. Sua Lucy *in the sky*... Seria Diamond.

— Lucy — respondi, e bebi um gole de água lembrando que fazer julgamentos precipitados no calor da raiva não era uma boa ideia. Na próxima vez que eu desse as costas para alguém e me afastasse pisando duro, daria um milhão de voltas antes de me sentar nesta mesa de novo.

— Lucy — ele repetiu, e tirou um sanduíche da bolsa onde levava o almoço. — Um lindo nome para uma linda garota.

Eu estava no meio de uma revirada de olhos, quando senti alguém parar atrás de mim.

— Está no meu lugar, Diamond.

Não olhei para trás. Não precisava. Reconheceria aquela voz até na próxima encarnação.

— Pensei que o lugar estivesse vazio. — Sawyer se mexeu na cadeira e encurvou os ombros.

— Pensou errado — Jude respondeu, já segurando o encosto da cadeira de Sawyer. — Você erra demais, não é?

Sawyer levantou e virou para Jude. Não era tão alto quanto ele, mas era quase, e não chegava nem perto de ser tão forte.

— Vaza daqui, Ryder — ele disse cruzando os braços.

— Deixa a garota na dela — Jude respondeu encarando-o.

Eu tinha a sensação de que aconteceria uma briga generalizada na cantina, como aquelas que só ocorriam em programas de televisão, mas, mesmo furiosa como estava com o Jude, não suportaria vê-lo ser algemado e preso outra vez.

Levantei da cadeira e me coloquei entre os dois.

— Estou saindo. Pode ficar com o meu lugar, se quiser. — Não olhei nos olhos dele. Não queria lembrar para o que estava dando as costas.

Sem dizer mais nada, saí correndo.

Não sabia o que era necessário para terminar os estudos em casa, mas estava disposta a enfrentar dez horas por dia, sete dias por semana, sem intervalo para almoçar e ir ao banheiro, se isso me livrasse de ter que voltar para aquele esgoto outra vez.

Fui desviando dos estudantes e não parei até encontrar um corredor vazio. Entrei no vão entre os armários mais próximo, me escondi em um canto e curvei a cabeça sobre as pernas. Queria chorar ali mesmo. Queria deixar sair cada lágrima que segurei durante anos, mas alguma coisa as impedia de se formarem. Um bloqueio mental não permitia o alívio de que eu tanto precisava.

— Maldição — resmunguei socando um armário.

— Luce?

Tudo de que eu não precisava agora. Tudo de que eu precisava agora.

— Como me achou? — Não levantei a cabeça.

— Foi fácil. — Ele sentou ao meu lado. — Só precisei seguir o "maldição".

Eu ri. Ri muito. Sempre ficava emocionalmente instável nesses momentos, quando precisava chorar e não conseguia. Na verdade, emocionalmente instável era uma boa avaliação do que eu tinha me tornado. Na maior parte dos dias, conseguia enterrar minhas inseguranças e meu passado horrível embaixo de muita atitude e temperamento. Dias como o de hoje me lembravam como eu era frágil. Como minha armadura supostamente forte podia ser facilmente perfurada pela pessoa errada munida das palavras certas.

E lá estava eu, sentada ao lado de um homem que era a definição de "desastre" e que, se eu deixasse entrar na minha vida, me transformaria em um desastre emocional. Ele se aproximou de mim, passou um braço ao redor do meu pescoço e me puxou. Eu devia ter resistido, pelo menos tentado, considerando que ainda não sabia nada sobre o passado, o presente e o futuro de Jude. Mas não resisti, é claro.

— Então? — ele perguntou, e sua voz soou abafada no meio do meu cabelo.

— Então — repeti quando um bando de garotos passou por nós. Nenhum deles disse nada enquanto Jude podia vê-los, mas notei que se cutucaram com tanta agitação quando se afastaram que quase pude ouvir o barulho. Ser vista ali, sozinha com Jude, aconchegada em seu peito, faria maravilhas pela minha reputação já tão destruída.

— Hora da explicação — ele anunciou como se não houvesse alternativa.

— Hora da explicação. — Melhor agora do que mais tarde, apesar de que teria sido melhor mais cedo do que agora. Bom, de qualquer forma, sabia que, em relação a Jude, eu aceitaria o que viesse.

— Quando quiser — ele avisou.

Minha cabeça ficou vazia. Era como se nenhuma pergunta ou resposta pudesse mudar o que eu sentia por ele. E uma garota chegar a essa conclusão sobre Jude era uma insanidade.

Se já não soubesse antes, agora estava confirmado: eu tinha um parafuso solto.

— Vai. — Ele me cutucou com o cotovelo. — Pode perguntar qualquer coisa. Ou eu respondo, ou não.

— Bem acessível da sua parte — falei, sorrindo contra a camisa dele.

— Só temos alguns minutos antes do sinal, é melhor começar logo. Não me preocupo com atrasos, mas acho que você é o tipo de aluna que se importa com isso.

Na verdade, eu já tinha estourado minha cota de atrasos no passado. Na escola particular sangue azul onde eu estudava, era considerada rebelde por não ter medo de usar minissaia, ou por carregar um pouco mais no batom ou por cabular uma aula de vez em quando. Mas aqui, no Colégio Pagão, essas rebeldias de antes me qualificariam como uma santa.

Ah, não, espera, esqueci que o corpo estudantil já decidiu que sou uma vagabunda.

Jude me deu mais uma cotovelada de leve, e eu fui direto ao ponto.

— Já foi preso antes. — Não era uma pergunta. Eu já sabia, mas acho que precisava da confirmação dele.

— Sim. — Resposta curta.

— Quantas vezes?

— Onze ou doze. Perdi as contas.

Eu sabia que Jude e a polícia tinham um passado em comum, mas havia subestimado a intensidade dessa convivência.

— Por quê? — Estava me esforçando para manter a voz calma.

Levantei a cabeça quando Jude encolheu os ombros.

— Na maioria das vezes por briga, e uma vez por porte de droga.

Puta merda.

— Que tipo de droga?

Ele não hesitou antes de responder.

— Metanfetamina.

Puta merda.

— Estava usando? — Era errado torcer para que ele dissesse que estava dando a droga para outra pessoa?

— Não. Estava tentando vender. Eu tinha treze anos, era um filho da puta burro e ganancioso. Não deu certo comigo, e eu desisti. Não vendo drogas há quatro anos.

— E conhece aqueles três garotos porque vocês moram todos na mesma casa? — Com exceção daquela manhã depois do caos, não falei mais deles. Tentei nem pensar neles, mas estava disposta a abrir essa porta trancada para descobrir quem era o verdadeiro Jude.

Pela primeira vez desde o começo desta sessão de perguntas e respostas, ele ficou tenso.

— Isso — confirmou, puxando a touca mais para baixo.

— E o tio Joe? Ele comanda o lugar?

Jude soltou uma risadinha irônica.

— Se acha que ficar com aquela bunda gorda no sofá enquanto algumas dúzias de garotos chapam é estar no comando, sim, essa é a função dele.

— Há quanto tempo mora lá? — Endireitei as costas e quando olhei para ele notei que havia voltado àquele lugar sombrio.

Ele hesitou.

— A polícia não te contou? Eles nunca perdem uma oportunidade de mostrar que sou um caso perdido.

Estávamos em um campo minado, eu andava na ponta dos pés e não sabia até onde conseguiria chegar antes que tudo explodisse.

— Tinha esperança de ouvir a história toda de você. Mas parece que alguém esqueceu meu telefone. E onde eu moro. — Sorri para ele, e Jude finalmente relaxou um pouco.

— Cinco anos — finalmente respondeu.

— Gosta de lá?

— Não é ruim.

Mais uma resposta seca e pouco reveladora.

— Por que foi parar lá? — Por mais que eu tivesse desejado fazer todas essas perguntas, cada uma delas me deixava mais aflita.

— Minha mãe sumiu. Meu pai foi preso.

— Sinto muito — murmurei. Estava me sentindo a pior pessoa do mundo por pensar coisas ruins sobre ele. — Seu pai vai sair logo?

— Não.

Eu já imaginava a parede na nossa frente explodindo com a força do olhar de Jude.

— O que ele fez?

— Cometeu crimes pelos quais as pessoas são presas.

Senti um calafrio nas costas.

— E sua mãe? Por que ela foi embora?

— Porque odiava a vida de casada e odiava ainda mais ser mãe. — Seus olhos se contraíram. — Porque era egoísta, queria ser livre e não sabia o que era lealdade.

Segurei a mão dele entrelaçando nossos dedos.

— Acha que ela ainda vai voltar?

Jude bufou.

— Não. Minha mãe sumiu faz tempo. Ainda tenho o presente lindo de despedida que ela deixou para mim, está sempre no meu bolso. — Ele tirou do bolso de trás um pedaço de papel amassado e velho. — Tenho isto e a touca velha que uso, de tricô, crochê ou qualquer outra merda, que ela fez e que era grande demais para mim na época.

Eu não sabia se queria ler o bilhete. Na verdade, tinha certeza de que não queria, mas não consegui recusar quando Jude o entregou para mim. Não podia dizer não a uma pessoa que me entregava a única coisa que havia sobrado de alguém que amava. Peguei a folha e a desdobrei.

— É a letra de "Hey, Jude"[4] — constatei intrigada.

— É isso — ele confirmou com a voz contida.

— Foi isso que ela te deu antes de ir embora?

— Ah, ela não me deu, ela deixou em cima do meu criado-mudo antes de fugir no meio da noite, mas, sim, ela teve a grande consideração de escrever a letra de uma porcaria de música. Não tem "eu te amo" nem um "para sempre sua, mamãe". Legal, não é?

Dobrei a folha de papel e a devolvi.

4. "Hey Jude", John Lennon, Paul McCartney; Trident Studios, 1968. (N.E.)

— Por que carrega isso com você?

— Normalmente, não carrego. Guardo em uma moldura do lado da cabeceira da cama, mas peguei hoje de manhã em um momento de fraqueza.

— Isso fica na sua cabeceira? — Tinha a sensação de que um pedacinho do meu coração se desprendia.

— Para poder ver todas as noites. — Os músculos da mandíbula ficaram salientes.

— Para se lembrar da sua mãe.

A tensão aumentou mais um pouco.

— Para lembrar o que pode acontecer quando a gente ama alguém. — Jude guardou o papel dobrado no bolso e bateu a cabeça na porta do armário atrás de nós.

Acho que nunca havia escutado algo tão triste.

— E a touca? — Entendi porque parecia ser tão velha e desgastada. Ele a usava todos os dias há cinco anos.

— Pelo mesmo motivo — ele respondeu, e a puxou para perto das sobrancelhas.

— Ah, isso tudo é bem deprimente — falei, tentando achar um jeito de mudar de assunto. — Tem irmãos ou irmãs?

Jude balançou a cabeça.

— Só eu. Os velhos pararam no primeiro, felizmente. E você?

Paralisei. Não queria que a conversa seguisse por essa viela escura. Não estava preparada para falar sobre meu passado para Jude, apesar de ele ter falado sobre o dele com tanta disponibilidade. Gostava de pensar que eu era um livro aberto. Essa era a impressão que queria que os outros tivessem de mim, mas eu era tudo, menos isso. Na real, era o tipo de livro que estava fechado há tanto tempo que uma nuvem de poeira explodiria se alguém conseguisse me abrir.

— Eu tinha um irmão mais velho.

— Tinha?

Fechei os olhos, tentando discutir o assunto com toda neutralidade de que era capaz.

— Ele morreu há alguns anos.

Jude titubeou.

— O que aconteceu?

Mordi o lábio.

— Ainda não estou preparada para falar disso — respondi, tentando não demonstrar a tristeza que sentia. — Principalmente depois de toda essa história sobre sua-mãe-ter-ido-embora-e-seu-pai-estar-preso. Meu limite da depressão já foi ultrapassado. — Tentei sorrir, mas não deu certo.

— Desculpa, Luce. Às vezes a vida é uma merda — ele falou apertando meu braço de leve. — Tenho certeza de que ele era um cara muito legal.

— O melhor — confirmei analisando-o. — Há horas que você me faz lembrar dele.

Ele sorriu.

— Ah, ele devia ser um cara fenomenal, então.

Tentei sorrir de novo e, dessa vez, consegui.

— Ele era.

— Agora que já falamos sobre nossos passados de merda, há mais alguma coisa que queira me perguntar? — Havia uma nota de esperança em sua voz, esperança de que eu tivesse encerrado o interrogatório, provavelmente.

Ruim para ele.

— Quero saber por que você não me ligou. A verdade — pedi enquanto brincava com a barra da minha saia. — Tem namorada? — Não sabia quem ela era ou podia ser, mas já a odiava.

O alívio de Jude por eu ter mudado de assunto era visível.

— Caramba, não.

— Não quer ter — afirmei, lembrando a primeira conversa que tivemos.

— Era assim que eu funcionava antes — ele respondeu, olhando para minha boca por tanto tempo que senti meus lábios começarem a tremer —, mas agora não tenho tanta certeza.

— Tudo bem, você não ligou para mim, mas não foi porque tem namorada. — Eliminada a explicação número um, passei para a número dois. — Foi então porque decidiu que não estava tão a fim de mim? — Engoli em seco e me preparei para ouvir a resposta.

— Luce, para uma espécie tão inteligente, vocês, mulheres, conseguem ser bem burras, de vez em quando. — Ele riu, tocou meu queixo com o indicador e me fez encará-lo. — Não liguei porque, já disse, você não terá nenhuma vantagem andando comigo. Posso não ter a intenção de causar problemas, mas tudo de ruim acontece perto de mim.

— Porque você é um câncer — deduzi, mas apenas repetindo suas palavras, pois não acreditava nisso.

— Exatamente.

Suspirei frustrada.

— Quem te disse isso?

Mais um olhar distante.

— Alguém que era importante.

Todas as respostas deviam servir para eliminar perguntas na minha cabeça, mas, em vez disso, só provocavam outras.

— É o seguinte, Jude. Todo o mundo já acha que sou uma vagabunda por sua causa. O que pode piorar se a gente continuar se conhecendo?

— Pode piorar muito. — Ele olhou para mim. Vi a raiva descontrolada em seus olhos. — Espera. Você disse que a chamaram de vagabunda?

— É... — Hesitei, porque conhecia o pavio curto de Jude. — Parece que sim.

Ele socou o armário com tanta força que chegou a afundá-lo.

— Esses otários adoram julgar os outros. — Ele se levantou de repente. — Daqui a pouco a gente se fala, Luce. — Olhou para mim antes de sair. — Preciso fazer uma coisa.

— Jude, não vale a pena. — Porque não valia, mesmo. Nunca havia deixado o que outras pessoas pensavam determinar quem eu era, e, certamente, não começaria agora.

— Ah, vale — ele respondeu com raiva, já se afastando pelo corredor.

Dois caras o cumprimentaram de passagem. A resposta de Jude foi um soco em outro armário.

A quinta aula era de educação física, e fiquei quase eufórica quando o treinador Ramstein avisou que não precisávamos trocar de roupa, porque estava rolando uma dessas reuniões de primeiro dia de aula.

Meu bom humor acabou assim que pisei no chão brilhante do ginásio. Sabia que nem todo o mundo estava olhando para mim, mas era assim que me sentia. Eram fileiras e mais fileiras lotadas, e todas me recebiam com olhares e sorrisos insinuantes. Alguns eram suficientemente corajosos para cochichar a palavra com V, sussurros que eu podia ouvir.

Inferno, agora eu estava ficando furiosa. Não queria fazer inimigos em Southpointe, mas isso não seria impossível se não começassem a segurar a onda. Não era justo levar a fama sem ao menos ter tido a oportunidade de deitar na cama.

Fui até o fundo do ginásio e sentei na última fileira da arquibancada. Tinha o espaço todo só para mim.

Endireitei as costas, levantei a cabeça e fiz questão de retribuir diretamente cada olhar.

— Atenção, por favor! — Uma voz cansada falou ao microfone. Considerando o terno da década passada e as olheiras, devia ser o diretor. O barulho no ginásio não diminuiu. — Atenção, por favor! — Ele repetiu com tom ainda mais cansado. O coitado teria um ano difícil, se já estava exausto desse jeito no primeiro dia.

Eu parecia ser a única aluna prestando atenção, e foi por isso que, quando alguém apareceu atrás do diretor e arrancou o microfone da mão dele, tive tempo para resmungar um palavrão antes que qualquer outra pessoa percebesse o que acontecia.

— Calem a boca, seus filhos da puta! — A voz de Jude vibrou no ginásio, e todos ficaram quietos.

O diretor tentou recuperar o microfone, mas Jude o levantou acima da cabeça, uns bons nove centímetros sobre o pobre homem de rosto vermelho. Jude balançou a cabeça uma vez e levantou uma sobrancelha. Nosso diretor entendeu o recado e recuou.

Ele abaixou o microfone e olhou para mim, localizando-me exatamente no meio de milhares de alunos. Os olhos ficaram cravados em mim por um segundo, antes que ele voltasse a atenção para a plateia.

— Eu suporto vocês, bando de bastardos, porque não me importa o que pensam de mim — começou, e deu a volta no palco. — Mas não vou tolerar nem por um segundo esse ataque à reputação de uma garota inocente.

Eu queria olhar ao redor, ver os olhos arregalados e os queixos caídos, mas não conseguia desviar o olhar de Jude. Ele defendia minha honra, e fosse esse o jeito certo ou errado de defendê-la, essa era a coisa mais sexy e mais romântica que já havia acontecido comigo.

— Lucy Larson é minha amiga. Uma amiga que eu vou defender, e acho que todo o mundo aqui sabe que, se ela fosse uma menina qualquer com quem eu tivesse transado, eu não estaria aqui agora. — Ele fez uma pausa, desafiando alguém ali a dizer o contrário, ou querendo ser contrariado.

Vou ser honesta. A julgar pela expressão no rosto dele, eu temia que alguém protestasse e saísse do ginásio dentro de um saco preto.

— Se ouvir um pensamento que seja sobre ela ser uma vagabunda... — Jude cerrou o punho enquanto parecia olhar para cada aluno da Southpointe High — é melhor que essa pessoa não goste muito de suas pernas, porque vou quebrar as duas.

Agora, para combinar com todos ali, eu também estava boquiaberta.

— Se alguém precisar de mais esclarecimentos sobre o assunto, pode me encontrar no estacionamento. — Ele deixou o aviso nada sutil pairar no ar por mais um minuto, antes de devolver o microfone ao diretor.

O diretor chamou outro administrador para assumir a reunião e fez um gesto para Jude. Rindo, ele o seguiu para fora do ginásio.

— Não seria o primeiro dia de aula se eu não o visse na minha sala antes do fim da quinta aula, sr. Ryder — o homem suspirou.

— Eu sei, mas essa é uma causa válida, diretor Rudolph. — Jude piscou para mim antes de sair do ginásio ainda silencioso.

SETE

O carro da minha mãe estava ali. Foi a primeira coisa que notei quando estava chegando no chalé depois da aula. Ela nunca chegava tão cedo. Sair do escritório antes das cinco da tarde era para minha mãe um pecado mortal.

E, é claro, ela havia escolhido o pior dia da minha vida em anos para quebrar essa regra. Eu teria dado ré, se ela já não estivesse me olhando da janela da cozinha. Estava me esperando.

Quando a gente acha que não pode piorar...

Tirei o cinto de segurança, peguei a mochila e fui ao encontro do inevitável. Abri a porta de tela, respirei fundo e entrei em casa. Tudo que eu queria era pegar uma maçã, subir e abraçar o Rambo, porque esta seria a última noite que ele passaria comigo. Os Darcys acabaram se apaixonando pelo cachorro quando cuidaram dele para mim, e os filhos do casal imploraram para adotá-lo. Amanhã à noite, quando eu voltasse para o chalé e encontrasse o pufe do quarto vazio, ia doer pra caramba. Rambo era o primeiro cachorro que meus pais deixavam entrar em casa, provavelmente por se sentirem culpados por aquela noite, quando dormiram e roncaram enquanto o canil pegava fogo. Mas eu sabia que seria necessário um milagre do tipo Annie Sullivan para convencê-los a aceitar outro bichinho.

Minha mãe estava sentada à mesa, com duas canecas fumegantes de chá diante dela. Vi no seu rosto o maior sorriso que ela era capaz de dar.

— Como foi o primeiro dia?

"Epicamente horroroso. O pior primeiro dia de aula da história do mundo. Humilhante."

— Bem legal — respondi, pegando a caneca de chá que ela oferecia.

— Algum acontecimento especial? — Parecia estar interessada.

"Fui nomeada a piranha da escola no fim da primeira aula."

— Nenhum — respondi tentando parecer casual.

— Fez alguma amizade? — Ela bebeu um gole de chá e continuou olhando para mim com um esboço de sorriso.

"Fiz muitas inimizades."

— Algumas. — Mentir não deveria ser tão fácil.

— Viu algum conhecido?

Meus pais detestavam Jude. Se soubessem que ele era aluno, pensariam seriamente em me transferir de Southpointe para outro colégio mais distante ou traficar seus próprios órgãos para poderem me mandar de volta para a escola particular. Apesar de tudo em Southpointe ser horrível, uma parte muito importante não era. É claro, eu não tinha, e provavelmente não teria, nenhum amigo lá. O currículo era composto por cursos que eu havia começado no fundamental. E tudo era tão antigo que cada corredor, sala e parede cheiravam como uma bolsa velha de academia.

Mas Jude estava lá. E, de alguma forma, nada mais importava.

— Não. — Minha voz tremeu, um alerta instantâneo para minha mãe. Bem, mentir não era tão fácil. E eu não gostava de mentir para meus pais. Era um instinto de sobrevivência, só isso. Dizia o que eles queriam ouvir e, em troca, eles não se metiam na minha vida. — Bom, é um colégio grande. Com certeza vou acabar encontrando algum conhecido.

— Hummm — ela murmurou dentro da xícara de chá. Estava tramando alguma coisa. Eu não sabia o que era, mas quando mãe ou pai tramam alguma coisa, nunca é algo bom. — Eu podia jurar que vi um ônibus da Southpointe parar no Last Chance Boy's Home quando estava indo trabalhar.

Eu não ia deixar minha mãe estragar meu único raio de sol naquele inferno.

— É nessa parte que você espera que eu diga que não me importo por ter sido tirada de um colégio particular no último ano, porque falimos, e jogada em uma escola enorme com detectores de metal em todas as entradas? Talvez a gente possa pular a parte da conversa mole e ser honesta uma com a outra pelo menos uma vez.

Ela deixou a xícara sobre a mesa e levou as mãos às têmporas. Essa era a primeira vez que minha mãe baixava a guarda. Eu não sabia como lidar com essa novidade.

— Teve alguma resposta das escolas de dança para as quais se candidatou? — A voz dela sugeria cansaço.

Suspirei e desejei nunca ter me candidatado. Minha autoconfiança não precisava de mais rejeição.

— Não — respondi, tentando dar a impressão de que não me incomodava, mas, droga, incomodava.

Eu queria ser aluna da melhor escola de dança que existia desde antes de aprender a ler. Eu era uma bailarina. Minha vida estava definida desde que aprendi a vestir o tutu sozinha. Não conseguia imaginar nada melhor para fazer na vida do que dançar em um palco diante de uma plateia até ficar velha, ou até as pernas não suportarem mais, e entrar em uma das melhores escolas do país me daria essa oportunidade.

— Ainda é cedo, Lucy — ela garantiu, enxergando além da minha atitude blasé.

Demonstrei indiferença.

— Vamos ver.

Era muita DR para um dia só, decidi subir para o meu quarto.

— Lucy? — Parei no primeiro degrau. Minha mãe olhava para mim como se eu fosse a criatura mais frágil do mundo. E ela não estava muito enganada. — Como se sente? De verdade?

Depois de cinco anos, ela ia precisar muito mais e oferecer mais que uma xícara de chá ruim e algumas perguntas superficiais para ter uma resposta honesta.

— Bem — respondi olhando para ela.

— Mesmo?

"É claro que não. Perdi minha família inteira no espaço de um dia e nunca mais a tive de volta. E isso foi só o começo."

— Mesmo. — Subi a escada mais depressa, mas não o suficiente.

— Lucy, se precisar de alguém com quem conversar — a voz dela me seguia pela escada —, sei que estarei no fim dessa lista, mas estou aqui.

Eu não ficaria mais chocada se descobrisse que minhas pernas haviam se transformado em uma cauda de sereia.

— Hum — murmurei enquanto procurava as palavras certas. — Obrigada, mãe.

Antes que mais um fenômeno sobrenatural pudesse acontecer, subi correndo e fui para o meu quarto, onde me enfiei embaixo das cobertas pronta para sonhar com um garoto de olhos lindos e um passado feio.

Passar pelos detectores de metal no segundo dia foi menos traumático. Os olhares em minha direção se transformaram em sorrisos. Alguns alunos até acenaram. Depois da segunda aula, eu me perguntava se estava na mesma escola. Todo o mundo me cumprimentava nos corredores; quando pedi cinco pessoas se ofereceram para me emprestar uma caneta na aula de trigonometria; e uma das discípulas de Taylor elogiou minha roupa.

Era tão diferente de ontem, que eu só podia pensar em duas opções: ou todo o corpo estudantil havia sido lobotomizado, ou Jude tinha poder em Southpointe. Muito poder.

Tive a resposta no fim da terceira aula, quando vi Jude andando pelo corredor um pouco mais à frente. O corredor estava lotado, as pessoas esbarravam umas nas outras, mas, por onde ele passava, todos abriam caminho.

Estava tão hipnotizada vendo Jude abrir aquele mar de gente que não notei alguém que estava tentando evitar desde cedo se aproximando de mim.

— Oi, linda — Sawyer falou piscando para mim.

Ah, cara. Os homens ainda descolavam alguém desse jeito? Se sim, eu queria estapear cada garota que caía nessa conversa até enfiar um pouco de bom senso nelas.

— Sawyer? — Olhei para ele. O sorriso do cara, que já era luminoso, tornou-se ofuscante. — Não fala assim. É ridículo.

O sorriso sumiu, mas voltou em seguida em toda sua glória Sawyer.

— A reunião de ontem foi incrível. Vai entrar para a história de Southpointe, com certeza — ele disse, andando ao meu lado enquanto eu acelerava o passo.

Conhecia meninos como Sawyer, eles infestavam meu antigo colégio, e o que não me encantava neles era o fato de serem mais meninos do que homens, mais papo que ação. E eu era o tipo de garota que gostava de homens que agiam.

— É, o solo de trombone foi de arrebentar — respondi, me fazendo de idiota porque não ligava e porque era mais divertido.

Sawyer fez uma pausa. Dava quase para ver o cara coçando a cabeça em pensamento.

— Você e Ryder, é?

Sawyer era mais corajoso do que eu imaginava. Ele era o primeiro a sugerir na minha frente que Jude e eu estávamos juntos. Realmente atrevido, considerando as ameaças do dia anterior.

— Somos amigos — respondi, tentando me afastar um pouco para evitar que o ombro dele tocasse o meu a cada passo que dava.

— Amigos? Parecia mais que isso. Parecia *alguma coisa*.

Mordi o lábio antes de dizer a primeira coisa que me veio à mente. O fato de ter o pavio curto não significava que devia deixá-lo dominar a minha vida, embora agora fosse um daqueles momentos em que eu queria fazer isso.

— Não é nada — insisti, desviando de alguns alunos para chegar ao meu armário.

Sawyer me seguiu.

— Que bom — disse, e encostou-se no armário ao lado do meu. — Assim as coisas vão ser mais fáceis quando eu te levar ao baile de volta às aulas.

Não sei quantas vezes girei a chave no armário. A única coisa pior que não ter companhia para o baile seria ir ao baile com Sawyer. Ele era o tipo de cara que reservava um quarto de motel, antes de passar na sua casa, e condicionava um jantar com lagosta a uma noite inteira de sexo.

— Pego você às oito no sábado?

Desisti da fechadura do armário e suspirei.

— Sawyer — comecei. A expressão dele era tão confiante que me senti tentada a usar minha versão de "cai fora".

— Lucy já tem companhia para ir ao baile.

Jude se aproximou de nós e parou na frente de Sawyer.

— Vai procurar outra garota, Diamond. Essa já tem companhia e é suficientemente esperta para sacar qual é a sua.

O sorriso brilhante de Sawyer havia desaparecido. Ele ficou frente a frente com Jude.

— Pensei que fossem só amigos.

— É, mas se enganou.

— Eu já imaginava. — Sawyer não virou e correu, como muita gente fazia quando percebia que teria que enfrentar Jude. — Você não é o tipo de cara que tem amizade com mulher. Peço desculpas por ter pensado que Lucy estava livre. Não sabia que vocês tinham um rolo.

Jude não respondeu. Empurrou Sawyer com tanta força que ele caiu no meio de um grupo de alunos a caminho de suas salas. Apenas.

— Jude. — Larguei a mochila no chão e o segurei pelo braço tentando puxá-lo, o que teria dado certo, se eu tivesse força para puxar um caminhão.

— Luce — ele murmurou olhando para onde meus dedos envolviam seu braço. — Solta. Está tudo bem.

Fiz o que ele dizia, mas só porque eu teria sido inútil, se ele tivesse decidido transformar a cara de Sawyer em saco de pancada.

Jude se aproximou de Sawyer, que tentava ficar em pé, e parou perto dele. As veias se dilataram em sua testa.

— Escuta, imprestável metido a besta, e escuta bem. Nunca mais — ele disparou —, NUNCA mais desrespeite Lucy desse jeito, ou vai ser seu penúltimo suspiro, porque vou colar em você de um jeito que não vai nem saber o que passou por cima de você antes de o diabo tirar seu nome da lista de chamada.

Todo o mundo havia parado para olhar para nós três, mas eu só prestava atenção em Jude. Sua raiva era tão intensa que fazia tremer cada parte de seu corpo, mas ele conseguia contê-la.

— Vou ser bem claro com você, porque sei que é o bostinha mais burro que já conheci. Lucy e eu somos amigos. E ela vai comigo ao baile de volta às aulas. E você não vai insinuar, comentar, não vai nem pensar nada sobre ela que seja menos que honrado. Entendeu? — O rosto vermelho de Jude estava a um centímetro do de Sawyer, e suas veias pareciam prestes a explodir. Sawyer era um babaca, sim, mas a reação de Jude podia dar a impressão de que ele havia acabado de cometer um assassinato. Eu precisava admitir que isso me assustava, por mais que confiasse em Jude.

Sawyer levantou do chão e encarou Jude com a mesma expressão carregada.

— Eu entendi.

— Muito bem. — Jude deu uns tapinhas no rosto dele. — Agora some daqui.

Os dois rosnaram um para o outro, depois Sawyer olhou para mim.

— Vejo você mais tarde, Lucy?

— Não se eu o encontrar primeiro — Jude resmungou, e ficou encarando Sawyer até ele desaparecer em outro corredor.

Os curiosos se afastavam, embora alguns ainda continuassem por perto esperando mais ação.

— Sumam — Jude ordenou, balançando as mãos na direção deles. Nunca vi corredores olímpicos se movendo tão depressa.

— Vai me levar ao baile? — Finalmente consegui abrir o armário, com uma lentidão que devia ser recorde mundial.

— Vou — ele confirmou balançando sobre os calcanhares. Seus olhos brilhavam, e o rosto transbordava confiança. Aquilo era muito sexy, mas ele não podia saber que eu pensava isso.

— Não acha que tem que me convidar primeiro? — Concentrei-me em trocar os livros, guardei os da terceira aula e peguei os da quarta, mas continuava de olho em Jude.

Ele se aproximou, ficando tão perto que cheguei a sentir o calor emanando de seu corpo.

— Luce, quer ir ao baile de volta às aulas comigo? — A voz dele era baixa, suave. E isso me fez sentir coisas que eu não precisava sentir, se não quisesse entrar muito agitada na aula.

— Pensei que quisesse manter toda essa fachada de amizade. — Eu não estava me fazendo de difícil. Estava tentando ter certeza de que ele realmente sabia o que queria. Este era um cara que guardava um bilhete da mãe em uma moldura na cabeceira da cama para lembrar o que acontece quando se ama alguém. O bilhete não me assustava, teria feito a mesma coisa para não esquecer quais eram as consequências de se abrir para o amor. Duas pessoas com tais pontos de vista não deviam, nesta ou na próxima vida, acabar juntas.

— Não estou nem aí para isso. O que me interessa é que as pessoas te tratem com respeito — ele respondeu inflamado. — Vai, aceita o convite.

— Pensei que não fizesse essas coisas de mandar flores, sair, namorar... — Fechei o zíper da mochila e bati a porta do armário.

— Não fazia — ele disse, e sorriu daquele jeito que só podia significar que me enxergava por dentro. — Mas acho que você me fez mudar de ideia sobre tudo isso.

Meu coração parou e virou uma estrela perfeita na batida seguinte.

— Isso é um elogio?

Jude olhou para o teto.

— Pode entender como quiser, se for comigo ao baile.

— Jude. — Revirei os olhos. — Você pode ir ao baile com qualquer garota, mulher ou supermodelo que quiser. Por que eu? — Era uma pergunta que eu fazia a mim mesma com muita frequência ultimamente.

Ele fez uma careta.

— Não quero uma garota, mulher ou supermodelo. Quero você.

Droga, essa conversa não era saudável para o meu coração.

Ele continuou:

— Você não me olha como as outras garotas. Você não quer ficar longe de mim tanto quanto os corredores permitem, mas também não quer me levar para a cama só para depois contar às amigas da república como foi transar com um famoso *bad boy*. Não, Luce. Você olha para mim e me vê. — Ele sorriu. — Nem me lembro da última vez que isso aconteceu.

Ele sabia que estava me ganhando pelo cansaço e, a essa altura, eu estava a um sorrisinho de sucumbir. Jude usou esse conhecimento como vantagem. Então, colou o corpo ao meu e tocou meu quadril com uma das mãos. Enquanto me prensava contra os armários, subiu a outra mão pelo meu braço até encontrar o pescoço. Eu passei de uma jovem ligeiramente inocente que gostava de dançar a uma mulher com uma ideia fixa. Todo o meu corpo vibrava, e quando a boca dele roçou na minha, achei que fosse explodir.

— Aceita o convite — ele cochichou, e sugou meu lábio inferior.

Ele poderia estar pedindo meu baço, e eu teria concordado com a mesma rapidez.

— Tudo bem — aceitei, e minha voz tremeu tanto quanto eu.

Jude recuou com ar vitorioso.

— Isso é um sim?

— Jude — falei entre um suspiro e outro —, isso é um maldito sim.

Ele beijou meu rosto e se afastou.

— Vai ser uma noite incrível, Luce. E é bom saber que vou estar com você.

Baile de volta às aulas com Jude Ryder.

Tinha tanta coisa de errado nisso que só podia estar certo.

OITO

As duas semanas seguintes foram bem tranquilas, e os dias ganharam um padrão de atividades. Eu chegava na escola, e Jude estava me esperando. Eu passava pelos detectores de metal, e Jude me acompanhava até a sala de aula. Eu tentava fazer os cursos de nível fundamental parecerem estimulantes, e Jude fazia os cinco minutos de intervalo entre as aulas parecerem superestimulantes. Passei a almoçar com Taylor e as amigas dela depois que ela pediu desculpas umas cem vezes, mas minha atenção estava focada em Jude, que algumas vezes falava mais com seus silêncios do que com as palavras.

Ele não havia tentado me beijar de novo, mas eu sentia quando queria tentar, e eu sempre queria também, mas Jude insistia em manter alguma distância entre nós. Eu não sabia bem se isso era só um espetáculo para Southpointe ou se ele havia decidido que eu era mais amiga que namorada. Aceitaria Jude como pudesse tê-lo, mas preferia a opção que me permitiria beijá-lo sempre que quisesse.

Rambo havia sido levado para sua nova casa, e a sra. Darcy já tinha ligado duas vezes para me contar como ele estava se adaptando bem. Eu estava feliz, mas estaria mentindo se dissesse que não encharquei o travesseiro de tanto chorar na primeira noite sem ele. Era um efeito colateral do ofício de reabilitar cachorros. Mas valia a pena.

— Dá para acreditar nesse tempo? — Jude me cumprimentou e empurrou com o cotovelo o aluno sentado ao meu lado na arquibancada. Depois me analisou, arregalou um pouco os olhos e desviou o olhar.

— Não — respondi. — Alguém pode avisar que ainda estamos no verão, por favor? — Primeiro foi a chuva, depois o vento, depois esse quatro graus de temperatura. No Pacífico Noroeste, quatro graus equivaliam a menos que zero.

De repente o público protestou furioso, jogando pipoca e copos vazios no campo de futebol. Era noite de sexta-feira, jogo de volta às aulas no Southpointe, e na noite seguinte haveria o baile. Dizer que estávamos perdendo seria uma ofensa a qualquer perdedor. Não tínhamos saído do zero, e o time visitante já acumulava quarenta e dois pontos. E era só o começo do segundo quarto do jogo, faltava ainda mais dois, então a surra parecia que ia aumentar.

— E essa garoa? — Jude passou um braço sobre meus ombros e me puxou para perto. O calor arrepiou minhas costas. — Que tempo ótimo.

Dei uma olhada feia para ele.

— Falou o cara que só usa cinza.

— Está insinuando alguma coisa, Luce? — Ele esfregou meu braço com força.

— Quem, eu? — Pisquei exageradamente. — Por que cinza? Por que não preto? Não é mais a sua cara? Mais "posso-chutar-sua-bunda-até-a-semana-que-vem".

Ele mordeu o lábio tentando não rir.

— O preto absorve todas as cores, aceita todas e é definido por elas. O cinza é só ele mesmo. Não absorve nada que não seja ele mesmo.

Era evidente que ele havia pensado no assunto. Jude não usava cinza por ser sua cor favorita, havia uma razão filosófica para essa escolha. Como eu havia descoberto nas últimas semanas, Jude era exatamente aquele tipo de mistério que atraía uma mulher, e que ela jamais poderia desvendar. Era um enigma que eu queria decifrar.

Uma rajada de vento mais forte me fez encostar a cabeça no peito dele.

— Não viu a previsão do tempo?

Eu ri.

— Parece que vi? — Estava de bermuda, sapatilha e regata sem sutiã. Regata branca...

— Ainda bem que eu vi — disse Jude jogando um cobertor velho sobre mim.

Suspirei de alívio e vergonha ao mesmo tempo. Sentia tanto frio que não sobraram neurônios suficientes para me dar conta de que eu estava de branco embaixo de um temporal. Agora todos os sorrisos largos dos caras ao meu redor faziam sentido.

— Obrigada — suspirei, me encolhendo mais um pouco em seu abraço.

— Eu que agradeço — Jude respondeu com um sorriso de orelha a orelha.

Dei uma cotovelada nele e me afastei. Ou melhor, tentei me afastar, mas ele me segurou com mais força.

— É brincadeira, Luce — ele falou rindo. — Mas, olha só, você está cercada por um bando de tarados que pensam na mesma coisa o tempo todo. Poder te ver deste jeito... — Ele olhou para algum ponto abaixo do meu pescoço. — Isso não faz bem para o nosso coração nem para os hormônios.

Acho que nunca fiquei tão vermelha.

— Está se incluindo na categoria "tarados"?

— Depois de te ver assim — ele respondeu, enquanto gotas de água escorriam da touca encharcada—, sim, com certeza me incluo na categoria.

Tentei dar uma cotovelada nele, mas Jude tinha me enrolado tão bem que eu não conseguia me mexer.

— A realeza não devia sentar na fileira da frente?

Olhei para baixo, onde oito garotos e sete meninas se acomodavam em cadeiras decoradas com papel crepom. Eles usavam coroas e seguravam varinhas ou bastões. Quando Taylor se aproximou de mim saltitante para anunciar que eu havia sido eleita uma das duas princesas do último ano para o baile, fiquei sem saber se me sentia mais chocada ou mortificada. Tinha certeza de que Jude havia ameaçado amputar membros de quem não votasse em mim e, além disso, eu me opunha a qualquer tipo de eleição que fizesse ainda mais popular quem já era o bastante. Realeza do baile de volta às aulas, rei e rainha do baile de formatura, conselho estudantil, mais bonitos, mais propensos ao sucesso... Afe... Dedo na garganta agora. Esses títulos nunca eram dados a alguém que já não estivesse entre os mais populares, que não os recebessem como herança de pais, avós e todos os ancestrais possíveis.

Bom, até hoje, pelo menos. Eu não era popular, e, considerando minha opinião sobre o assunto, colocar aquela coroa ridícula na cabeça parecia muito errado. Decidi que a varinha cintilante ultrapassava meus limites e a enfiei no bolso de trás.

— Sei que teve alguma coisa a ver com isso, Jude Ryder. — Olhei para ele com a cara mais feia que era capaz de fazer. — E nem pense que isso vai ser perdoado e esquecido.

Ele tentava sem sucesso esconder um sorriso.

— Não sei do que está falando. Não tenho culpa se Southpointe High te elegeu a nova "it girl" do colégio.

Fiquei tentada a arrancar a coroa da cabeça e quebrá-la ao meio na frente dele quando Taylor acenou para mim, exibindo orgulhosa a própria coroa brilhante sobre o penteado de poodle molhado. Mantive a coroa onde estava, mas ela iria para a lata de lixo mais próxima no intervalo do jogo.

— Ei, Pinóquio — falei, estudando o rosto dele. — Seu nariz acabou de crescer uns doze centímetros.

— Tudo bem, princesa.

A torcida gritou mais uma enxurrada de palavrões e jogou mais objetos no campo. Alguém atrás de nós arremessou uma garrafa de refrigerante ainda meio cheia, ela girou no ar e me acertou na testa.

Fiquei mais surpresa do que qualquer outra coisa, mas o rosto de Jude se transformou em algo tipo Mr. Hyde. Ele virou para trás e gritou:

— Ô, babaca! — Jude começou a pular os degraus atrás de nós. — Aonde pensa que vai?

Balançando a cabeça, voltei a assistir ao jogo e tentei nem ouvir os palavrões que ele berrava enquanto empurrava as pessoas. Nesse momento, o *quarterback* foi derrubado com tanta força que a bola voou para as mãos do time adversário.

Mais um *touchdown*, e nosso *quarterback* não se levantava. A torcida ficou em silêncio quando dois homens vestidos com uniforme cáqui correram para dentro do campo. Eles se abaixaram ao lado do jogador, moveram e giraram alguns membros até ele se sentar. Finalmente, ele tirou o capacete.

Era Sawyer. Claro, quem mais seria, além de Sawyer?

Ele era o estereótipo do *quarterback*. Cheguei a sentir vontade de aplaudir o outro time, mas vi que ele saía do campo mancando e apoiado nos dois homens. Decidi ser legal, Sawyer não tinha culpa de ser um babaca. Esse grau de babaquice já nascia com o indivíduo.

— OMG, Lucy! — Taylor gritou quando apareceu do nada ao meu lado.

O uniforme vermelho e dourado de líder de torcida, os pompons brilhantes, a tiara e a varinha faziam dela a personificação de tudo que havia de errado nos campeonatos de popularidade do ensino médio.

— Por favor, Taylor, pelo amor dos deuses das siglas que existem por aí — sorri para ela com ar angelical —, não faz mais isso, não vem com essa de OMG.

Como se nem tivesse ouvido meu comentário, ela repetiu:

— OMG, Sawyer está fora do jogo. E é bem possível que esteja fora da temporada, pelo que o treinador Arcadia acabou de dizer ao Jason, que contou ao Jackson, que contou para mim.

— Espera — falei, e a segurei pelos braços. — Treinador Arcadia? Bill Arcadia? — De onde estava, eu não conseguia ver muito bem quem estava no banco, mas não acreditava que pudesse existir outro Arcadia treinando um time de futebol americano naquela área.

— É, acho que esse é o nome dele — respondeu Taylor me estudando como se esperasse encontrar indícios de algum bafão. — Ele veio para cá transferido de uma escola particular de gente muito rica. Parece que teve um motivo bem interessante para a transferência, mas ainda não consegui descobrir nada. Conhece ele?

Suspirei de novo. *Essa* era a resposta apropriada sempre que Taylor estava por perto.

— Ele era o treinador no meu antigo colégio. Todo o mundo o chamava de treinador A — expliquei, e essa era a única explicação que daria. Taylor e eu éramos amigas casuais, mas eu jamais daria a ela informações que toda a escola pudesse ficar sabendo.

— Estudava naquele colégio? — Ela me olhou como se isso fosse impossível.

— Isso.

— E veio para Southpointe por quê?

Mantendo-me séria respondi:

— Pelo currículo.

Sem entender a ironia da minha resposta, ou, como Jude dizia, o meu humor seco que ninguém conseguia compreender, ela segurou meu braço de novo e olhou séria para o banco na lateral do campo.

— Com Sawyer fora do jogo e Lucas afastado por não ter conseguido alcançar a média geral, estamos ferrados.

Olhei para o placar.

— Estamos ainda mais ferrados — Taylor se corrigiu quando também viu o resultado parcial.

Eu queria muito que Jude desistisse da caçada e viesse me salvar de Taylor e seu interminável drama. Vi que ele subia a arquibancada e apontava uma garrafa vazia de água para um garoto que subia os degraus tão depressa quanto podia. Jude levou o braço para trás e jogou a garrafa, que acertou a cabeça do garoto. A uns trinta metros de distância.

Eu tinha a solução para o problema de todos ali.

— Dá licença, Taylor — pedi ao passar por ela. — Tenho uma coisa para fazer.

— Não demora! — ela gritou para mim. — A realeza da volta às aulas estreia no intervalo!

Dei um sinal de ok para ela e desci a arquibancada correndo. O jogo ainda estava parado, enquanto a equipe técnica de Southpointe tentava decidir que reserva entraria no lugar de Sawyer, quando eu pulei a cerca. Abrindo caminho entre os jogadores que coçavam a cabeça e outras coisas, parei atrás do treinador A e bati no ombro dele.

Ele não virou de imediato. Estava envolvido em uma acirrada discussão com o restante da equipe técnica. Por isso bati novamente em seu ombro.

— Treinador A! — gritei no meio daquele barulho todo.

— O que é? — ele gritou ao se virar. A expressão irritada desapareceu assim que me viu. — Lucy?

— Oi, treinador A — respondi, sentindo que devia abraçá-lo, mas pensando que isso provocaria mais um boato sobre eu ser do tipo que seduz professor. O treinador A havia sido técnico do time de futebol do meu irmão desde que ele estava no sétimo ano. Ele era quase da família.

— Lucy? — Ele me olhava como se fosse impossível eu estar ali. — O que está fazendo aqui?

— Sou aluna — respondi, sentindo a cicatriz que eu matinha fechada bem perto de abrir novamente. — Fui transferida neste ano.

— Que ótimo — ele disse, dispensando um dos assistentes com um gesto. — Mas eu perguntei o que está fazendo aqui. — E apontou para o campo de futebol.

— Ah! — Olhei para Sawyer, que mantinha o pé elevado. Ele sorriu para mim daquele jeito típico e acenou. Não respondi, mesmo que ali ele fosse um jogador machucado. — Vim trazer uma solução para a falta de *quarterback* no seu time.

O treinador A sorriu como se achasse graça.

— É claro. Continua tentando salvar o mundo, Lucy?

— Sempre — falei —, e caso não tenha notado, está dando certo. O mundo continua aqui.

Ele balançou a cabeça, ainda sorrindo.

— E qual é sua solução?

— Conhece Jude Ryder? — Apontei para as arquibancadas, onde Jude havia voltado ao nosso lugar e olhava ao redor me procurando.

— Todo o mundo conhece — ele respondeu, tentando analisar se eu era maluca. — E ele era um excelente jogador de futebol antes de começar a se meter em confusão e ser expulso do time no primeiro ano. Como Jude Ryder pode resolver meu problema?

Nem hesitei.

— Jogando como *quarterback*. — Ignorei como o treinador engasgou ao ouvir a minha solução. — Ele é mais forte que seus dois melhores jogadores juntos, tem um braço que qualquer membro da família Manning por aí invejaria, e a pontaria precisa de um atirador de elite.

A expressão dele se manteve.

— Eu já o vi jogando, treinador. Jude é bom, e você sabe disso.

Ele ficou calado por um instante. Sabia que eu não era ignorante sobre futebol. Ia a uns vinte jogos por ano, pelo menos, desde que aprendi a andar. Não era essa a dúvida. Ele hesitava por causa da fama de Jude.

— Dá uma chance para ele — insisti, disposta a implorar, se fosse necessário. — Pior do que já está não vai ficar.

— Eu já dei essa chance, Lucy — ele respondeu impaciente. — E ele a desperdiçou. Na verdade, dei outra chance ao Ryder há pouco tempo. Ele foi escalado para o time depois de garantir que não se meteria em confusão e compareceria aos treinos. Resumindo, ele não correspondeu a nenhuma das duas expectativas.

Engoli em seco.

— Então dá uma segunda chance a ele. Todo o mundo merece uma segunda chance.

O treinador A resmungou alguma coisa.

— Vou perder a licença por isso, mas... — O técnico tirou o boné. — Vamos ver se o treinador do outro time aceita uma escalação de última hora. Considerando que estamos entregando o jogo de bandeja para eles, não teria por que não aceitar. Se não houver nenhuma objeção, coloco o Ryder em campo. — E levantou uma sobrancelha. — Mas e aí? Cadê o mais novo *quarterback* de Southpointe High?

Sorrimos um para o outro.

— Bom... — comecei, virando para olhar para a arquibancada. Porém, um peito largo ocupava todo meu campo de visão. — Aqui — anunciei, sentindo novamente aquele arrepio quente.

— Eu me viro por dois segundos, e você desaparece. Como posso cuidar de você sem saber onde está?

— Cuidar de mim? Jude, estamos em um jogo de futebol do colégio. — Essa história de proteção havia acabado de passar para um novo nível.

— Exatamente. Há pelos menos umas três dúzias de possibilidades para uma garota como você se machucar em um evento como esse. Se quiser ir a algum lugar, na próxima vez me espera, e eu vou com você. — Seu rosto refletia preocupação, o que me preocupava. Esse tipo de atitude era exagerada. Eu concordava com todo esse lance de proteger sua mulher, mas não a ponto de não poder fazer, ou mesmo pensar, qualquer coisa, sem aprovação.

— Jude. — Segurei o braço dele. — Calma. Eu só estava conversando com o treinador A.

— Não é a melhor hora para trocar figurinhas com o treinador Arcadia, Luce. — Jude olhou para Sawyer, que continuava assistindo a tudo. E sorriu ao ver Sawyer com o pé em cima do banco. — Parece que ele tem problemas sérios para resolver.

— Os problemas já foram resolvidos, por enquanto — respondi, e cruzei os braços embaixo do cobertor.

O treinador A levantou os olhos da prancheta, olhou para Jude e, provavelmente, duvidou da própria decisão.

— Vai se trocar, filho — ele ordenou apontando o vestiário. — Acho que consigo prolongar a paralisação só por mais alguns minutos. Eles querem ir para casa e vestir uma roupa seca, como nós.

— Espera aí, treinador. — Jude levantou a mão. — Por que tenho que me vestir? Não sou mais um dos seus jogadores tapinha-na-bunda.

O treinador A fez uma careta para mim.

— Agora é.

Jude entendeu depressa.

— Luce?

Uma palavra, e era como se ele tivesse feito uma dúzia de perguntas. O homem dominava a arte da inflexão.

Levantei uma sobrancelha e balancei um pompom imaginário.

— Vai, Southpointe.

NOVE

Não havia mais que quatro centímetros de espaço no primeiro degrau da arquibancada. Era o suficiente. Nada me faria deixar de ver Jude sair correndo daquele vestiário.

Se ele saísse.

Eu não sabia o quanto ele estava furioso comigo por meu último surto de resolver-os-problemas-do-mundo, mas, se tivesse que arriscar, diria que estava entre um javali selvagem e um pit bull treinado para matar.

Espremida entre dois caras sem camisa com "Vai, Spartans" pintado em vermelho-sangue na barriga, e agora escorrendo para dentro da calça por causa da chuva que não parava, inspirei tudo que podia e torci para conseguir prender o fôlego por mais dois quartos e meio de jogo.

— Lucy! — Uma voz gritou lá de cima. — Lucy!

Por mais que eu tentasse, não conseguia fugir da névoa sufocante que era Taylor Donovan.

— Vem para cá! — Ela gesticulou mostrando um espaço onde, com seus seguidores, aplaudia, pulava e gritava pelo time.

Estar em destaque e fazer parte de um sanduíche de líderes de torcida não era minha primeira opção, mas era melhor que a situação em que estava. O garoto sem camisa à minha direita levantou o braço e gritou "vai, Spartans!", e ficou bem claro que ele não usava desodorante.

Se me pintassem de vermelho e dourado e gritassem "vai, lute, vença", eu não teria chegado tão depressa à área das líderes de torcida.

— O que estava fazendo entre o Débi e o Loide? — Taylor perguntou ao enganchar o braço no meu. — Sabe que fez a noite deles, não sabe? Aposto que foi a primeira vez que chegaram tão perto de sentir o que é se esfregar em alguém.

— Eeecaaa — estremeci. — Taylor, segura um pouco o apelo visual. Já estou bem perturbada.

— Tem sorte por eu ter tirado você de lá — ela respondeu, e acenou para outras duas líderes de torcida, Lexie e Samantha. — Além do mais, uma garota como você tem que ficar aqui. Vi sua coreografia no ginásio. É evidente que já fez isso antes.

É claro que Taylor tinha ido espiar minha coreografia improvisada enquanto eu esperava as outras garotas se vestirem para a aula de educação física.

— Fui líder torcida da minha outra escola — contei. — Mas só porque eles não tinham grupo de dança.

— Bom, nós temos um grupo de dança aqui, mas só as meninas feias ou gordas demais para entrarem no nosso time vão para lá. — Nenhum sinal de remorso pela declaração. — Não vai querer entrar no grupo de dança. Seu lugar é com a gente.

Outras meninas à nossa volta concordaram balançando a cabeça.

— Como Holly não voltou neste ano, temos um uniforme extra, e não dá para fazer uma pirâmide de verdade sem a décima integrante da equipe.

— Obrigada pela oferta, Taylor, mas, sério, eu me encaixo melhor no grupo de dança. Além do mais, ouvi dizer que Southpointe ganhou um campeonato estadual...

Ela levantou a mão para me interromper.

— Você tem jeito para ser líder de torcida. É linda, tem experiência, e noventa por cento dos meninos do colégio já estão batendo uma para você. — Mais uma imagem desnecessária. — Os outros dez por cento ainda não se posicionaram no departamento da sexualidade — ela cochichou.

— Uma seleção de razões para eu me juntar ao time — murmurei, pensando se não teria sido melhor cheirar sovacos fedidos e ser "acidentalmente" apalpada a noite inteira.

E foi nesse momento que Jude correu para o campo. Esqueci Taylor, sovacos e o resto do mundo. Não havia nada além dele. E tecido dourado e justo envolvendo partes que se alongavam e enrijeciam e me faziam esquecer até de piscar.

— Quem, com a graça do bom Deus, é aquele? — Taylor se debruçou sobre a cerca.

Ele olhou para cima, me viu, e o sorriso que iluminou seu rosto não passou despercebido atrás da grade do capacete. Com um braço estendido, ele apontou para mim enquanto corria para a linha das vinte jardas, onde o time de Southpointe estava reunido.

— Aquele, Taylor — falei, e enfiei os dedos na grade —, é Jude Ryder.

— Sempre soube que Deus existia — ela suspirou.

— É — concordei sorrindo enquanto ele se ajeitava dentro do uniforme justo —, com certeza existe.

— Então, vocês dois...

— Taylor — avisei, e virei para encará-la. Mesmo que odiasse admitir isso, Taylor não era tão má. Eu não podia esquecer que, apesar de toda pose, ela havia sido a primeira a estender a mão de unhas feitas da amizade. Pessoas sem alma nunca eram as primeiras a receber uma aluna nova.

— Quê? — ela perguntou ajeitando a coroa na cabeça. — Há alguma coisa entre vocês dois, e a única coisa da qual tenho ainda mais certeza é de que não é amizade.

— Somos amigos — afirmei, porque não havia outro nome para nós. A gente se beijava de um jeito que devia ser ilegal em todos os estados, estávamos juntos em todos os momentos livres na escola, ele cuidava de mim, eu cuidava dele, mas, até onde eu sabia, não havia nenhuma exclusividade entre nós. Eu não tinha direito nenhum sobre ele, embora quisesse. Mas ele queria a mesma coisa?

— Queridinha, uma garota não consegue ser amiga de um cara como aquele. Ele pode ser amante ou ex-amante, mas nunca um amigo. Um homem como aquele não foi criado para ser amigo de uma mulher, foi criado para fazer uma mulher ver estrelas três vezes seguidas.

Mais uma imagem colorida criada por Taylor Donovan, mas essa não me incomodava tanto.

— Desculpa, Taylor. Não sei o que dizer. Eu gosto dele. Ele gosta de mim. Se isso não faz de nós amigos no seu vocabulário, pode usar o nome que quiser.

Ela levantou as duas sobrancelhas.

— Menos esse — esclareci.

A campainha soou e os dois times se posicionaram. Na posição de *quarterback*, Jude parecia um gigante brincando com um bando de anões. Peguei um pompom da Taylor, levantei a mão e o sacudi com entusiasmo.

— Vai, Spartans! — gritei. — Vai, Ryder! Mostra o que sabe fazer!

A distância entre nós era grande, ele estava agachado no campo, mas eu seria capaz de apostar minhas sapatilhas de pontas gastas: tinha um sorriso vaidoso naquele rosto.

— Vai. Vai. Ataque! — gritou o central ao passar a bola para Jude. Dava para sentir cada torcedor do Southpointe respirando fundo na arquibancada.

Jude agarrou a bola com facilidade e, em vez de fazer um arremesso respeitável de vinte e cinco jardas para marcar nosso primeiro *down*, segurou a bola contra a lateral do corpo e correu. Correu como se fugisse dos próprios demônios.

Era preciso torcer muito para que ele conseguisse correr até a linha de fundo quando estávamos a oitenta jardas dela, mas a única pessoa que não parecia se preocupar com isso era Jude. Ele corria como se não pretendesse parar na linha de fundo. Corria como se ninguém fosse capaz de detê-lo.

E ninguém era.

Os jogadores do Cascade High tentavam bloquear ou derrubá-lo. Alguns até tentaram pôr o pé na frente ou derrubá-lo segurando a grade do capacete – o que, para quem não sabe, é falta. Ninguém conseguiu. Os que não conseguiam segurar o braço duro de Jude eram jogados longe, como se não fossem titulares de um time de ensino médio.

Na marca de cinquenta jardas, a torcida explodiu de emoção. Todo o mundo gritava, urrava e vibrava na direção da linha de fundo. Contrariando todas as leis da física, Jude aumentou a velocidade.

Quando ele chegou à linha das vinte jardas, não havia mais jogadores do Cascade High para tentar detê-lo: ele havia derrubado todos. Jude percorreu dançando as últimas jardas para a linha de fundo, tremendo e vibrando naquela calça justa e dourada, provocando um aumento no volume dos gritos da torcida feminina.

Quando chegou à linha de fundo, cravou a bola no chão e virou de frente para a torcida. Estava todo o mundo enlouquecido, era como se houvessem acabado de testemunhar o nascimento de Jesus e a invenção da eletricidade ao mesmo tempo. Jude era um astro do rock, o salvador, e eles o ovacionavam.

Sem perder tempo saboreando a glória da corrida de oitenta jardas e de mil pessoas gritando seu nome, ele correu para a lateral do campo. Passou pelo treinador A, que continuava parado, pelos outros jogadores que estendiam a mão para cumprimentá-lo, e pulou a cerca com um movimento ágil.

E não parou até estar na minha frente, suado e sorridente.

— Ei — murmurou ao tirar o capacete. A chuva caía sobre sua testa suada e formava uma nuvem de vapor.

— Ei — respondi, fingindo que não éramos o centro de todas as atenções.

— Gostou da corrida?

Sorri quando ele girou a touca até deixá-la na posição exata. Era como um cobertor velho que dava segurança.

— Foi legal — subestimei levantando um ombro.

— Legal? — Jude chegou mais perto. Tão perto que nossos corpos não poderiam estar mais colados, a menos que estivéssemos nus. — Foi uma atitude muito inteligente, Luce. Você me ofereceu para o time dos punheteiros tarados para se vingar por eu ter forçado sua eleição para princesa oficial de Southpointe — disse, balançando minha coroa.

— Foi inteligente, não?

— É, foi, tenho que reconhecer — ele respondeu massageando a nuca. — Mas é bom saber, Luce, que quem dá a última palavra sempre sou eu.

— Por favor. — Fiz cara de sofrimento. — O que vai fazer? Vai me obrigar a vestir o uniforme e jogar também?

— Não. — Ele deslizou as mãos até meu quadril. Minha boca ficou seca. — Vou fazer uma coisa muito melhor que isso.

— Ah, é? — Os olhos dele ganharam um tom prateado. — O quê?

Jude me levantou acima da própria cabeça e piscou.

— Isso! — E me abaixou até minha boca encontrar a dele. Não sei se foi a dele ou a minha que começou a se mover primeiro, não importa, porque era óbvio que nenhuma das duas ia parar tão cedo.

Chuva. Jude. Eu. Beijo.

Pode enfiar o garfo em mim, porque estou pronta.

— Sr. Ryder — uma voz entediada atravessou o barulho que explodia à nossa volta. — Sr. Ryder!

Jude gemeu na minha boca e não me soltou nem quando virou para o treinador A.

— Acha que já acabou aí? — O treinador fez uma careta. — Temos um jogo para ganhar.

— Acho que não vou acabar aqui nunca, treinador — ele respondeu, provocando gargalhadas na arquibancada e me fazendo ficar vermelha.

— Nesse caso, interrompa e volte para o campo — ele ordenou. — Um *quarterback* iniciante não pode sair do jogo para beijar a namorada quando ainda tem que fazer quarenta pontos.

— Este aqui pode — Jude sussurrou, depois me levantou na ponta dos pés e me beijou de novo. — Espere por mim depois do jogo. Tenho um assunto inacabado com você. — Depois ajeitou o cobertor em torno dos meus ombros, pulou a cerca e correu de volta ao campo.

Não sei como ele conseguia pular e correr daquele jeito, porque eu não era capaz nem de sair do lugar. Que diabo havia acontecido? O que quer que fosse, queria repetir até meu último suspiro.

— Q-u-e-d-i-a-b-o-f-o-i-i-s-s-o?

Exatamente o que eu me perguntava.

Taylor se aproximou de mim com os braços cruzados e um olhar penetrante.

— Então, só amigos?

— Amizade é o elemento central no nosso relacionamento — respondi ainda ofegante, mas meu padrão de fala não havia mudado, pelo menos.

— Sim, mas não é o elemento definidor. Evidentemente. — Por alguma razão, Taylor estava furiosa. Talvez revogasse meus privilégios conferidos pelos pompons.

— Oi? — Retomei as respostas monossilábicas.

— Jude Ryder acabou de te beijar na frente de todo o mundo, e não desmentiu o treinador Arcadia quando ele se referiu a você como namorada dele.

Agora que o efeito do beijo estava passando, eu começava a voltar à realidade, mas não era por causa de Taylor. Jude podia ter postado nosso beijo na internet, seria a mesma coisa, e ele não se incomodou quando o treinador A usou a palavra que começa com N.

— Eu sou namorada dele? — A pergunta era para mim mesma, mas Taylor não a deixou sem resposta.

— A primeira — ela disse, e me analisou com curiosidade. — "Vagabunda" de sorte.

DEZ

Isso era tudo em que eu conseguia pensar na noite seguinte, e precisava de toda a minha concentração para me preparar para o baile de volta às aulas como primeira namorada de Jude. Esse era um título que ostentava com alegria, mas depois de me atormentar pensando nisso na sexta-feira à noite, como teria feito qualquer adolescente, agora eu não sabia mais como me sentia por ser a primeira do Jude.

Namorada, é claro.

Um garoto como ele já deveria ter ficado com várias meninas. Nenhuma delas foi namorada. Grande coisa. Tiveram com ele uma intimidade que eu, por enquanto, só imaginava. Saber que eu não seria a primeira, ou a décima, ou, segura o arrepio, a centésima, diminuía um pouco o brilho dessa coisa de primeira namorada.

Eu não era ingênua o bastante para esperar que um namorado não tivesse passado. Eu mesma tinha um passado que não me qualificava exatamente como nova em folha, mas a reputação de pegador de Jude era conhecida em um raio de três cidades e atravessava uma fronteira estadual.

Mas eu acreditava em segundas chances. Na real, era a campeã da segunda chance. Não tinha nada a ver com isso. O que me preocupava era a ideia de passar por todas as garotas que sorrissem para ele de um jeito mais sugestivo e imaginar se faziam parte da lista de suas conquistas. Ele tinha o direito de ter cometido erros e se arrependido, mas eu conseguiria conviver com eles e com suas consequências?

Soltei o último bobe quente do cabelo e decidi que só havia um jeito de descobrir. O único jeito de saber se era capaz de lidar com Jude e tudo que vinha com ele, seu passado, sua aparente incapacidade de falar sobre qualquer coisa pessoal e seu futuro incerto, era viver um dia de cada vez. A única maneira de saber se Jude Ryder partiria meu coração era abri-lo para ele.

A epifania deveria ser mais assustadora do que era. Desgraça ou sofrimento, eu não recuaria. Mergulharia de cabeça, como gostava de falar, porque esse era o único jeito de brigar por um relacionamento e dar a ele uma chance.

Olhei meu celular e suspirei aliviada. Ainda tinha quinze minutos para terminar a maquiagem, me vestir e me preparar para uma noite nos braços de Jude.

Foi então que ouvi a campainha.

Vivi um segundo de pânico antes de vestir o roupão e descer a escada correndo. Meus pais haviam saído, uma raridade, graças a mim. Comprei um cartão-presente do café francês que ficava no lago e eles adoravam e dois ingressos para o cinema a vinte minutos de lá. Dei de presente para eles e até fiz as reservas para garantir que não estariam em casa quando Jude chegasse.

Era uma armação, e não queria que Jude pensasse que eu tinha vergonha dele, mas meus pais eram pessoas complicadas com lembranças que não deixavam espaço para segundas chances. Além do mais, eram pais de uma adolescente. Quando meu pai e eu tivemos "a conversa", ele me disse muito envergonhado que, com filhos homens, ele só precisava se preocupar com um pênis, mas, com uma filha, tinha que se preocupar com todos. Essa pérola havia ficado gravada em minha cabeça, provavelmente porque, aos doze anos de idade, eu não era capaz de ouvir a palavra "pênis" sem ter um ataque de riso.

Sabia que não poderia manter um lado escondido do outro por muito tempo, se Jude e eu continuássemos nesse ritmo, mas a solução que encontrei para hoje à noite era a mais fácil para a situação chamada Jude.

Abri a porta e tentei não fazer cara de idiota, mas era a única reação apropriada para o que eu via. Jude parado embaixo da lâmpada da varanda usando um smoking, segurando uma caixa com a pulseira de flor e com a eterna touca na cabeça. Se alguém era capaz de abalar a tendência grunge para ocasiões formais, se é que essa tendência algum dia havia existido, essa pessoa era ele.

— Cheguei muito cedo — ele falou —, e sei que devia inventar que perdi a noção do tempo, mas a verdade é que estava ansioso demais para chegar aqui.

"Para de olhar para ele com cara de idiota, Lucy. Para de olhar para ele com cara de idiota, Lucy." Eu repetia como um mantra, mas não estava funcionando.

— Tudo bem, não vai entender mal, porque estou adorando o que vejo. — Ele olhou para o teto. — Estou gostando muito do que vejo, mas prometi a mim mesmo que seria um cavalheiro perfeito a noite toda, e você não está me ajudando a cumprir a promessa.

Eu estava confusa, ainda incapaz de pensar em alguma coisa para dizer.

— Porra, Luce — Jude estremeceu quando olhou para mim. — Esqueceu de fechar o roupão.

Olhei para baixo: um sutiã tomara-que-caia, uma calcinha e muitas partes do corpo expostas. Foi isso que eu vi. Distração? Talvez. Ato falho? Com certeza.

— Desculpa. — Virei para me cobrir.

Ouvi os passos quando ele subiu a escada e parou atrás de mim. Jude afastou o cabelo do meu pescoço, e senti a boca bem embaixo do queixo.

— Não precisa se desculpar — ele sussurrou beijando a pele sensível e chupando de leve.

Um toque, um beijo, e eu estava perdida. Tudo que eu queria era virar em seus braços e beijar aquela boca até o baile acabar.

Era forte, envolvente. No fundo, eu sabia que era até meio doente. Uma mulher não devia se sentir totalmente possuída por um homem, mas era o que eu sentia. Uma garota com objetivos e aspirações não devia ser capaz de esquecê-los assim que a boca de um homem entrasse em contato com a dela. Essa era a primeira vez que eu me sentia assim, nunca me senti nem perto disso, e, por mais excitante que fosse, também era assustador. Meu cérebro reconhecia o erro em algum nível, mas o coração estava convencido de que nada poderia ser tão certo. No meu caso, o vínculo acontecia sempre no nível do coração. Eu esperava sinceramente que Jude Ryder não fosse o motivo para que isso mudasse.

— Vai pôr o vestido para eu poder exibi-la — ele disse, beijando meu pescoço mais uma vez antes de dar um passo para trás.

— Por que a gente não esquece esse baile? — sugeri, brincando com a faixa que mantinha o roupão fechado.

— Porra, Lucille — ele reclamou usando meu nome inteiro, o que era raro. — Estou me segurando como posso para não te jogar em cima da mesa e fazer tudo que já imaginei umas mil vezes — ele confessou, apontando para mim, para a mesa e para o teto. — Mas você é melhor que isso. Merece mais que isso. Não merece ser uma das garotas que é comida em cima da mesa da cozinha da casa dos pais. — E me desafiou com os olhos. — Deixa esse roupão fechado e não me provoca mais.

Eu me senti envergonhada e rejeitada, mas especial e lisonjeada ao mesmo tempo. Era uma mistura muito confusa de emoções.

— Desculpa — repeti, sorrindo timidamente quando me aproximei da escada.

Jude segurou minha mão.

— Não precisa se desculpar. Eu te quero de todos os jeitos que um homem pode querer uma mulher. Só não quero estragar tudo isso. Entendeu?

— Entendi.

— Isso é território novo para mim, Luce. Preciso de ajuda. — Os dedos envolveram os meus.

— Eu também — respondi.

— É, imagino que sim. — Jude acariciou minha mão antes de soltá-la. — Vou te ajudar, então. Vai pôr aquela delícia de vestido para eu poder dançar com você a noite toda.

— Legal, chefão — concordei, e comecei a subir a escada. — Fica à vontade. Eu desço em cinco minutos.

— Ah, Luce — ele me chamou estalando os dedos, e olhei para trás do alto da escada. — Sobre a escolha das roupas íntimas — continuou com os olhos brilhando —, vou te dar um dez.

Como se eu ainda precisasse de alguma confirmação, os homens são criaturas impossíveis. Segurei o roupão contra o corpo e respondi:

— Sobre tirar roupas íntimas, você leva um zero.

— Ah, Luce — ele falou segurando o corrimão. — Essa foi boa. Conviver comigo tem feito maravilhas pelo seu tempo de comediante. Está aprendendo por osmose.

Apoiei uma das mãos no quadril.

— Como alguém que sabe o que é osmose pode ir tão mal na escola?

Jude não era burro, mas tinha notas horríveis.

— Talento inequívoco, baby — ele respondeu com um sorriso rápido. — Talento inequívoco.

Eu tinha acabado de colocar os brincos, quando ouvi o som de pneus no cascalho.

— Luce, está esperando alguém? — A voz de Jude subiu a escada.

Peguei meu cardigã vintage em cima da cama e saí correndo do quarto. Agora o som era da porta da garagem sendo aberta.

— São meus pais — falei enquanto descia apressada a escada.

Jude parecia preocupado.

— E eles não sabem que sou eu quem vai levá-la ao baile?

Parei no fim da escada e balancei a cabeça.

— E como sou bom de palpite, vou adivinhar que eles não sabem nem que estudamos na mesma escola. Acertei? — Ele tentava fazer de conta que não tinha importância, mas, para mim, era como trair alguém da pior maneira possível.

Balancei a cabeça de novo, agora confirmando o palpite, e não consegui encará-lo.

— Tudo bem. Qual é a estratégia para eu sair daqui? — Ele olhou em volta. — Porta da frente, porta dos fundos ou janela?

Jude estava sério. Alguma coisa havia se partido dentro do meu coração. Eu havia acabado de me tornar uma daquelas garotas que queria fazer dele um segredinho sacana.

— Não tem estratégia nenhuma — falei, segurando a mão dele e atravessando a sala de estar. — Quero te apresentar aos meus pais.

— Isso vai ser bom.

— É — confirmei sarcástica —, vai ser um arraso.

— Algum conselho? — Ele passou comigo pela porta da cozinha.

— Sim — respondi olhando para a porta. — Só um, se prepara.

— De quem é o carro na... — Minha mãe parou na porta tão de repente que meu pai tropeçou nela.

— Pai, mãe. — Pigarreei e fingi que tudo ali era normal. — Chegaram cedo.

— Seu pai não se sentiu bem — ela respondeu em tom seco, olhando para mim de cara feia.

Pigarreei de novo.

— Lembram do Jude?

Minha mãe entrou na cozinha e olhou feio para ele. O mesmo olhar da primeira vez, do dia em que o conheceu. O olhar que dizia: "Volta para o buraco de onde você saiu".

— É difícil esquecer alguém que sai da sua casa algemado.

Meu pavio curto implorava por liberdade.

— O que está fazendo aqui?

Jude deu um passo à frente.

— Vou levar Luce ao baile de volta às aulas, senhora.

— Não — ela disse —, não vai, não. Onde estão seus amigos, aliás? — E olhou por cima do ombro dele como se esperasse vê-los na sala de estar. — No banco de trás do carro, esperando para brutalizar minha filha de novo? Ou no estacionamento da escola, aguardando para arrancar mais fios de cabelo da cabeça dela?

Jude abaixou a cabeça.

— Mãe, eles não eram amigos de Jude. E para com a encenação de mãe preocupada. É meio tarde para isso.

— Não se atreva a falar comigo desse jeito, Lucille! — Minha mãe apontou para mim enquanto gritava. — Está de castigo até o dia em que sair desta casa por ter mentido para mim e para o seu pai. — Ela sabia apontar o indicador como se fosse uma arma. — E, sim, eles eram... — Mais uma cara feia para Jude — *são* amigos dele. Você preferiu não ler os registros policiais que eu li. Aqueles garotos e Jude cometeram o primeiro crime juntos anos atrás. Tráfico de drogas, não foi? — Não era uma pergunta que esperasse resposta. — Jude e os amigos têm que ficar presos. Não merecem levar meninas boas e trabalhadoras com um bom futuro ao baile de volta às aulas.

Avancei pronta para dar uma resposta dura e à altura, mas Jude me deteve.

— Eu nunca disse que merecia — Jude respondeu encarando minha mãe.

Vi os vasos de sangue estourando nos olhos dela e soube que a resistência de Jude a enfurecia de verdade.

— E aqueles caras nunca foram e nunca serão meus amigos. Se algum dia conseguirem sair da cadeia e eu encontrar com eles, vou retribuir toda dor que provocaram em Luce.

— Que inovador. O mocinho sugere que violência deve ser a resposta para violência.

— Às vezes essa é a única resposta — Jude falou apertando minha mão.

A cara de minha mãe se fechou ainda mais.

— E às vezes isso provoca a morte das pessoas que você mais ama.

Meu pai se mexeu atrás dela. Eu nem tinha percebido que ele estava ali. Meu pai desviou de minha mãe, bateu no meu ombro de passagem e disse:

— Boa noite a todos.

Já devia ter acabado essa história de lamentar a morte da pessoa que meu pai foi um dia e, às vezes, odiar a casca de ser humano em que ele havia se transformado, mas não tinha como. Ele havia praticamente renunciado à vida, deixando a loucura e a compulsão comandarem seus poucos momentos conscientes. Era de se esperar que eu já estivesse acostumada com isso.

Minha mãe cobriu o rosto com as mãos.

— Lucy, é hora de se despedir.

Segurei o braço de Jude e o levei para a porta da frente. Mal podia esperar para sair dessa casa de loucos.

— Tchau, mãe.

— Lucille Roslyn Larson! — ela gritou. — Suba imediatamente. E você, sr. Ryder, saia da minha casa, antes que eu chame a polícia. — Sua voz agora era menos furiosa e mais desesperada.

— Não, mãe! — explodi. — Eu vou ao baile e vou com o Jude, porque estamos juntos, e se não consegue aceitar, pode dar adeus à única filha que ainda tem!

Bati no seu ponto fraco e percebi imediatamente o efeito da pancada se refletindo na sua expressão.

— Quase morreu por causa desse garoto, Lucy — ela falou em voz baixa, quase sussurrando.

Eu continuava furiosa, por isso nem tentei baixar a voz.

— Ele também salvou minha vida! — Abri a porta e praticamente me joguei pela escada segurando a mão de Jude.

— Lucy — ela implorou da sala de estar.

— Eu volto para casa à uma — avisei sem olhar para trás, menos furiosa por perceber que tinha vencido a batalha. Mas tinha certeza de que a guerra não havia terminado. As consequências seriam terríveis amanhã de manhã, por isso faria a noite valer a pena. — Vai ficar tudo bem — enfatizei antes de seguir em frente.

— Quando disse para eu me preparar — Jude falou ao tirar as chaves do bolso —, não pensei que fosse para o apocalipse.

— Mais ou menos isso — respondi torcendo o nariz. — Desculpa.

Jude fez um gesto como se nada daquilo tivesse importância, mas não conseguiu esconder o quanto as palavras de minha mãe o atingiram. Exatamente como ela esperava.

— Não, ela disse coisas horríveis — insisti. — Meus pais são pessoas complicadas. — Amenizei a declaração, sem saber quando ou se poderia explicar a confusão que era a família Larson.

— Luce. — Jude me fez parar. — Sei que sou um merda, e não é horrível, injusto ou incorreto que me chamem por aquilo que sou de verdade. Mas gosto de pensar que uma pessoa pode mudar, e juro para você que vou tentar deixar para trás minha merdice. — Seus olhos estavam tão cheios de sinceridade que pensei que ele fosse se ajoelhar.

— Merdice? — repeti. — Acho que essa nunca vi no dicionário.

— Não. Essa foi tirada do dicionário de gírias do Jude Ryder.

— Legal. — Rindo, andei na ponta dos pés pelo cascalho para não estragar meu salto de sete centímetros. — E você não está em nenhuma lista do livro de merdices da Lucy Larson.

— Acho que essa é a coisa mais romântica que alguém já falou para mim — ele disse, deslizando a mão pela lateral do meu corpo. — Uma mulher deliciosa em um vestido lindo mentindo loucamente sobre eu não ser um merda é praticamente um afrodisíaco.

— Bom saber que sou tão... — Só então percebi o carro parado na entrada. — O que é aquilo?

Sabia que o cupê prateado era rápido, caro e atrairia todos os policiais em um raio de dois quilômetros.

— É um carro — Jude respondeu ao abrir a porta para mim.

— Não me trate como uma das suas garotas de uma noite só.

— Meu Deus, mulher. — Ele se debruçou sobre a porta do passageiro. — O que um homem tem que fazer para descolar um passe livre com você?

— Comigo não tem passe livre. Meu negócio é honestidade. Sou careta.

— É um Chevelle 66 — ele falou, e fechou a porta antes que eu pudesse fazer mais perguntas.

— É seu? — perguntei assim que ele entrou.

— Não. — Jude ligou o carro. — É de um amigo.

— Um amigo do abrigo? — Sabia que o interrogatório o deixava tenso, mas não entendia por quê.

— Alguém ali parece ter família que se importa, emprego que paga alguma coisa ou herança que sirva para comprar um carro como este? — Com um braço apoiado sobre o encosto do meu banco, ele olhou para trás e saiu de ré.

Minha mãe olhava pela janela da sala, e pela primeira vez parecia estar tão perdida quanto meu pai. Senti um peso no estômago, algo muito parecido com culpa.

— Está na defensiva — resmunguei olhando pela janela.

— Seus pais praticamente me chamaram de chiclete na sola do sapato deles. Você se esqueceu de contar, ou preferiu não contar, provavelmente, que eu ia te levar ao baile hoje. — Assim que entramos na Sunrise Drive, ele acelerou mais forte. — Eu sou o *bad boy* assediando a menina boazinha deles. Então, sim, estou na defensiva.

Nem meia hora do nosso primeiro encontro de verdade e já estávamos discutindo. Criávamos um precedente maravilhoso para o caminho pelo qual seguiria nosso relacionamento.

Segurando o impulso quase incontrolável de responder no mesmo tom, respirei fundo e me virei no banco.

— Escuta, desculpa por eu não ter falado sobre você para os meus pais. Sério — acrescentei quando ele fez uma careta. — Não contei, mas não foi por sua causa, foi por causa deles.

— Como assim? — Jude não estava muito convencido, mas eu dizia a verdade.

— Não contei por eles serem quem são.

— E quem eles são, Luce? — Ele freou suavemente no farol vermelho.

— Pessoas tristes, amedrontadas, que perderam muito na vida e têm medo de perder mais — revelei, enquanto minhas mãos nervosas mexiam na alça da bolsa.

Ele olhou para mim sem tirar as mãos do volante.

— E o que aconteceu nessa vida fechada por cerquinhas brancas para deixar seus pais tão tristes e amedrontados? — Ele debochava de nós, debochava deles, mas simplesmente não entendia, e eu nunca me sentia disposta a tentar fazer alguém entender o que nem eu mesma era capaz de compreender.

— A vida. — Era a única resposta que eu tinha.

Jude bufou.

— Que resposta mais reveladora e abrangente.

Eu estava fazendo um esforço enorme para esticar meu pavio.

— Aprendi com você — disse, odiando as lágrimas que se formavam. Eu me transformei em uma tonta chorona desde que conheci esse cara.

O farol abriu, mas Jude continuou olhando para mim. Ele tocou o canto do meu olho com o polegar, e a lágrima correu por cima de sua mão.

— Merda. Eu sou um babaca — disse quando um carro buzinou atrás de nós. Levantando uma das mãos para a janela de trás, Jude mostrou o dedo do meio para o motorista. — Desculpa, Luce. Queria que essa noite fosse incrível, e não consigo dizer nem fazer nada certo. Não estou bravo com você, nada a ver com isso. Estou furioso comigo. Entendo por que seus pais não gostam de mim e por que não falou para eles sobre mim. Entendo tudo isso. — Ele bateu no painel. — Acho que é a realidade. Só queria que a realidade tirasse umas férias, sabe?

Mais uma buzina, dessa vez menos educada. Jude deu outro soco no painel, abriu a janela, pôs o braço para fora e mostrou novamente o dedo para o motorista.

— Buzina mais uma vez e vai ter que encarar uma briga, seu traste! — Ele gritava, e outros carros paravam para ver o que estava acontecendo. Eu me abaixei no banco, me perguntando pela milésima vez o que havia acontecido na vida de Jude para deixá-lo desse jeito. Furioso, fechado.

Jude esperou alguns segundos, tempo durante o qual encarou o motorista enquanto flexionava os músculos antecipando a briga. Finalmente, berrou:

— É isso aí! Eu sabia! — Várias pessoas agora olhavam para nós como se fôssemos ameaças à sociedade. Escorreguei ainda mais para baixo no banco.

Ele pôs a cabeça para dentro do carro, fechou a janela, olhou para os dois lados do cruzamento e passou no farol novamente fechado.

Depois respirou fundo, olhou para mim, e seu rosto recuperou a suavidade. Era como se ele não tivesse virado o Hulk em um semáforo.

— Pode me perguntar o que quiser, Luce. Não prometo que vou responder a todas as perguntas como você espera, mas pode perguntar.

A primeira coisa que pensei foi que ele tomava remédios muito fortes e havia se esquecido de tomar a dose diária, mas em seguida reconheci a rotina do "vamos fingir que não aconteceu nada". Eu conhecia tão bem esse mecanismo de defesa que podia ter escrito um livro de psicologia.

— O que foi aquilo?

Ele entrou no estacionamento do colégio e parou na última vaga em um canto. Olhou pela janela e suspirou.

— Aquilo fui eu perdendo a cabeça. Acontece muito, Luce. Não tenho a intenção nem quero, mas na maior parte do tempo eu não consigo evitar.

Lá estava, a janela de vulnerabilidade, a resposta tão honesta que chegava a ser dolorosa e que me fazia lembrar por que eu estava aqui, agora, com Jude Ryder.

— Eu quero ser um homem melhor, mas não sei se consigo — ele continuou. — E se a gente vai continuar com isso, você precisa saber, porque...

E então fiz uma coisa que, dependendo da visão de mundo de algumas pessoas, seria muito errada e inconsequente ou muito apropriada à situação.

Com um movimento preciso, graças a uma década e meia de agilidade de bailarina, pulei no colo dele e, antes que tivesse tempo para pensar no que fazia, colei minha boca na dele.

— Luce — Jude conseguiu murmurar no meio do beijo.

— Cala a boca, Ryder — respondi, e mordi seu lábio inferior.

Cedendo à força devastadora que eu era, ele passou as mãos pela minha cintura até tocar as minhas costas.

— Calando...

ONZE

— Meu Deus, mulher! — A respiração de Jude era tão ofegante que a voz nem parecia mais dele. — Misericórdia.

— Comigo não tem misericórdia — respondi antes de deslizar os lábios pelo pescoço dele.

— Tudo bem, não vou transar com você no banco da frente de um carro, e, se continuar assim... — Ele tentou se afastar da minha boca. Não conseguiu. — Vou perder a força de vontade, então, hora de mudar de cenário.

Quando ele abriu a porta, um sopro de ar frio invadiu o carro trazendo com ele a música clichê do baile de ensino médio. Eu gemi.

Jude riu, me tirou de cima dele e do carro quente.

— Sempre pensei que nós, os homens, fôssemos os tarados cheios de tesão.

Ajeitei o cardigã e passei os dedos pelo cabelo.

— Eu também — respondi.

— O *corsage* — ele falou, como se meia hora de pegação desaparecesse de sua cabeça assim, sem mais nem menos.

Jude pegou a caixa no banco de trás e saiu do carro.

— Como sabia que usaria vestido preto, pedi para a moça da loja colocar fita preta e prateada entre as rosas — disse, colocando o *corsage* no meu pulso como se aquele fosse um dos momentos de maior orgulho da vida dele. — Gostou?

— Agora sim — falei sorrindo e olhando para o acessório. Ele devia ter gastado uma fortuna. Rosas vermelhas se destacavam no meu antebraço. — É um *corsage* lindo, sr. Ryder.

Ele sorriu radiante.

— Ah, obrigado, srta. Larson. — E apontou o ginásio oferecendo o braço. — Vamos?

Suspirei.

— Já que me deixou sem alternativa...

Cobrindo minha mão com a dele, Jude beijou o topo da minha cabeça.

— Não que eu me incomode ou esteja reclamando, mas o que foi aquilo?

Dava para ouvir o sorrisinho bobo na voz dele.

— Desde quando um cara pede explicações por ter avançado com uma garota?

— Desde que a garota seja você. — Os olhos estavam cravados nos meus como se eu fosse alguma coisa que ele pudesse perder se deixasse de olhar. Nunca fui olhada daquele jeito. Esperei a vida toda por isso, e agora estava acontecendo, quando eu tinha dezessete anos e estava no estacionamento do colégio novo com um garoto chamado Jude Ryder.

Isso era algo muito forte.

Jude empurrou a porta do ginásio e entramos. A música que estava tocando era um hip-hop que parecia ter sido criado só para dar aos garotos uma desculpa para se esfregar nas meninas, e todo o ginásio parecia ter sido lavado com tinta rosa. Todos os tons e subtons da cor estavam presentes: no fúcsia dos balões, nas tulipa de papel crepom, nos tons pastel dos corações recortados em papelão, no magenta das serpentinas que giravam penduradas no teto.

Esse terreno encharcado de rosa era um recorte do meu pior pesadelo.

— Ai. Meu...

— Rosa — Jude interrompeu olhando para o ginásio com uma careta.

Do outro lado do salão, agarrada a um garoto como se estivessem colados com velcro, Taylor acenou para mim. Quase me arrepiei de novo ao ver o vestido rosa fluorescente bordado com lantejoulas e na altura dos joelhos. Alguém por favor chama os fãs dos anos 80, porque essa garota acabou de roubar um dos modelos de lá. Meu vestido longo com corpete de espartilho era discreto comparado a tudo que eu via ali.

— Rápido, dança comigo antes que eu saia correndo — falei, puxando o paletó de Jude.

— Com todo o prazer — ele respondeu, e entregou nossos ingressos.

Enquanto me levava para a pista de dança, ele abaixou a cabeça por um instante antes de me encarar.

— Então, vou contar mais uma coisa sobre mim, já que você diz que eu não sou muito aberto.

Levantei as sobrancelhas e esperei.

— Não sou exatamente um dançarino. — Jude coçou a nuca.

— Porque não sabe ou porque não gosta de dançar? — Eu conhecia bem as duas opções.

— Porque nunca dancei.

— Sério?

— Sério.

Era a primeira vez que eu o via inseguro.

— Sorte sua então ter trazido para o baile uma garota que começou a dançar antes de aprender a andar.

Ele me puxou para perto.

— Sorte minha.

— Tudo bem, vou simplificar — descansei as mãos sobre os ombros dele. — É só me acompanhar e vai ficar tudo bem. — E como a dançarina profissional que eu era, fiquei na ponta dos pés para aproximar ao máximo a boca dele da minha.

— Acho que peguei o jeito — ele disse, e me apertou com mais força.

— Eu vou avaliar — cochichei, depois o beijei e, de repente, éramos os únicos na pista de dança. As únicas pessoas no universo. Jude era a doença para a qual eu não via cura. A droga da qual eu não queria me livrar nunca.

As mãos seguraram meu rosto e ele me beijou com mais força. Queria engarrafar aquele beijo e tomar um gole dele de hora em hora todos os dias.

— Luce? — Jude deslizou o polegar por minha bochecha.

— Sim? — Encaixei a cabeça embaixo de seu queixo.

— Seus saltos estão perfurando meus pés.

Olhei para baixo e vi que, de fato, estava em cima dos pés dele.

— Opa.

Ele riu.

— Que bela bailarina.

— Desculpa, não tenho muita experiência em tentar ensinar alguém a dançar enquanto beijo a pessoa até ficar maluca.

— Beijar até ficar maluca, é? — Jude colocou meu cabelo atrás da orelha.

— Como se você não estivesse adorando.

A música acabou, e outra começou. Jude e eu estremecemos ao mesmo tempo.

— Essa música é ruim — ele disse segurando minha mão. — E você está com cara de que precisa de ponche.

— Não sei se é ponche, mas preciso de alguma coisa.

Ele me puxou mais um pouco e falou no meu ouvido:

— Está dificultando muito minha intenção de me comportar bem.

Tentei fingir que aquele toque não me enlouquecia.

— Não tenho nada com isso.

— Mas vai ter — ele respondeu me apertando com mais força.

— Jude Ryder. — A voz atrás de nós era pastosa. — Se não estivesse tão quente aqui, eu podia pensar que o inferno tinha congelado. Jude não-quero-compromisso-não-telefono-não-espero-o-café-da-manhã em um baile do colégio.

Ele virou sem se afastar de mim.

— Allie — disse sem nenhum entusiasmo.

— Ah, e só para constar, nem foi tão bom para mim. E como sei que tem se preocupado muito com isso — ela pôs a mão na cintura —, descolei uma carona para casa.

A garota se encaixava tão perfeitamente no modelo do que os homens procuravam para um lance de uma noite só que quase senti pena dela. Quase. Desisti quando ela agarrou a lapela do paletó de Jude. Aí pus as garras de fora.

— O que você quer, Allie? — Ele estava perdendo a paciência, e eu sabia bem com que velocidade a situação desandava quando ele seguia por esse caminho.

— Essa é uma pergunta que pode ter muitas respostas. — A garota jogou o cabelo de mechas vermelhas e loiras por cima de um ombro.

— Ah, já andei nessa montanha-russa de piração antes, e vou descer do carrinho agora — ele falou me puxando para longe.

— Para, é brincadeira — a menina riu agarrando o braço dele. — Só queria conhecer sua nova amiga. — Ela sorriu para mim com ar inocente, mas eu conhecia aquele jogo e não ia entrar nele.

— Essa é a Luce. — Jude segurou meu queixo com dois dedos e me deu o beijo mais doce que eu já tinha recebido na vida.

— Ah, a vagabunda famosa.

O beijo doce chegou ao fim.

Os olhos de Jude pareciam labaredas quando se voltaram para ela.

— Se você não fosse mulher, mesmo sendo essa porcaria que é, eu a ensinaria a respeitar os outros, Allie. — A voz tremia de raiva, e ele estava muito perto de perder a cabeça.

— Jude, para — falei, e me coloquei na frente dele. — Ela está bêbada, deixa isso pra lá.

— Cuidado com quem chama de bêbada, vadia — Allie rosnou.

A vontade de virar e estapear aquela carinha maquiada era tão forte que minha mão formigava, mas, pela primeira vez na vida, eu não era a cabeça mais quente da história. Estava tentando segurar Jude, que avançava novamente.

— Não, ela não está bêbada. O que é raro. Aliás, como vai indo com a *rehab*, Al?

A menina bufou.

— Como se você se importasse. Nunca quis saber se eu estava bêbada, chapada ou sóbria. Desde que eu estivesse na horizontal e não reclamasse.

Essa garota estava me dando nos nervos. Insinuar que eu era uma perdida na vida havia sido péssimo, mas anunciar que eles tinham transado era o suficiente para me fazer sentir vontade de bater forte em alguma coisa. E o que estava mais perto, além de Jude, era sua carinha magrela e rancorosa.

Respirei fundo e olhei para Jude.

— Vem, vamos sair daqui. Ela não vale a pena.

— E você também não vai valer quando o dia amanhecer, queridinha.

Balancei a cabeça, mas Jude não percebeu meu aviso pouco sutil. Com um sorriso de lado, ele virou para encarar Allie.

— Há dois tipos de mulher no mundo, Al — ele falou tão alto que metade do ginásio podia ouvi-lo. — Umas são para trepar, outras são para casar. É assim, o mundo sempre foi assim, não adianta descontar na Luce, ela não tem culpa por você ser um tipo e, ela, o outro.

O rosto de Allie ficou tão vermelho quanto o vestido que ela usava, e não era aquele vermelho-vergonha, era o vermelho-furioso que grita "eu te mataria agora, se não fosse ilegal".

— Some, vai procurar outro cara para transar com você, em vez de ficar me perseguindo.

— Jude — cochichei. O sorriso ainda estava lá, mas o olhar estava daquele jeito sombrio de novo. Eu não sabia que ele era capaz de falar coisas tão cruéis, e se Allie não tivesse provocado fazendo aqueles comentários horríveis antes, eu teria até sentido pena dela. — Vem. — Puxei-o para longe da ex-amante ressentida e de algumas dúzias de curiosos. — Vamos procurar um lugar tranquilo.

Não soltei seu pulso até termos saído do ginásio e percorrido metade de um corredor escuro, temendo que ele voltasse para mais uns cinquenta rounds com Allie. Quando nos afastamos o suficiente para ouvir o que dizíamos sem interferência da música, parei. Ele foi o primeiro a falar.

— Luce, sei que disse coisas que não deveria e tratei uma mulher como um homem não deve tratar, mas não consigo e não vou tolerar qualquer pessoa, homem ou mulher, falando da minha namorada daquele jeito. — Jude me encarava, os olhos implorando perdão, mas sem nenhum arrependimento.

Só ouvi duas palavras.

— Sua namorada? — repeti, porque precisava de confirmação.

Ele segurou meu rosto e encostou a testa na minha.

— Minha namorada.

— E a data de validade para o título...? — Eu tinha que saber. Ele era Jude Ryder. Leite fora da geladeira não perde a validade tão depressa quanto as namoradas de Jude.

— O que acha de vivermos um dia de cada vez? — ele respondeu, e o hálito quente embaçou meus pensamentos de novo.

Queria tanto beijá-lo que tive que resistir a todos os instintos mais primitivos para não sucumbir. Precisava de respostas.

— Pensei que uma garota como eu, a que é para casar — falei levantando uma sobrancelha —, teria direito a mais que um dia de cada vez.

— E tem. — Ele se encostou à parede do outro lado. — Mas eu não.

Era mais fácil raciocinar quando ele estava a um metro de distância.

— Essa é uma das suas falas ensaiadas para quando uma menina pede mais que vinte e quatro horas de Jude?

Batendo na parede com o calcanhar, ele olhou para o lado.

— Não, é uma resposta para quando uma garota pela qual estou me apaixonando, a única por quem já senti isso, quer começar um relacionamento com alguém como eu.

E voltamos ao ponto de partida. Essa história de "Jude não merece nada, só muitos montes de lixo" estava começando a mexer com meus nervos.

— Sabe, Jude, você não é tão durão quanto pensa que é. E é muito mais legal do que espera não ser. Nem vem de novo com essa história de "eu sou o câncer", porque não me convence.

Os olhos dele brilhavam.

— Não, é?

— Não. Já sei como você funciona, Jude Ryder, e espero que alguém como você dê a alguém como eu mais que só um dia de cada vez.

— E daí? Quer que eu fale que vamos ficar juntos para sempre? Que vamos dar o último suspiro juntos, lado a lado na cama? — A voz dele era suave.

— Sou realista — respondi. — Mentir e fazer promessas sobre eternidade é quase tão ruim quanto um dia de cada vez.

— Então, minha doce, linda e complicada Luce, o que você quer de mim?

Eu olhava para aquilo, mas não sabia se podia ter. Não sabia se podia me apoderar de uma pessoa como Jude.

— Isso você vai ter que descobrir.

— Ah, Luce. Quando eu já achava que estava melhorando, você me vem com essa.

— Ryder, nem tenta desviar o rumo da conversa. Eu estou no comando, e vamos continuar nesse assunto até você responder à minha pergunta.

Ele bateu a cabeça na parede algumas vezes.

— Tudo bem, alguma coisa entre um dia de cada vez e para sempre — disse, olhando para cima como se procurasse uma resposta que me agradasse. — Mas você quer uma resposta honesta, certo?

— Somente você pode avaliar isso.

Ele concordou.

— Vamos ver... — Jude me deixou mole com aquele olhar. — O que acha de "vou estar aqui cada dia e todos os dias enquanto você quiser que eu esteja"?

Finalmente entendi aquele verso da música de Sting que diz "be still my beating heart"[5].

— E essa resposta é honesta?

Jude pôs a mão sobre o coração.

— Honestíssima.

— Essa é uma boa resposta, Ryder. — Eu me aproximei dele. Era um momento de intimidade e vulnerabilidade, e também tinha paixão, mas tudo que eu queria era estar nos braços dele. Bocas coladas, mãos explorando. Nada poderia tornar o momento mais envolvente do que já era.

Jude me apertava entre os braços como se não fosse capaz de me soltar.

— Essa sua resposta também é boa, Luce.

Eu ri com o rosto colado em sua camisa, tentando entender como um garoto com a reputação dele podia ter cheiro de sabonete e de sol da manhã e dizer as coisas mais doces que já tinha ouvido. E foi então que, como estava se tornando um padrão em Southpointe High, eu tive uma revelação.

Reputação não tem a ver com quem realmente somos, mas com quem as pessoas dizem que somos. Há quem caia nessa armadilha, mas também quem lute a vida inteira para escapar dela. Jude não era um *bad boy* sem futuro, como eu não era a vadia que todo o mundo dizia que eu era. A diferença entre a reputação que nos atribuíam era que Jude aceitava a dele como se fosse algum tipo de punição.

— Quer dizer que acha que me decifrou? — Ele perguntou depois de alguns minutos de silêncio.

---

5. Em tradução livre: "Fique calmo, meu coração pulsante". Trecho da música "Be Still My Beating Heart", Sting; A&M, 1987. (N.E.)

— Quase completamente.

Senti a cabeça de Jude se mover para cima e para baixo sobre a minha.

— Entendi. Quando é meu aniversário?

Eu nem imaginava.

— Meu segundo nome? O nome do primeiro animal que tive? Minha média geral no colégio? Quantos pontos já levei? Que número eu calço? — Jude continuou fazendo perguntas dos quais eu não sabia responder. E para todas havia uma resposta impessoal, uma palavra só.

— Tudo bem, talvez a gente tenha que fazer um dia de perguntas e respostas, ou alguma coisa assim, e tirar todas as dúvidas do caminho — falei, me perguntando como podia saber tão pouco sobre ele e, ainda assim, ter a sensação de que nunca conheci ninguém como o conhecia. — Mas sei o suficiente para ter certeza de que nada do que me disser pode mudar tudo isso.

— Não sabe quanto eu queria que isso fosse verdade — ele falou com a boca encostada na minha cabeça, deslizando os dedos pelas minhas costas.

Enquanto eu ainda tentava decidir se respondia ao comentário ou o deixava passar, alguns casais entraram correndo no espaço estreito.

— Ryder — disse o garoto na frente do grupo quando nos viu encostados à parede. — Pensei que gostasse mais do vestiário.

— Continua correndo, cabeça de merda — Jude rosnou, dando um tapa no ar atrás da cabeça do garoto. — Morrison — disse, agarrando pelo colarinho o segundo que passou correndo. — Qual é? A menina que você trouxe está te perseguindo com uma aliança de casamento ou alguma coisa assim?

— A polícia chegou. Os caras estão revistando o ginásio, e temos um probleminha nos bolsos — ele explicou batendo no bolso do paletó. — Se estiver com o mesmo problema, talvez seja melhor ir embora.

Os braços de Jude ficaram tensos em volta do meu corpo.

— Merda — ele resmungou. Rapidamente se afastou da parede, segurou minha mão e começou a correr. — Vem, Luce. A gente precisa sair daqui.

Meu estômago se comprimiu. Nenhum homem inocente fugia da polícia como ele fazia agora. Eu não acreditava que o problema era alguma droga, porque vi tanta gente chapada no pátio no intervalo das aulas no meu antigo colégio que aprendi a reconhecer os sintomas, e Jude não tinha nenhum deles. Mas eu não tinha coragem de acreditar que ele estava fugindo por algum motivo pior. Só me deixei levar, porque correr da polícia com ele era melhor que ser deixada para trás.

Jude virou no fim do corredor no mesmo instante em que as portas do ginásio se abriram com um estrondo, deixando transbordar a luz das lanternas e muitos gritos.

— Droga. — Jude me fez correr mais. Eu merecia uma medalha ou algum tipo de prêmio por correr desse jeito usando sapatos de salto.

— Dá para dizer o que está acontecendo? — Eu me irritei quando ele empurrou uma porta de metal. Estávamos fora do prédio, perto do estacionamento.

Nunca tinha visto Jude tão abalado.

— Tenho que ir, Luce. E não posso te levar comigo.

Eu tinha muita coisa para dizer, mas o melhor que consegui articular foi:

— Eles estão atrás de você.

Jude concordou.

— E vão levar você também, se estiver comigo.

Mordi o lábio ao perceber que estava prestes a ser abandonada na calçada.

— Tudo bem.

— Droga, Luce, desculpa. Fiz uma coisa muito, muito idiota. — Ele segurou meus braços.

Jurei para mim mesma que não ia chorar. Fiz um esforço para olhar para ele.

— É melhor ir, então.

— Luce. — Ele pedia alguma coisa que eu não estava preparada para dar.

— Vá, Jude — sussurrei.

Ele se inclinou como se quisesse me beijar ou abraçar, mas eu não estava disposta a ser consolada.

— Não — falei recuando. — Vai logo.

Seu rosto ficou tenso, os olhos escureceram. Afastando-se cada vez mais, ele continuou olhando para mim por mais um momento antes de virar e correr como se o diabo tivesse chegado em Southpointe High.

DOZE

Jude e o Chevelle partiram dez segundos antes de uma fila de viaturas da polícia sair do estacionamento com as sirenes ligadas atrás dele. Eu fiquei ali parada, imóvel como um anão de jardim, assistindo a tudo como se não fosse real.

O homem por quem eu pensava estar me apaixonando saiu do estacionamento derrapando, passando pelas lombadas em velocidade tão alta que o carro saiu do chão, enquanto uma frota de carros da polícia o perseguia. Isso não podia ser real. Consegui vê-lo rapidamente, e seu rosto mantinha uma calma sinistra. Uma pessoa só podia manter essa calma se vivesse frequentemente esse tipo de situação.

Vários policiais saíram correndo pela porta por onde tínhamos acabado de passar e continuaram correndo, passando por mim sem sequer imaginar que eu havia estado com Jude.

— Suspeito em veículo roubado seguindo na direção norte para a Avenida Hemlock — disse uma voz do outro lado do rádio quando o último policial passou por mim.

Roubo. Roubo de carro.

Foi a gota d'água que fez transbordar o balde. Desabei no chão, abracei os joelhos e fechei os olhos, rezando para acordar.

— Não chegou nem ao fim da noite — comentou uma voz irônica. O tecido vermelho metálico surgiu no meu campo de visão. — Deixa eu adivinhar — Allie continuou com um sorriso frio. — Foi no armário do zelador?

Eu não precisava dessa merda agora.

— Não? No vestiário, então. É o lugar preferido do Jude.

Eu era durona, mas essa noite estava muito além das minhas possibilidades. Eu não tinha o que era necessário para ultrapassar essa montanha de lixo.

— Talvez tenha sido no sofá da sala do diretor.

— Sai daqui — falei sem levantar a cabeça dos braços cruzados.

— Como é ser largada na calçada como o lixo que você é? — Ela se ajoelhou ao meu lado. — Quando ele terminou de transar comigo, tive uns minutos de abraço e uma cama quente, pelo menos.

— Allie! — Uma voz gritou atrás de nós. — A festa na casa do Morrison está começando. Vai se atrasar.

— Ora, se não é Sawyer Diamond chegando no seu cavalo branco — Allie riu. Sawyer se aproximou de mim segurando o paletó sobre um ombro. — Veio tentar ocupar a vaga que o Jude deixou? São só alguns segundos, mas aposto que ela já está pronta para mais uma rodada.

— Droga, Allie — Sawyer respondeu enquanto a segurava pelo braço e levava embora, ainda mancando por causa do tornozelo machucado. — Você é bem mais fácil de conviver quando está chapada, vê se começa a encher a cara logo.

— Você é chato — ela reagiu tentando soltar o braço.

— Conner! — Sawyer gritou para um garoto que subia em uma caminhonete cheia de alunos. — Tem lugar para mais um?

— Parece que sim, Diamond? — Conner gritou enquanto dava ré. — Agora só tem lugar para quem quiser sentar no colo.

— Perfeito — ele disse, entregando Allie para outro rapaz na carroceria da caminhonete. Nenhum dos dois parecia se importar com a necessidade de sentar no colo.

— Vejo você na casa do Morrison? — Conner gritou quando saía do estacionamento.

— Talvez mais tarde — Sawyer respondeu, batendo na carroceria quando a caminhonete passou por ele.

Depois se aproximou de mim e se agachou ao meu lado, colocando o paletó sobre meus ombros.

— Lucy? Tudo bem?

Escolher entre Sawyer e Allie era como optar pelo menos pior.

— Tudo ótimo — respondi com a cabeça apoiada nos joelhos. — Será que pode me dar um pouco de espaço, Sawyer?

— Não. — Ele chegou mais perto. — Não vai rolar.

— Pedi com educação uma vez, mas vou repetir — avisei com o sangue fervendo. — Vai embora.

— Acho que não ouviu minha primeira resposta. Não.

A noite tinha sido um inferno. Por que eu imaginava que Sawyer não abraçaria o capeta?

— Se acha que vai tirar proveito da situação, esquece — comecei. — Se vai me oferecer o ombro para chorar, eu não choro. Se vai dizer "eu avisei" ou tentar me convencer de que Jude é um fracassado, não perca seu tempo. Se...

— Só quero ter certeza de que vai chegar em casa bem — Sawyer me interrompeu.

Silêncio. Mortal.

— Sawyer, desculpa — respondi. Eu me sentia um ser humano horrível. — Estou furiosa e descontei em você, porque não tem mais ninguém aqui em que eu possa fazer isso.

— Tenho três irmãs mais velhas. Estou acostumado.

Virei a cabeça e olhei para ele; Sawyer me olhava como se fôssemos bons amigos. Eu precisava de um bom amigo.

— Você veio com uma garota. Ela não vai se incomodar se você me levar para casa? — Olhei ao redor esperando ver a menina por ali.

— Ela está com outro cara. — Sawyer deu de ombros.

— Ah. — Não sabia muito sobre Sawyer Diamond, mas era evidente que ele não estava acostumado a ser trocado. — Sério?

— Eu estava a fim da garota, mas ela acabou ficando com outro cara.

Respirei fundo e olhei para o estacionamento.

— Outro cara que a deixou na rua porque a polícia estava atrás dele?

— Mais ou menos isso — ele disse ao se levantar. — Vem, vou levá-la para casa, assim você coloca um ponto-final nessa noite.

Sawyer estendeu a mão para mim, e eu a aceitei como se fosse natural. Como se eu não lutasse contra todas as forças do universo e além dele para segurá-la.

Fiquei em pé e me ajeitei.

— Fiquei tão aliviada quando você apareceu e resolveu o problema com a Allie, que podia ter beijado-o por isso — comentei, antes de pensar no que disse e para quem.

Claro, ele não podia só dar risada ou fingir que não tinha escutado.

— E eu aceitaria com todo o prazer.

Tentei rir da resposta, mas a risada ficou forçada. Lembrava a histeria do eterno constrangimento.

Mais alguns segundos de riso incômodo, e Sawyer inclinou a cabeça.

— O carro está logo ali — disse, segurando minha mão e atravessando o estacionamento.

A mão dele era quente e forte, mas um pouco macia demais para um homem. Olhei para nossas mãos unidas, e vi que pareciam encaixar perfeitamente, mas não era essa a sensação que eu tinha.

Ele parou ao lado de um carro branco lustroso e abriu a porta do passageiro. Levantei as sobrancelhas.

— Sou um cara das antigas — ele disse. — Não espalha.

— Além disso, tem três irmãs mais velhas — respondi ao entrar no carro.

— Exatamente — confirmou antes de fechar a porta. — Para onde vamos? — perguntou antes de ligar o carro.

— Moro na frente do lago em Sunrise Shores — respondi, procurando não pensar no que fazia uma hora atrás nesse mesmo lugar. Tentei engolir o nó que fechava minha garganta quando saímos do estacionamento, deixando para trás algumas boas e muitas más lembranças.

— Vou querer um sundae com cobertura quente extra e duas cerejas. — Sawyer olhou para mim e levantou as sobrancelhas.

— São seis dólares e cinquenta e oito centavos, pode pagar no próximo guichê — respondeu a voz pelo alto-falante.

— Sério, não estou com fome — falei quando Sawyer seguiu em frente. Não conseguia me imaginar comendo agora.

— Não precisa estar com fome para apreciar as propriedades de cura de uma montanha de sorvete com rios de calda — ele respondeu pegando a carteira. Quando entregou uma nota de cem dólares, a funcionária no caixa olhou para ele como se não houvesse ofensa pior no mundo do fast-food.

— E eu aqui me enganando com a ideia de que sorvete engorda — respondi, tentando fingir que o esforço de Sawyer para me alegrar estava funcionando. Nada, nem mesmo um passe VIP para a Disneyland, poderia me alegrar.

— Bobagem. — Ele me entregou o sundae do tamanho de um balde. — Sorvete melhora qualquer situação em cinquenta por centro, pelo menos. — O atendente entregou uma colher, que Sawyer enterrou no monte de chantilly e deixou ali pronta para mim. Havia carros na fila atrás de nós, mas ele não sairia do lugar enquanto eu não provasse o sorvete, era evidente.

Revirei os olhos e provei o sundae. Foi só uma colherada de chantilly com um pouco de cobertura, mas Sawyer estava certo. Eu me sentia melhor, não o bastante para pular e levantar as mãos para o céu, mas o suficiente para perceber a mudança.

— Melhor? — ele perguntou.

Concordei lentamente.

— Melhor.

— Bom, minha missão está cumprida. — Ele engatou a marcha e saiu do *drive-thru* como se passeássemos por Rodeo Drive.

Continuei tomando sorvete e olhando para Sawyer. Ele percebeu.

— Em que está pensando, Larson? — perguntou, tentando assumir aquele tom que usava para falar com os amigos, mas ele não me olhava como se eu fosse um deles.

— Não vai querer saber — respondi com a boca cheia.

— É claro que quero.

Enchi a boca com sorvete para ter tempo de pensar em alguma coisa sensata para dizer. Mas não encontrava nada.

— Quando falei que não vai querer saber, quis dizer, na verdade, que não quero contar. — Por que tinha que ser sempre tão honesta?

— Ah. — Ele seguiu pela Sunrise Drive. — Não conta, então.

Sawyer ficou em silêncio por mais dois ou três quilômetros. Qualquer outro aluno do ensino médio teria insistido para saber todos os detalhes da noite. Mais um ponto para Sawyer. Ele havia marcado muitos nesta noite, e comecei a perceber que o tinha julgado precipitadamente, como todo o mundo sempre me julgou. Ele não era o atleta clichê do ensino médio. Sim, praticava esporte e usava camisa polo de grife, mas também era atencioso e gentil, e ajudava uma garota que ninguém mais se dispunha a ajudar.

Sawyer Diamond corria o risco de ser rotulado como "bom menino" no meu dicionário.

Um minuto depois ele parou na entrada da minha casa, e fiquei surpresa ao perceber que havia devorado quase metade do sundae. Amanhã de manhã teria que dançar até derreter o traseiro. Literalmente.

— Obrigada pela carona, Sawyer — falei, virando no banco. — Tenho certeza de que tem mil coisas melhores para fazer na noite do baile de volta às aulas, mas isso foi muito importante para mim.

— Nesse momento — ele respondeu soltando o cinto e se inclinando para mim —, não há outro lugar onde eu gostaria de estar.

Fiz um esforço para não revirar os olhos para a frase. Um ponto a mais, um ponto a menos para o sr. Diamond.

— Boa noite — falei levando a mão à maçaneta.

— Espera, Lucy. — Sawyer segurou minha mão. — Fiquei pensando durante todo o trajeto até aqui se devia ou não falar alguma coisa, mas não seria um bom amigo se não falasse. — Ele tirou o sorvete da minha mão e deixou no chão atrás do banco. — Sei que gosta do Jude, e talvez isso tenha ficado no passado depois de hoje.

O aperto no estômago voltou, apesar do sorvete.

— Sawyer. — Tentei fazê-lo parar, porque não sabia se queria saber de tudo que tinha a ver com Jude, porque, nesse caso, talvez não tivesse mais nenhuma desculpa para ficar com ele.

— Ele não é o cara certo para você, Lucy.

Alguma coisa em meu olhar, ou na raiva que começava a brotar de mim, o fez parar.

— Eu decido quem serve e quem não serve para mim, Sawyer — declarei, tentando novamente abrir a porta.

Ele não soltou minha mão.

— Não, espera, não vá embora assim, Lucy. — Sawyer respirou fundo. — Tem razão, não tenho o direito de dizer o que você deve fazer ou de quem deve ficar longe.

"Exatamente", respondi em pensamento.

— Mas me faz um favor. Na próxima vez que estiver com o Ryder, se houver uma próxima vez — Sawyer fez uma pausa, como se travasse uma batalha que estava prestes a perder —, pergunta sobre a Holly.

Senti um arrepio.

— Que Holly?

— Jude vai contar essa história, não eu.

E as mulheres eram irritantes? Era hora de reavaliar conceitos.

— E por que tocou no assunto?

— Porque você tem o direito de saber no que está se metendo.

Eu sabia que tinha esse direito, mas não sabia se queria desfrutá-lo. Não havia mais nada a ser dito.

— Boa noite — repeti, e saí do carro. Ele não tentou impedir. — Obrigada pela carona.

Ele exibiu o sorriso Sawyer ultrabranco.

— Obrigado por aceitar minha carona — respondeu. — Vejo você na segunda?

Vesti o cardigã.

— Sim, a menos que a Costa Oeste desmorone no oceano.

— Sei. Então, deixando de lado os desastres naturais, pessoais e econômicos, vejo você na segunda?

— Sai daqui, Diamond — falei, escondendo o sorriso ao fechar a porta.

Sawyer acenou e foi embora.

Fiquei olhando para o carro até as luzes traseiras serem devoradas pela noite, tentando decidir como me sentia em relação a Sawyer. Aparentemente, ele era candidato ao prêmio de jovem do ano, mas alguma coisa que eu não conseguia identificar me fazia sentir arrepios na nuca quando ele estava por perto. Era só uma sensação, mas não conseguia ignorá-la.

Sem entender por que estava parada do lado de fora de casa à meia-noite, pensando em coisas que tinham a ver com Sawyer Diamond, balancei a cabeça e virei para entrar.

Havia uma luz acesa na sala. Fiquei tensa quando abri a porta. Claro que era minha mãe, e ela estava debruçada sobre o laptop. Seus ombros se ergueram quando fechei a porta de tela.

— Oi, mãe — falei, porque, quanto mais depressa começasse com isso, mais depressa tudo acabaria.

Ela girou na cadeira, tirou os óculos e olhou para mim. Olhou de verdade, como se não me visse há muito tempo e tentasse memorizar o rosto da Lucy de dezessete anos.

— O rapaz que acabou de deixar você aqui não era o mesmo que veio te buscar? — Não havia raiva nem frieza em sua voz, só curiosidade.

Balancei a cabeça e chutei os sapatos de salto para o lado.

— Por quê?

Eu não tinha uma resposta. Nem para ela, nem para mim, mas minha mãe esperava.

— Acho que nem eu sei — respondi a caminho da escada. Só queria vestir o pijama e dormir, encerrar essa noite.

Minha mãe mordeu o lábio com aquela cara de quem está tentando tomar uma decisão.

— Ele te magoou? — perguntou, e parecia ter quase tanto medo da pergunta quanto da minha resposta.

De novo, não havia resposta fácil para isso, mas eu entendia perfeitamente o que ela queria saber.

— É claro que não — respondi.

— Lucy. — Ela se levantou.

— Mãe, sei que estou encrencada — declarei segurando o corrimão. — Sei que vou ficar de castigo até completar dezoito anos por ter mentido para vocês e saído sem autorização, mas agora só quero ir para a cama e esquecer o que aconteceu. Tudo bem? — Pela terceira vez na mesma noite eu estava à beira das lágrimas. Era inaceitável.

— Tudo bem — ela concordou, e se sentou novamente —, mas não esquece o que eu disse, Lucy. Pode conversar comigo, se precisar.

— Ah, tudo bem. Obrigada. — Comecei a subir a escada. Sentia saudade dos dias em que ia bater na porta do quarto do meu irmão e ele estava lá para oferecer palavras sábias ou um ombro para eu chorar. Precisava dos dois agora.

— E, Lucy? — ela falou atrás de mim. — Está de castigo, sim, mas só até o fim da semana.

Pela primeira vez em muito tempo, senti que minha mãe e eu havíamos tido uma conversa construtiva.

TREZE

Eu estava morrendo de medo de pisar nos corredores de Southpointe na manhã de segunda-feira. Que boatos haveriam se espalhado durante o fim de semana, que verdades se confirmaram e que nova fama esperava por mim? Consegui remover as lembranças do sábado à noite e a ansiedade em relação ao que aconteceria hoje, depois de passar o domingo inteiro no estúdio de dança. Do nascer ao pôr do sol, uma maratona de balé. Dançar havia sido o abrigo para as tempestades que aconteceram ao longo da minha vida. Porém, agora o estúdio de dança não podia me salvar.

Pode ter sido esse o motivo pelo qual fiquei trancada no Mazda depois de parar na vaga no estacionamento. Eu me convenci de que não era covardia, de que só queria ouvir as últimas músicas do meu CD favorito, mas o fato de estar de óculos escuros e continuar encolhida dentro do carro sugeria que eu estava com medo.

Sabia que o primeiro sinal soaria em breve, porque o estacionamento estava quase cheio de carros e vazio de alunos, mas ainda não conseguia sair da segurança do meu Mazda. Passei um dia inteiro me preparando para esse momento, quando apareceria diante de todos que sabiam o que havia acontecido no sábado à noite, de cabeça erguida e confiante, mas não estava funcionando. Confiança era uma coisa difícil de manter quando você é deixada na calçada pelo *bad boy* da escola.

Pensando mais uma vez nas vantagens de estudar em casa, liguei o motor do carro concluindo que hoje era um bom dia para dizer que estava doente. Não conseguia pensar em outra ocasião em que havia me sentido mais pressionada.

Olhando pelo retrovisor, dei ré no Mazda e me peguei torcendo para ver alguém que não devia ver. Alguém que, provavelmente, devia estar dentro de uma cela. De repente, percebi alguma coisa se movendo e ouvi batidas na janela.

Lá estava Sawyer Diamond, sorrindo para mim como se essa fosse uma manhã comum de segunda-feira, segurando um buquê de flores. Ele acenou.

— Onde acha que vai?

Baixei o vidro.

— Para qualquer lugar que não seja aqui.

— Por quê? — Ele me deu as flores pela janela. Era um buquê misto embrulhado em papel comum e barbante, comprado em uma dessas lojas chiques. Eram bonitas, mas eu não sabia se estava preparada para aceitar flores de Sawyer.

— Estou pensando em desistir — contei olhando para o colégio. — Ouvi dizer que há uma escola linda no centro da cidade.

Sawyer riu e se apoiou na porta do carro.

— Sim, é verdade, mas é para meninas que engravidaram ou não conseguem distinguir a primeira da última página do livro de matemática.

— Perfeito — respondi agarrando o volante, tentando fingir que duas garotas que passaram correndo pelo carro não cochichavam sobre mim. Não era fácil, considerando que elas olharam para mim quatro vezes, pelo menos, antes de desaparecerem.

— Vamos — Sawyer falou, debruçando-se na janela e tirando a chave da ignição. — Hora de entrar na aula.

— Dá isso aqui — ordenei, tentando arrancar a chave da mão dele.

— Pode pegar de volta depois da sexta aula — ele falou tranquilo, guardando o chaveiro no bolso. Pelo brilho em seus olhos, não consegui decidir se ele estava mais animado com a possibilidade de eu tentar recuperá-lo ou de me fazer refém ali o dia inteiro.

— Sawyer — resmunguei, calculando quanto tempo levaria para chegar em casa a pé. — Não preciso disso agora.

— Ah, precisa. — Ele abriu minha porta. — Já vi a vida de muitas garotas desandar por causa de um cidadão aí... — olhei feio para ele sem tirar os óculos — que não deve ser nomeado — ele estendeu a mão. — Não quero ver mais uma.

— Todo o mundo vai falar de mim, apontar para mim e cochichar sobre mim. Preciso estar bem melhor para enfrentar esse tipo de ridículo.

Ele apertou de leve a minha mão.

— Não, ninguém vai fazer isso — garantiu. — Não vou deixar.

— Você não vai deixar? — repeti, olhando para a mão segurando a minha. Se podia haver um completo oposto ao que eu sentia quando Jude segurava minha mão, era isso. — E você é quem, o poderoso chefão da máfia de Southpointe?

— Meus ancestrais eram menonitas, ou alguma coisa parecida, não temos muito a ver com a máfia. — Ele se debruçou sobre mim e pegou minha bolsa dentro do carro. — Mas pode acreditar em mim. Conquistei popularidade nesse colégio ao longo dos anos. — E me puxou pela mão.

— Vou tentar adivinhar. É por causa da sua beleza juvenil e do seu sorriso — falei, saindo do carro e batendo a porta. Não conseguia acreditar que era coagida por Sawyer a entrar na aula.

— Minha família tem uma casa bem legal perto do lago, e dei festas incríveis durante esse tempo no colégio.

— Ah. — Alguns garotos cumprimentaram Sawyer do outro lado do estacionamento. Ele acenou e continuou andando. — Nada como o encanto do álcool e a ausência de adultos para transformá-lo em deus no mundo adolescente.

— Exatamente — Sawyer riu, e abriu a porta do prédio para mim. Depois de passar pelos detectores de metal, ele continuou andando pelos corredores ao meu lado.

— Pensei que tivesse reunião do conselho de alunos na primeira aula — comentei. Mais alguns alunos passaram por nós, cumprimentaram Sawyer e nem prestaram atenção em mim. Era como se ele fosse um manto pessoal de invisibilidade.

— Eu tenho.

— Então, por que está indo comigo para a aula de literatura?

— Porque eu quero — ele respondeu sem hesitar.

Era meio estranho ele ficar grudado em mim como cola, me dar flores, tudo isso, mas eu me sentia mais estável com Sawyer ao meu lado, mais firme. E precisava me sentir confiante para enfrentar um dia como hoje.

— E o sr. Peters vai deixar você entrar na sala e ficar lá como se mandasse em tudo?

— Acho que ele não vai se incomodar.

— Sério? — Parei na porta da sala.

Ele sorriu de um jeito acanhado.

— Meu pai faz parte do conselho do colégio. Meu avô também foi conselheiro. Minha família tem raízes profundas nesta escola.

Inacreditável.

— Nesse caso... — Levei a mão à porta. — Você primeiro.

Ele entrou e me puxou pela mão. Todos na sala olhavam para nós como se não entendessem o que estava acontecendo. Sawyer acenou com a cabeça para algumas pessoas. Antes de passarmos pela segunda fila de carteiras, metade da classe já havia perdido o interesse em nós, e a outra metade ainda olhou para a gente por mais meio segundo antes de pegar os livros na mochila. Que tipo de influência Sawyer exercia aqui em Southpointe, e como eu poderia descobrir esse tipo de coisa?

— Ei, sr. Peters — ele cumprimentou quando me puxou para duas carteiras vagas no fundo da sala. — Vou assistir à sua aula hoje.

Pelo jeito como o sr. Peters olhou para mim, ficou claro que até ele sabia o que havia acontecido no baile. Em seguida, falou para Sawyer:

— Espero que goste dos requintes da literatura, sr. Diamond — ele falou antes de virar para a lousa.

Sawyer me encarou com olhos brilhantes.

— Ah, eu vou gostar, sr. Peters — disse. — Vou gostar.

As três aulas seguintes foram como a primeira, apesar de eu ter tentado evitar que Sawyer me seguisse. Não por não ser grata por tudo que ele havia feito, amenizando o que teria sido um dia infernal, mas porque não podia carregá-lo pela escola o resto do ano como um cobertorzinho de estimação. Ele me deu a confiança necessária para enfrentar o restante do dia. Até recitou uma frase enquanto íamos para a segunda aula:

— Ninguém pode fazer você se sentir inferior sem o seu consentimento.

Antes de revirar os olhos, disse a mim mesma que ele só estava tentando ajudar.

Não me sentia totalmente imune aos cochichos e olhares, mas tudo aquilo era só uma fração do que eu esperava ter que enfrentar, e eu sabia que isso tinha a ver com Sawyer. Tinha uma dívida com ele, e não sabia se essa era uma posição onde queria estar.

Taylor parecia prestes a surtar quando me aproximei da nossa mesa na cantina. Depois de ignorar suas cinco primeiras ligações na manhã de domingo, eu havia simplesmente desligado o celular. Mas não poderia fugir do interrogatório para sempre.

— Derrubou o celular na privada ou alguma coisa assim? — ela perguntou antes mesmo de eu me sentar.

— Acabou a bateria, e eu não consegui achar o carregador — respondi, sorrindo para ela com ar inocente. Podia mentir para não dar informações para fofoqueiras como a Taylor, não podia?

A expressão dela mudou. Ela acreditou na desculpa.

— Coitada. — Taylor tocou meu braço. — Como se seu fim de semana já não estivesse péssimo.

Concordei com um "hum-hum" enquanto bebia um gole de suco de laranja, anotando mais uma mentira no mural da vergonha.

— Tudo bem, por onde vamos começar? — Ela se inclinou para mim. Lexie e Samantha largaram os palitos de aipo e se debruçaram sobre a mesa.

Eu só queria acabar com isso. Elas não desistiriam enquanto não arrancassem de mim todas as informações, e eu sabia que, se não desse o que elas queriam, mentiras seriam inventadas para preencher as lacunas.

— Por onde quer começar? — Perguntei, fechando a garrafa de suco.

— Sabia que ele havia roubado o carro? — Taylor cochichou, e olhou em volta com ar conspirador.

— É claro que não! — respondi ofendida, até perceber que elas estavam desapontadas com a resposta. Na opinião dessas garotas, eu seria um pouco mais legal se fosse cúmplice do roubo do carro.

— Não falou mais com ele?

Doía pensar em Jude. Doía ainda mais admitir que não tinha notícias dele.

— Não.

Taylor e suas seguidoras pareciam decepcionadas de novo.

— A história que corre é que ele foi perseguido por uns cem policiais, devolveu o carro ao dono e foi a pé se entregar na delegacia do centro da cidade. — Taylor gesticulava e cuspia tanto que me inclinei um pouco para trás. — O que sabe disso, Lucy?

— Absolutamente nada — respondi, já exausta do interrogatório, e só haviam passado três minutos da hora do almoço. Estávamos apenas começando.

— Quer dizer que é verdade que ele, tipo, largou você na rua? — Lexie perguntou antes de morder a ponta de um palito de cenoura. Essas meninas comiam mais vegetais crus que uma família de coelhos. Como bailarina, eu também comia a minha cota, mas gostava de variar a dieta com uma maçã, uma barra de granola ou alguma coisa que alimentasse mais.

— É verdade — confirmei, torcendo por algum tipo de distração. — Foi trágico.

— Como foi para casa? — Lexie perguntou balançando a cenoura.

Eu me preparava para responder que tinha ido "de carro", quando Taylor sorriu para mim e levantou uma sobrancelha.

— Fiquei sabendo que pegou carona em uma BMW 325i.

— Não sei nem o que é isso. — Olhei para trás. Ninguém por ali para me salvar. Àquela altura do interrogatório, eu não me importaria se fosse um maluco mascarado carregando uma serra elétrica.

— Sawyer a levou para casa? — A cenoura caiu da mão de Lexie.

— Levou.

Ela ficou em pé e me olhou furiosa.

— É, parece que Lucy Larson passou o rodo em Southpointe! Nada mal para quem acabou de chegar. — E saiu da cantina.

— Não se preocupe, ela vai superar — disse Taylor, balançando a mão no ar. — Ela e Sawyer namoram, brigam e voltam há dois anos, e terminaram com uma briga feia há algumas semanas, antes da volta às aulas.

— Dois anos? — Agora eu respeitava Sawyer. Um compromisso de dois anos como um gênio como Lexie Hamilton devia ser suficiente para garantir um lugar no céu. — Ela me odeia. E vai me odiar por muito, muito tempo.

Taylor se inclinou me chamando com o dedo. Eu não me movi.

— Lexie odeia todo mundo. Só não diz a ela que eu contei.

— Legal da parte dela — falei.

— Uau, Lucy Larson. — Taylor tirou um estojinho de maquiagem da bolsa. — De algum jeito, você conseguiu domar o indomável Jude Ryder, mesmo que tenha sido por pouco tempo, e depois passou imediatamente ao solteiro mais cobiçado e promissor de Southpointe. Você é minha heroína.

Samantha riu.

— Está aceitando estagiárias?

— Só as moralmente prejudicadas — resmunguei, enquanto Taylor passava pó no nariz e Samantha bebia o refrigerante diet de canudinho.

Eu estava cercada de patricinhas que sonhavam em fazer parte do elenco de *Mulheres Perfeitas*. Meu Deus, que diabos eu estava fazendo? Todos têm seu lugar no mundo, e isso é legal, mas o meu seria perto delas? Eu gostava de conteúdo e, que um raio me atingisse, sinceridade. Neste círculo não teria nada disso. Sim, elas me acolheram quando ninguém mais me acolheu, mas não foi por bondade. Foi porque me viram como um degrau para a subida até o topo.

Eu era um degrau na escada dessas garotas. Uma pedra a ser ultrapassada.

— Sawyer Diamond — Taylor cantarolou balançando a cabeça. — Incrível.

— Eu sou, não sou?

Não sei qual de nós se assustou mais, mas o estojinho de Taylor quebrou quando caiu no chão, o que dava a ela o direito a algum tipo de prêmio.

— Meu Deus, Sawyer — Taylor falou enquanto recolhia os pedaços de pó compacto. — Nunca mais se aproxime de um grupo de garotas desse jeito, a menos que queira levar uma cotovelada nas bolas.

Ele bateu com o dedo na cabeça.

— Anotado.

— O que você quer? — ela perguntou, amolecendo um pouco diante daquele sorriso.

— Vim pegar a Lucy emprestada. — As mãos dele descansaram sobre meus ombros. — Não se importam, não é?

— Depende — Taylor respondeu, notando as mãos dele em mim. Seus olhos haviam encontrado uma fofoca suculenta.

— Do quê?

O olhar de Taylor para mim estava carregado de insinuações.

— Para que quer levá-la emprestada?

— Um homem tem o direito de cuidar dos próprios assuntos — ele respondeu, já puxando minha cadeira para trás.

— Exceto quando o assunto não é dele — Taylor insistiu em voz baixa. Depois cochichou no meu ouvido. — Quero um relatório completo.

Levantei, acenei para Taylor e Samantha e virei para Sawyer.

— Me tira daqui — pedi movendo os lábios, sem emitir nenhum som.

Ele segurou minha mão e me tirou da cantina.

— Vem.

Se essa era a sensação de ser alvo de tantos olhares escandalizados, eu não queria concorrer a nenhum cargo público. Não entendia qual era o grande problema de sair da cantina com Sawyer, mas Southpointe era uma central de fofocas. Um acontecimento como esse poderia alimentar o corpo de alunos por uma semana.

Assim que saímos da cantina, eu suspirei.

— Obrigada.

— Você parecia estar sentindo alguma dor — ele disse enquanto me levava por um corredor tranquilo. — Tive que te salvar daquilo.

— Fico feliz por isso — falei, olhando ao redor para ver se não havia ninguém ali pronto para começar uma nova onda de boatos. — Por que me ajudou?

Sawyer se encostou nos armários e pôs as mãos nos bolsos da calça.

— Queria pedir desculpa — começou, e eu me surpreendi. — Eu não devia ter falado nada sobre Jude, nem de bom nem de ruim. Não é da minha conta que tipo de relacionamento vocês têm. Estou me desculpando por ter me metido onde não devia.

O pedido me pegou desprevenida, mas ouvir o nome de Jude me afetou ainda mais. Cada vez que o ouvia, sentia mais a faca cravando meu coração.

— Não sei se existiu algum relacionamento — confessei —, e se existiu, não existe mais.

Devia ser por ele ter roubado um carro, ou por ter sido preso mais vezes do que eu podia contar nos dedos das duas mãos, ou por ele personificar tudo que aprendíamos a evitar desde que íamos para a escola. Mas não era por nenhum desses motivos. Eu sabia que Jude e eu não tínhamos um relacionamento porque, se realmente se entregou, ele nem se incomodou em telefonar para mim antes. Nem para ter certeza de que eu havia chegado bem em casa, nem para explicar o que tinha acontecido naquela noite. Se tivéssemos alguma coisa próxima de um relacionamento, Jude teria se importado o suficiente para me procurar. Mas não foi o que aconteceu.

— Desculpa, Lucy — disse Sawyer.

— Tudo bem, mas eu sei que não está arrependido — respondi, rindo de ter sido com ele que me abri sobre Jude. Sabia que tinha alguma coisa a ver com o fato de que seu rosto era sempre afetuoso e como seus olhos nunca julgavam.

— Sinto muito por você e pelo sofrimento que isso te causou. Mas não lamento por Ryder. Na próxima vez que a gente se encontrar, vou mandar ele ir se ferrar.

Mais uma faca no peito.

— Essa eu queria ver.

— Presta atenção — ele sugeriu olhando para um ponto distante —, talvez acabe mesmo vendo. Jude Ryder pode acabar tomando uma dose do próprio veneno antes de todos nós terminarmos o colégio e ficar aqui como a porcaria que é.

CATORZE

A terceira semana de aula foi dez vezes menos dramática que as duas primeiras. Na verdade, eu me sentia como se me encaixasse em um padrão de normalidade quando passei pelos detectores de metal na manhã de sexta-feira. Estava conseguindo nota máxima em todas as matérias, o que era fácil quando "um vezes um era igual a um" e soletrar palavras como "questão" e "mistério" era o limite da dificuldade para o meu último ano. Minha mãe gostava de ser dramática com minhas notas, mas, na verdade, ela só estava comparando meus 10 e 9 com os 10 com "louvor" e "parabéns" que meu irmão colecionava. Como se eu precisasse de mais culpa na vida.

Também entrei para a equipe de dança, apesar de Taylor ter me avisado que minha popularidade cairia 50%, e me inscrevi no Clube Ambiental, que, ela também disse, acabaria com os outros 50%.

Agora eu era 0% popular. Oba!

Não era um bom momento para anunciar que planejava presidir o grande jantar de gala que acontecia na escola todos os anos na primavera, para arrecadar doações para a biblioteca local. Isso poderia me render uma expulsão da mesa do almoço.

Também havia conseguido colocar algumas barreiras entre mim e a srta. Taylor e suas amigas, que, na maioria dos dias, elas tentavam respeitar. Desafiando tudo que fazia sentido, o que era uma tendência ainda recente, Taylor caiu de amores por mim. Debaixo daquela casca havia uma garota que era mais inteligente do que mostrava ser, tinha mais sentimentos do que se atrevia a revelar e era dona de um senso de humor meio perverso que implorava por liberdade. Eu me descobri esperando com alguma ansiedade pelo nosso encontro diário. Talvez tenha até conseguido convencê-la a comparecer a uma reunião do Clube Ambiental depois de garantir que não haveria redução de 50% na sua popularidade.

Para completar, minha mãe e eu tivemos mais duas conversas amigáveis. A única coisa que permanecia inalterada era que, todos os dias depois da aula, eu corria para o estúdio e me perdia no balé até a hora do jantar.

A vida não me dava essa sensação de normalidade há anos, e apesar de ter chorado sua falta por muito tempo, o que seria suficiente para agora estar me deliciando com ela, não estava. Sabia que isso tinha alguma coisa a ver com alguém de quem ainda não tinha tido nenhuma notícia, alguém que deveria evitar daqui até a morte, mas, como havia aprendido do jeito mais difícil, o coração quer o que quer. Eu queria Jude.

Da mesma forma que um pai não permite que um filho coma uma segunda fatia de bolo porque não é o melhor para a criança impulsiva que adora doces, eu não podia permitir que meu coração tivesse o que queria, porque sabia que isso o levaria à destruição.

— Bom dia, linda.

Dei uma cotovelada de leve em Sawyer e então estávamos prontos para começar nossa rotina matinal.

— Sai daqui, feio, e não volta até pensar em uma cantada melhor.

— Espera, tenho pensado em algumas, e aposto que vai ficar muito impressionada na próxima segunda-feira — ele respondeu, entregando o moca matinal que havia começado a trazer para mim alguns dias atrás.

— Duvido — retruquei.

— Essa história de me chamar de feio todo dia podia acabar ferindo meu ego delicado, se eu não tivesse certeza de que é só brincadeira. — Sawyer acenou com a cabeça para dois companheiros do time de futebol que passaram por nós.

— Ou se não tivesse certeza absoluta de que não é feio.

— Está dizendo que me acha gato? — Ele sorriu para mim de um jeito provocante.

— Se foi isso que ouviu, precisa de aparelhos auditivos — respondi antes de beber um gole de café. — Só falei que você não é feio de verdade.

— Acho que nunca ouvi um elogio pior que esse. — Ele passou um braço por cima dos meus ombros e me levou para dentro da escola.

E a interação tranquila que Sawyer e eu tínhamos na maior parte do tempo acabou, como sempre, com um abraço desajeitado.

— E o tornozelo, Diamond? — Uma voz perguntou atrás de nós. Uma voz que congelou meus pés no chão, mas me derreteu em todos os outros lugares.

Jude surgiu na nossa frente, cruzou os braços e olhou feio para o braço de Sawyer em torno do meu corpo, depois me encarou. Imediatamente, minha respiração se tornou irregular e difícil.

Sawyer olhou tranquilamente para o tornozelo enfaixado.

— Vai ficar bom.

Os olhos de Jude não se desviavam dos meus.

— Estava perguntando do outro tornozelo.

Sawyer ficou confuso.

— Está bem — respondeu.

— Quer que ele continue assim? — Jude deu um passo à frente sem deixar de me encarar. A não ser por um hematoma em um lado do rosto, ele ainda era o mesmo. Não sei o que esperava, mas tinha a impressão de que uma pessoa estaria diferente, depois de passar quase uma semana na cadeia. Por outro lado, para alguém que já havia sido preso treze vezes, talvez não fizesse diferença.

— Está abraçando algo que me pertence — Jude avisou com os olhos brilhando.

— Acho que deixou de ser o dono quando abandonou sua propriedade na calçada. — Sawyer tentou me puxar para mais perto, mas eu me soltei.

Olhei para ele furiosa, depois virei e olhei para Jude do mesmo jeito. Não havia me esforçado para ter as notas que tinha, não havia trabalhado no verão servindo mesas e me empenhado em conquistar independência para ser reduzida a um objeto disputado por dois garotos enciumados.

— Não sou propriedade de ninguém — reagi, apontando um dedo para Sawyer. — Não sou sua. — E virei para Jude. — E nem sua.

A primeira vez foi muito mais fácil que a segunda.

— Agora, os dois, me deixem em paz.

Passei por Sawyer e deixei o copo de moca em sua mão, porque não queria nada dele, e segui em frente pelo corredor lotado, tentando acalmar o coração. Pela primeira vez nessa semana, eu me sentia aquecida.

E não queria aceitar o motivo para isso. Senti o olhar de Jude em mim enquanto passava e continuei sentindo depois de virar em outro corredor. Estava pensando em matar a primeira aula. Estava ainda mais tentada a matar o dia inteiro, mas resisti. Segurei a onda e disse a mim mesma que não ia deixar dois garotos, principalmente um deles, me reduzirem a uma dessas meninas que jogam a vida no vaso sanitário e dão a descarga. Eu era forte, sabia como superar e, droga, era melhor que tudo isso. E mesmo que isso fosse meio exagerado, ia adotar a política do "finge até ser verdade".

Não conseguia me concentrar. Podia ter matado a primeira aula. Quando o sinal tocou, eu não havia feito nenhuma anotação sobre *Oliver Twist*. Bem, havia lido o livro dois anos atrás e tirado nota máxima no trabalho sobre ele.

Quando guardava o material, percebi que todo o mundo olhava para mim a caminho da porta. Foi o suficiente para me colocar em estado de alerta para o que me esperava lá fora.

A sala ficou vazia, até o sr. Peters já tinha saído, antes que eu tivesse coragem de pendurar a mochila no ombro.

— Oi, Luce. — Jude entrou e fechou a porta.

Eu me odiei por querer que ele viesse me abraçar e dizer que estava tudo bem, que não havia nada que não pudéssemos superar e que o fim de semana passado havia sido um terrível mal-entendido.

Era uma sonhadora.

— Não quero falar com você — avisei, tentando passar por ele.

Jude se colocou na frente da porta.

— Por que não?

Eu o encarei e cruzei os braços.

— Não finge que não aconteceu nada. Sabe muito bem por que não quero falar com você agora e por que não quero falar com você nunca mais.

— Ah, Luce — ele disse se encostando na porta —, mas está falando comigo agora.

Eu não estava com disposição para brincadeiras idiotas nem mesmo do Jude.

— Não estou falando, estou quase gritando, e só estou quase gritando com você para avisar que estou encerrando essa imitação patética de relacionamento — avisei, sem saber de que outra forma chamar o que tivemos. — Acabou.

Ele abaixou a cabeça, olhou para o chão tentando ganhar tempo.

— Acabou?

— É isso aí — confirmei, fingindo que não me importava.

— Isso tem alguma coisa a ver com o Diamond? — Agora eu via a fúria estampada em seu rosto. — Porque ele não é o tipo de cara com quem devia se envolver.

— Não. — Tentei empurrá-lo da frente da porta. — Isso tem a ver com você.

— Luce, me deixa explicar. — Ele me segurou pelos braços.

Eu me soltei com um movimento brusco.

— Pode explicar até ficar roxo, nada do que disser vai me fazer mudar de ideia.

Seus músculos do pescoço ficaram salientes.

— Quer dizer que decidiu seguir meu conselho, finalmente, e ficar longe de mim?

— Finalmente — respondi com a garganta apertada.

Ele concordou e puxou a touca para baixo.

— Que bom. Melhor assim.

Quando eu já começava a acreditar que não poderia sentir dor pior...

— Nesse caso, acho que não falta dizer mais nada. — Gesticulei indicando que ele devia se afastar da porta.

Jude não se moveu.

— Falta, sim — disse, e os olhos ficaram da cor do chumbo. — Ainda te devo uma explicação.

— Obrigada, mas não estou interessada. — Tentei passar por ele. — Vou cuidar da minha vida.

Jude segurou a maçaneta.

— Não antes de ouvir minha explicação sobre o que aconteceu no sábado.

Eu estava quase cedendo, quase deixando Jude se aproximar novamente. Não sabia se tinha alguma coisa a ver com os olhos dele que pareciam perdidos ou a sensação de me sentir perdida, mas sabia que não podia permitir que ele se aproximasse outra vez.

— Não preciso de explicação, Jude! — gritei. — Eu estava lá. Vi tudo pessoalmente. O relacionamento que a gente teve acabou, e não vou mais falar ou gritar com você nem vou ouvir o que tem para me dizer, então, economiza fôlego, porque não vou mais desperdiçar o meu com você.

Dessa vez, quando passei por ele, Jude não tentou me deter. Mas, em parte, eu ainda queria que ele tentasse.

Ele me seguiu como uma sombra o dia todo, o que significava que todo o mundo olhava para mim como se eu fosse uma aberração de circo, e todos ficaram longe de mim e da minha sombra de um metro e oitenta e oito de altura e noventa quilos. Ele não falou mais nada, mas era claro que queria falar, e também era evidente que esperava que eu desse o primeiro passo. Pois que se divertisse esperando a vida inteira.

Saí da sexta aula alguns minutos antes do fim, corri para o carro e respirei aliviada quando saí do estacionamento sem aquela sombra no meu retrovisor.

Era evidente que eu precisava rever a minha vida, mas, por enquanto, só uma coisa poderia me ajudar a escapar. Para minha sorte, o estúdio de dança estava vazio quando cheguei lá. Era o mesmo lugar onde eu havia aprendido a dançar. Passei de uma menininha que torcia o tutu entre os dedos a bailarina competente interessada nas melhores escolas de dança do país, graças à ética de trabalho que aprendi com meu pai, à graça que minha mãe jurava ser herança da família dela e à paciência de santa de Madame Fontaine.

Ela tinha aberto a escola trinta anos atrás, transformando um edifício condenado no bairro histórico no estúdio mais renomado da região. Não era muito luxuoso, não havia muitos alunos, mas Madame Fontaine criara sua cota de prima-donas. Ela era uma lenda no mundo da dança, muito conhecida pela atitude firme e determinada, mas, para mim, ela era uma santa.

Ela foi a única pessoa com quem consegui conversar em um período da minha vida quando ninguém mais conseguia falar comigo. Quando contei a ela que estava pensando em desistir do balé, cinco anos atrás, ela ameaçou me matar e quebrar minhas pernas. Graças a ela, continuei dançando, enfrentando o sofrimento, e logo descobri que a dança não só disfarçava a dor, mas a curava. O balé me salvou de um jeito único, como meus pais, médicos e até eu mesma não teríamos conseguido. Espiei o escritório e o encontrei vazio e escuro, como o restante do estúdio. Sobre a mesa dela havia uma bandeja de frutas secas envolta em filme plástico, e sobre a bandeja vi um bilhete em papel rosa em que estava escrito "Lucy".

Peguei um damasco e li o bilhete.

Sei que esqueceu de tomar lanche depois da aula, por isso deixei essa tentativa de nutrição. Não conta para ninguém que fiquei mole depois de velha. Trabalhe duro e dance muito.

E essa era Matilda Fontaine, a lenda. Frutas secas preparadas em casa servidas com uma ameaça do tipo "dance até ficar com os pés em carne viva".

Dançar até ficar com os dedos, os pés, as pernas e a mente em carne viva, era exatamente disso que eu precisava. Nem me incomodei em trocar a calça *legging* e a túnica de caxemira. Só prendi o cabelo, calcei as sapatilhas e fiz o alongamento básico. Escolhi um Tchaikovsky, aumentei o volume do som, e já estava no meio de um *grand jeté* antes de a primeira nota fazer vibrar os espelhos no estúdio.

Normalmente eu não trapaceava. Bailarinos sempre fazem um aquecimento caprichado antes de dançar, mas meu coração batia acelerado desde as nove da manhã. Eu não estava só aquecida. Estava fervendo.

Dancei até o sol se pôr e o céu escurecer. Dancei o mesmo CD três vezes. Dancei até beber dois litros de água. Mas, por mais que eu dançasse ou por mais que me concentrasse intensamente em aperfeiçoar cada passo, nunca parava de pensar em Jude.

A sala ficou em silêncio pela quarta vez quando o "Lago dos Cisnes"[6], de Tchaikovsky, chegou ao fim. Eu estava encharcada, sem ar e doída do pescoço aos dedos dos pés. Foi um bom dia de dança.

Quando peguei mais um litro de água, um assobio baixo ecoou do outro lado da sala. Mesmo assobiando, eu reconhecia aquela voz.

— Meu Deus, que linda — ele disse. — Um homem pode passar a vida inteira te vendo dançar.

— Já estava me perguntando quanto tempo ia demorar para me encontrar — falei quando Jude saiu das sombras do escritório. Ele havia envelhecido uma década em seis horas. As olheiras afundaram, a pele morena perdeu o brilho, mas foram os olhos que mais envelheceram.

— Só o tempo que levei para andar da escola até aqui — ele respondeu da porta.

— Estou aqui há seis horas. — Bebi vários goles e sentei no chão, apoiando as costas na parede de espelhos.

— Estou aqui há quase o mesmo tempo. Mas não quis interromper, por isso fiquei só espiando pela janela. — Ele sorriu e encaixou o pé no vão da porta. — Além do mais fiquei com um pouco de medo do que você poderia dizer se eu a interrompesse.

— Ah. — Estendi o tronco sobre as pernas para alongar os músculos que estavam quase rompendo. — A verdade, finalmente — resmunguei alto o bastante para ele me ouvir.

— Tenho muito mais verdades para falar, Luce — ele respondeu, e parecia mais perdido do que jamais o vi. Isso tocou meu coração já tão simpático ao Jude, e bati no espaço vazio no chão ao meu lado antes mesmo de perceber o que estava fazendo.

— Preciso me alongar, e você precisa falar — disse, me obrigando a forçar o alongamento até ter a sensação de que ia quebrar. — Vamos resolver isso logo.

Ele atravessou a sala com o corpo relaxado, mas o rosto cauteloso.

— Eu estava falando sério. Nunca vi nada mais bonito. — E sentou-se ao meu lado. — Não sabia que era tão talentosa. Você vai ser a estrela de alguma superprodução de balé, daquelas que os milionários pagam mil dólares para ver da primeira fileira — disse, enquanto eu

6. "Lago dos Cisnes", Piotr Il'yich Tchaikovsky, 1875-1876. (N.E.)

tentava não sorrir da óbvia ignorância do vocabulário de balé. — Ou alguma merda maluca desse tipo.

Dei risada quando levantei o tronco e estendi o braço esquerdo na minha frente.

— Acho que você tem razão. Tenho certeza de que minha vida está destinada a muita "merda maluca" — falei, cutucando-o com o outro cotovelo.

— A sua e a minha, gata. A minha de verdade, a sua no sentido figurado. Seu nome vai acabar em um luminoso, e o meu vai ser substituído por um número em uma lista de detidos.

Alonguei o outro braço, respirei fundo e tentei recuperar toda raiva que havia sentido por ele horas antes. Não consegui.

— Nunca ouviu falar que o passado não deve determinar seu futuro?

Ele abriu a boca, mas não disse nada e voltou a fechá-la. Ver Jude sem palavras me fez sorrir. Desse jeito ele era bem menos intimidador.

Depois de um tempo, ele disse:

— Essa merda até que é bem inteligente. — E apoiou os braços sobre os joelhos. — Quem disse isso?

Cruzei uma perna sobre a outra e dei de ombros.

— Eu.

— Você é uma senhorita bem inteligente, sabe, Luce? — Os olhos dele complementavam o elogio. — Seu nome vai estar em um luminoso, e ainda vai ter muitas letrinhas depois dele. Lucy Larson, doutora, PhD e outro D qualquer.

— Chega de bajulação, Ryder — falei, limpando a testa com o dorso da mão. — Você tem explicações a dar. Explicações honestas — acrescentei.

— É, eu tenho — ele respondeu, e bateu com a testa no espelho. — Por que é tão difícil admitir a verdade?

— Porque isso é honestidade.

— Muito esperta — ele resmungou.

Esse homem era mestre em fugir do assunto. O azar dele era estar lidando com uma mestra em enxergar tentativas de fugir do assunto.

— Ryder. — Virei o rosto dele para mim e o encarei séria. — Explicação. — Levantei as sobrancelhas. — Agora.

— E mandona também.

Como ser legal não me levava a lugar nenhum, dei uma cotovelada nas costelas dele e decidi começar essa conversa de uma vez.

— Então você roubou um carro? — Como eu podia falar sobre isso com um tom tão casual? Só havia uma resposta para o enigma: Jude Ryder.

— Prefiro dizer que peguei emprestado. — Jude uniu as mãos.

— Acho que a maioria dos criminosos prefere — respondi, mordendo a língua duas palavras tarde demais.

— Tem razão. — Ele tentou me consolar depois do meu lampejo de crueldade. — Sou um criminoso. Reincidente. E se tivesse dezoito anos, seria preso por um mês, no mínimo, não só por algumas noites. No meu histórico consta roubo de carro, mas, na minha cabeça, naquela noite eu peguei o carro emprestado, Luce.

Inspirei paciência. Esse tipo de conversa era novidade para mim, e meu estoque de solidariedade estava chegando ao fim.

— Explica para mim, por que, na sua cabeça, o carro roubado era emprestado.

Ele mudou de posição.

— O Chevelle estava estacionado na garagem do meu amigo. Damon abandonou Southpointe depois do primeiro ano do ensino médio e abriu uma oficina. Ele se especializou em reconstruir carros velhos e transformá-los em peças de colecionador, coisas pelas quais médicos e advogados pagam uns cem mil — disse, e foi ficando todo animado. — Devia ter visto o El Camino que entrou uma vez, uma velharia que não servia nem para o ferro-velho, e o Damon...

— Jude — interrompi. — É bom saber que tem uma paixão na vida, além de mulheres e a presidência honorária do Clube dos *bad boys* da América, mas tenho pouco tempo antes de meus pais começarem a ligar se eu não for para casa.

— Desculpa. — Ele alongou o pescoço. — Eu faço alguns serviços para o Damon de vez em quando. Tenho jeito para me enfiar embaixo do capô de uma máquina sexy e fazer o motor ronronar.

Mordi o lábio para não dar risada.

— Aposto que tem.

— Ah, Luce. — Jude torceu o nariz para mim. — Que cabecinha mais suja.

— Aprendi com o melhor.

— Anotado — ele respondeu. — E merecido.

— Muito merecido.

— Então, alguém deixou o Chevelle para fazer funilaria. Damon tinha saído da cidade, ia passar o fim de semana com a namorada, e eu fiquei cuidando de tudo na oficina.

Comecei a ficar tensa, porque não era difícil ligar os pontos e criar o panorama que ele tentava desenhar para mim.

— Era sábado, Damon estava fora e o proprietário só iria buscar o carro na segunda-feira. As chaves estavam na ignição. E eu, sendo o idiota moralmente corrupto que sou, vi uma oportunidade que não podia deixar passar.

— Se Damon estava visitando a namorada e o dono do carro só iria buscá-lo na segunda-feira, como a polícia descobriu que você estava usando o automóvel? — Senti que a solidariedade voltava a invadir meu coração.

— Não segui minha regra número um, esperar sempre o pior. — Ele suspirou esfregando os braços. — A namorada do Damon terminou o namoro no sábado à noite, e quando ele chegou na oficina e viu que o Chevelle não estava lá, deduziu que o carro tinha sido roubado e chamou a polícia.

— Espera. Por que Damon foi para a oficina às dez horas da noite de um sábado?

— Ele mora no apartamento em cima da oficina. — Jude olhava para a frente.

— E a polícia encontrou o carro, depois você, e o prenderam.

— É mais ou menos isso.

— E não tentou contar sua versão dos fatos? — Comecei a desamarrar as sapatilhas sem nenhuma pressa, porque precisava de alguma coisa em que me concentrar. — Eles não entenderam que foi só um erro, e não um crime?

— Peguei um carro que não era meu, Luce. Do ponto de vista da polícia, isso é crime. Além do mais, eles telefonaram para o proprietário, e o cara ficou tão furioso que ameaçou processar o Damon. Tudo por causa de alguns quilômetros a mais em um de seus seis carros, e ele nem teria ficado sabendo de nada se o Damon... — Uma pausa, e Jude deu um soco no chão. — Se eu não tivesse tirado o carro da oficina.

— Meu Deus, Jude. — De novo, eu não sabia o que falar.

— Pois é. Não só prejudiquei a empresa que meu amigo trabalhou duro para construir e fazer dar certo como acrescentei mais uma linha ao meu registro policial de duas páginas, e agora também devo estar desempregado.

Eu não sabia como resolver nenhum desses problemas, e era a mestra da solução de problemas. Dessa vez, não era capaz de pensar em nada.

— Não consegue arrumar outro emprego? — perguntei depois de um tempo.

Ele riu.

— Vivo em um abrigo e tenho o histórico de um criminoso experiente. Não vou ser contratado nem como chapeiro de hamburgueria. Trabalhava sem registro para o Damon porque não passo em nenhuma triagem de antecedentes, e o Estado diz que o abrigo supre todas as nossas necessidades, então, teoricamente, não podemos ter trabalho assalariado enquanto morarmos lá. — Jude pegou uma das sapatilhas e admirou as fitas claras, deslizando-as por entre os dedos.

— Se precisar de alguma coisa, dinheiro para alguma coisa — falei —, economizei um pouco do que ganhei trabalhando como garçonete no verão. Pode usar...

Ele levantou a mão.

— Luce, obrigado, mas não — disse, e fechou os olhos. — Você é muito legal por oferecer, mas não vou aceitar dinheiro de ninguém, muito menos de você. Não preciso de caridade e não aceito esmolas.

— Não foi isso que eu disse.

— Não foi. — Ele abriu os olhos e me encarou. — Mas todo o mundo diz isso.

Isso deixou na minha garganta um nó que eu não conseguia engolir. Pigarrei e disse:

— Para que precisava do dinheiro? Está economizando para a faculdade, um carro ou alguma outra coisa?

Ele revirou os olhos quando falei em faculdade.

— Ou está gastando tudo em chiclete? — inclinei-me na direção dele.

— Esse é mais meu estilo, mas não. Tenho responsabilidades, sabe? Coisas que preciso fazer.

Eu não sabia, mas talvez não estivesse pronta para saber sobre as responsabilidades de Jude.

— Coisas que preciso resolver, e antes de trabalhar para Damon, a única coisa que encontrei para fazer foi vender drogas. — Ele esperou minha reação.

Por fora eu não demonstrava nada. Por dentro estava desmoronando. Jude tinha o maior coração que eu já havia encontrado em alguém. E, possivelmente, também tinha a ficha policial mais longa que eu encontraria em alguém do meu círculo. Era o exemplo clássico de boas intenções resultando em caos.

Apoiei a testa sobre os joelhos flexionados.

— Por que pegou o carro, Jude? — Não era algo que eu tivesse planejado falar em voz alta, só uma reflexão, um questionamento interno sobre por que o universo é tão injusto.

— Dá um tempo, Luce. Eu não podia aparecer na sua porta a pé para te levar ao baile.

— Podíamos ter ido de carona com outro casal. — Massageei meus pés machucados. — Ou no meu carro. Você podia ter dirigido. — Agora eu estava ainda mais furiosa com a situação toda.

— Porque estou cansado de ser um parasita da sociedade, de todos que conheço. Porque estou cansado de aceitar esmola e estou cansado da piedade no olhar das pessoas que dão essa esmola. Mas, sério, acima de tudo, porque a garota que eu ia levar ao baile merecia o melhor. — Ele estendeu um braço e pegou o pé que eu massageava. — Deixa eu cuidar disso. — As mãos começaram a trabalhar nos músculos.

— Jude, não sou o tipo de garota que quer ou precisa do melhor. Ficaria mais que satisfeita com um acima da média, ou uma resposta adequada às expectativas, desde que o cara do meu lado fosse o melhor.

Ele continuou massageando meu pé como se pudesse esmagá-lo, se não fosse cuidadoso.

— Nessa você não deu muita sorte.

Fiquei quieta, porque não queria revelar tudo que ainda sentia por ele. Ainda queria Jude como nunca quis nada antes, mas não queria acabar arrebentada, pior do que havia começado.

— E para sua informação, como sei que esses cabeças de merda estão falando que a deixei para trás porque cansei de você, ou porque não queria perder tempo, ou mais uma dúzia de explicações idiotas, eu a deixei para trás porque não queria que estivesse comigo se eu fosse pego. — Os ombros ficaram tensos embaixo da camiseta cinza. — Não queria que tentassem te acusar de cumplicidade ou incriminar de algum jeito. — Ele olhou para mim com aquela expressão intensa. — É isso, essa é a verdade. Não deixa esses babacas distorcerem tudo para te fazer sentir mal, ok?

Eu devia me sentir melhor por saber que ele não havia me abandonado como um saco de lixo. Mas me sentia culpada por pensar que tinha acreditado nessa teoria. Jude merecia ter ao menos uma pessoa a seu lado, e essa pessoa deveria ter sido eu.

— Luce? — Ele massageou o outro pé. — Tudo bem?

Fechei os olhos, porque essa era minha última defesa contra as lágrimas.

— Tudo bem.

— Luce? Merda, não chora. Eu não mereço, não mereço nem que pense em chorar por mim.

Respirei fundo duas vezes antes de abrir os olhos.

— Não estou chorando — falei, tentando convencer nós dois. — Só estou frustrada. E fico com os olhos lacrimejando quando estou frustrada. Mas, só para constar, você merece, sim.

Ele me encarou por mais um momento antes de olhar novamente para os meus pés.

— Por que está frustrada?

— Escolha um assunto, qualquer um, e tem uma boa chance de eu me sentir frustrada com algum elemento dele.

— Boa tentativa de ser vaga, Luce, de verdade. Mas por que está frustrada agora, especificamente?

Responder com honestidade exigiria uma explicação abrangente e demorada, o que me deixaria exposta e transparente em todos os aspectos que uma garota mais temia. Então, optei pela resposta menos complicada.

— Estou frustrada com o último sábado, desde o meio-dia até a meia-noite. O dia inteiro e tudo que podia ter dado errado e deu errado. — Comecei de novo tentando controlar a explosão verbal. — Estou frustrada porque não entendo por que tudo que podia dar errado deu errado, e estou frustrada porque não entendo por que pegou aquele carro.

— Peguei aquele carro, e teria pegado mais uma centena, porque apesar de você dizer que não quer o melhor, eu quero te dar o melhor.

— Por que, Jude? Por que tanta insistência em me dar o melhor?

Ele levantou os ombros e continuou de cabeça baixa.

— Porque sim, Luce. Porque você é a pessoa mais importante da minha vida.

E isso me fez desmoronar. Não consegui segurar a porcaria das lágrimas. Uma pessoa que ele só conhecia há poucas semanas, uma pessoa que o havia abandonado quando ele mais precisava de um amigo, uma pessoa que havia se convencido e continuava tentando se convencer de que não era um homem por quem alguém devia se apaixonar. E eu era a pessoa mais importante para ele.

— Não mereço esse título — respondi, brincando com a manga da túnica.

— Por quê? — Ele levantou meu queixo. — Porque finalmente aceitou que sou um câncer e está se culpando por isso?

— Não.

— Por quê? — Não havia antagonismo na voz dele, só curiosidade.

— Porque você e eu temos muita história ruim para que haja um futuro bom.

— Merda, Luce. — Linhas surgiram em sua testa. — Não foi você que acabou de dizer que o passado não tem que determinar o futuro?

Nunca me senti tão hipócrita. Meus ombros estavam caídos de pura exaustão mental e física.

— Ou isso vale para tudo, menos para mim?

A vida de Jude já tinha muita coisa ruim, ele não precisava de mais. Não de mim. Mas eu não podia continuar. Tinha certeza absoluta de que me machucaria muito, se deixasse Jude entrar na minha vida como ele queria.

— Jude — falei mordendo o lábio. — Não dá. Eu simplesmente não posso.

A expressão dele escureceu.

— Sei que não mereço uma segunda, terceira ou sei lá que número teria essa chance, mas você e eu temos alguma coisa especial, Luce, e você sabe disso. Só te peço outra chance, só mais uma, e vou me comportar tão bem que as pessoas vão pensar que fui possuído.

Deus, queria desviar daquele olhar, mas não conseguia.

— Só mais uma chance. Não porque mereço, mas porque nós merecemos.

Se as primeiras lágrimas que eu chorava em anos fossem indicação de um futuro com ele, isso teria facilitado minha decisão.

— Não posso — sussurrei.

— Por quê? Não pode ou não quer?

Uma mentira era minha esperança de convencê-lo de que eu não estava lutando contra todos os impulsos para ficar com ele.

— Porque não quero ficar com você, Jude. — As palavras queimaram minha garganta.

Seu rosto desmoronou por um segundo, antes de endurecer.

— Bobagem. — Jude balançou a cabeça para mim. — Estou tão acostumado a lidar com mentirosos que reconheço uma mentira antes mesmo de a pessoa abrir a boca.

Eu era a pior mentirosa do mundo, e Jude reconhecia uma mentira como ninguém, o que significava que não ia dar certo. Razão número mil e um para Jude e eu não termos a menor possibilidade de dar certo.

— Não sou exatamente o tipo que você conhece, não pratico nenhum crime, não roubo e não trafico. Não minto descaradamente, o que significa que você precisa calibrar seu detector de mentiras.

Ele me encarava sério.

— Tudo bem. Tenta me convencer, então. Tenta me convencer de que não me quer como eu a quero.

Ele não ia desistir. Não ia me deixar escapar tão facilmente. Isso era tão romântico quanto irritante.

— Já falei tudo...

— Que se danem as palavras. Não acredito no que disse. Vai ter que me convencer pela ação.

Essa história de respirar estava ficando complicada de novo.

— Eu quero saber o que isso significa?

Sem aviso prévio, ele me puxou pelas panturrilhas, e eu deslizei pelo chão na direção dele. Jude se debruçou sobre mim e olhou para baixo.

— Um beijo — disse, e sua boca estava tão perto da minha que já estávamos quase nos beijando. — Vem me convencer de que sou só um garoto qualquer que você deixou no passado.

Eu tinha mais uma chance de falar não, e depois tudo estaria perdido.

— Não é uma boa ideia — respondi com voz trêmula.

A mandíbula ficou tensa e os braços me envolveram.

— Droga, me beija, Luce.

E eu beijei. E no momento em que meus lábios tocaram os dele, aquela dor que tinha sentido até nos ossos durante a última semana inteira evaporou. Simples assim.

Colando o corpo ao meu, Jude pressionou minhas costas contra o chão sem afastar a boca da minha. Seu peso descansava sobre mim, me dava firmeza, me impedia de desmoronar. Isso só me fez beijá-lo com intensidade ainda maior.

— Merda, Luce — ele sussurrou quando deslizei as mãos por sua camisa e apertei as costas.

A mão dele encontrou o caminho para baixo da minha túnica e a levantou, explorando partes do meu corpo onde eu precisava ser tocada. Erguendo um pouco o tronco, levantei os braços esperando que ele a tirasse. Jude conseguiu tirar minha blusa com uma das mãos e mais ou menos um segundo antes de me pressionar novamente contra o chão.

Estávamos perto, a uma palavra minha de irmos até o fim. Ele estava pronto, e eu também, desde o dia em que o vi pela primeira vez. Não pensei no nosso passado quando a mão escorregou para baixo do meu sutiã, e não pensava no nosso futuro quando a boca tomou o lugar dos dedos. Não pensava nem no presente, eu vivia o presente.

A boca subiu até meu pescoço, enquanto a mão descia para o elástico da *legging* e a puxava para baixo. Levantei o quadril para facilitar a tarefa.

— Tem certeza? — ele perguntou enquanto enchia a minha testa de beijos molhados, acompanhando a raiz dos cabelos.

Nunca tive mais certeza sobre o que ele estava perguntando, mas um lampejo de realidade se impôs em minha cabeça. Às vezes a realidade é horrível.

— Espera — falei entre uma inspiração e outra, e em seguida quis cobrir minha boca com fita adesiva.

O corpo dele ficou tenso sobre o meu, as mãos pararam imediatamente. Mas a boca ainda persistiu um pouco mais. Finalmente, movendo o rosto sobre o meu, ele me olhou com um sorriso torturado.

— Tudo bem — disse. — Estou esperando. — As perguntas estavam tão claras em seu rosto que eu podia ouvi-las. "Por quê?" e "por quanto tempo?".

Parabéns para Lucy Larson, que conseguiu fazer de bobo um mulherengo regenerado.

— Não é que eu não queira, eu quero — falei, sentindo meu coração disparado, uma tonelada de pulsações por minuto. — Eu quero muito, mas não quero que nossa primeira vez seja no assoalho de madeira, quando estou fedida, suada e usando roupas íntimas vergonhosamente sem graça. — É por isso que a gente nunca deve sair de casa sem uma calcinha avassaladora, destruidora, estrategicamente colocada.

Ele sorriu para mim e beijou meu nariz.

— Outra hora — disse, puxando o elástico da *legging* de volta à minha cintura.

— Qualquer outra hora — enfatizei, convencida de que transar com Jude suada e fedida no chão sobre o qual eu havia dançado por quinze anos era melhor que esperar mais para transar com Jude. Estava quase dizendo isso, quando Jude sentou-se e me puxou.

— Você foi reprovada no teste, não me convenceu — disse, depois pegou minha túnica e a colocou em mim.

— Antes ou depois de ter tirado a blusa? — perguntei enquanto ajeitava a roupa.

Ele me olhou com frieza.

— Antes.

— Só para ter certeza. — Puxei as mangas até os cotovelos, porque a pegação com Jude era quente em todos os sentidos, inclusive no da temperatura corporal. — Foi a primeira vez?

— Prefiro que explique melhor a pergunta, antes que eu me ferre respondendo. — As pupilas ainda estavam dilatas. Ele continuava excitado.

— Foi a primeira vez que ficou com uma menina em um estúdio de balé... e foi rejeitado? — Sorri e bebi um gole de água.

— Foi a primeira vez. — Ele me sentou em seu colo.

— Pelo menos sobrou uma para mim — provoquei, apoiando os braços sobre os dele.

Jude não falou até eu olhar em seus olhos.

— Você tem todas as minhas primeiras vezes — disse. — Todas que realmente importam.

Beijei sua boca.

— Mas, Luce, você precisa me prometer uma coisa. Se eu me meter em confusão de novo, seja por um mal-entendido, seja por falta de sorte, ou se eu fizer o que fui criado para fazer e estragar tudo... — Ele fez uma pausa e expirou. — Quero que prometa que vai me deixar. Vai me abandonar como se eu fosse um vício, sem olhar para trás, porque Deus sabe que eu não vou embora, porque não consigo.

"Realidade, se está me ouvindo, me belisca."

— Você não vai estragar nada — respondi, querendo ou torcendo para ser verdade, provavelmente os dois.

— Eu sei. Mas vou me sentir melhor se você prometer — ele insistiu, passando o dorso da mão no meu rosto. — É mais uma motivação para não me meter em encrenca.

— Tudo bem — falei, já lamentando as palavras antes de dizê-las. — Eu prometo.

QUINZE

— Você vai se meter em confusão? — cochichei para o banco ao lado. Por que estava cochichando dentro do meu carro? Não sei, mas tinha a ver com o edifício escuro e utilitário sugerir vozes baixas. — Vocês não têm hora para chegar no abrigo?

— Você tem hora para chegar em casa? — Jude provocou, debruçando-se sobre o console para fazer cócegas na minha cintura.

— Eu tenho — respondi, dando um pulinho para longe dele. — E já devia ter ido embora. Além do mais, estou de castigo e não me importo com as regras do castigo. O que significa que agora vou ter castigo extra.

— Você estava no balé — ele fez uma pausa e pigarreou —, aperfeiçoando os movimentos. Como seus pais poderiam castigá-la por isso?

— Você é bem pervertido — eu disse, empurrando seu braço antes de olhar para o Last Chance, o abrigo para meninos onde ele morava. Nada ali parecia ser acolhedor, afetuoso ou propício para a transformação de meninos em homens. Era o tipo de lugar que a gente costumava usar para desafiar os amigos no primário, no Halloween, obrigando-os a ir lá tocar a campainha.

— Tem certeza de que não vai se meter em encrenca? — Olhei para o relógio do painel. Ainda não era meia-noite, mas quase.

— Não se eu usar a janela dos fundos e ninguém me pegar — ele falou com a mão na maçaneta.

— Jude? — Segurei o volante e tentei pensar nas palavras certas.

— Oi? — Ele soltou a maçaneta e virou para mim.

— É só porque quero muito tentar fazer tudo isso dar certo...

— Eu também quero.

— Só quero pôr todas as cartas na mesa agora, antes de irmos mais longe. — Estava nervosa, e quando fico nervosa minha voz fica muito aguda.

— O que quer saber? — Ele deduziu que eu não esperava ouvir uma história de vida, mas uma informação mais específica. E estava certo.

Respirei fundo e perguntei:

— Existe alguém do seu passado que pode aparecer entre a gente? Alguém na sua vida de quem eu tenha que saber?

Jude inclinou a cabeça com uma cara confusa.

— Está falando de uma garota?

— Não especificamente, porque não sei e não quero saber das garotas do seu passado. Só preciso saber se há alguma com quem você ainda mantenha algum tipo de ligação. — Havia passado a semana inteira tentando apagar da cabeça o nome "Holly", mas eu era uma mulher. Não esquecemos facilmente o nome de uma ex do atual.

— Ei. — Ele abaixou a cabeça até colocar o rosto no nível do meu. — Existe você, Luce. Só você. E não deixe ninguém te convencer do contrário, nem você mesma.

Tudo dentro de mim suspirou de alívio.

— Legal, obrigada — respondi, relaxando os dedos no volante.

— Há mais alguma coisa que queira colocar na mesa?

Olhei para ele e umedeci os lábios.

— Nada, só eu.

Surpreso, ele arregalou os olhos antes de conseguir se recuperar. Rindo, disse:

— Quando quiser, Luce. É só marcar hora e lugar. Eu garanto a mesa.

— Não se esquece de desinfetar primeiro — falei quando ele abriu a porta. — Não quero pegar o que pode ter passado pela mesa antes de mim.

Jude parou com a mão na maçaneta, em seguida voltou para o carro com um movimento repentino. A boca cobriu a minha antes que eu tivesse tempo para reagir, e quando meu coração disparou como se fosse levantar voo, o beijo chegou ao fim.

— Só você, Luce. Mais ninguém. Nunca existiu mais ninguém.

— Isso é um caso conveniente de memória seletiva? — Queria que ele continuasse ali e terminasse o que havia começado.

— Eu tento guardar só as boas lembranças. — Jude saiu do carro. — Se é isso que chama de memória seletiva, sou bom nisso.

— Eu também — respondi depois que ele se afastou, vendo-o desaparecer na escuridão.

A imagem estava se tornando familiar. Uma luz acesa em uma das janelas tarde da noite, a silhueta da minha mãe atrás dela. Eu estava ferrada ou muito ferrada por chegar em casa tão tarde na penúltima noite da minha sentença de uma semana de castigo. Peguei a mochila, saí do Mazda e subi a escada sem nem tentar disfarçar o barulho dos passos.

Não sabia o que esperar quando passei pela porta da frente. Criar expectativas em relação à minha mãe era meio que jogar uma moeda para cima. De manhã ela podia ser fria, distante e me tratar como se eu fosse a desgraça da humanidade; à noite ela podia assar biscoitos e perguntar se eu havia aprendido alguma coisa interessante no colégio naquele dia.

Durante anos, eu fui capaz de prevê-la. Sabia sempre o que esperar e conseguia organizar minha vida em torno disso. Agora era impossível. Como adolescente, membro de uma categoria que se especializava em manipular rotina e regime dos pais para poder se entregar impunemente a toda forma de hedonismo, eu devia estar devastada. Mas não estava. Ver pedaços da mãe que tive na infância se unindo novamente me fazia sentir que havia esperança para minha família, afinal. Talvez pudéssemos voltar ao lugar de onde viemos, não esquecer, isso nunca, mas superar.

Era um desejo infantil, mas eu me agarrava a ele.

Abri a porta e parei, sem saber se minha mãe ia mostrar os dentes ou sorrir. Ela não fez nem uma coisa nem outra. Estava concentrada no laptop, mais nada.

— Oi, mãe — cumprimentei, deixando a mochila em uma cadeira próxima. — Vou dormir.

— Lucy? — Ela parecia confusa. Olhou para mim, depois para o relógio na parede atrás de mim. E arregalou os olhos. — Está chegando em casa agora?

Que maravilha. Ela havia se transformado no meu pai. Não sabia o que acontecia na casa, mas era cordial o bastante para não alterar o tom de voz.

— Sim. Estava no balé, fiquei ensaiando uma coreografia nova. Perdi a noção do tempo. Desculpa. — Estava envergonhada o bastante para abaixar a cabeça. Mentir não era uma habilidade que eu queria relacionar no meu currículo, mas cada mentira me transformava em uma mentirosa mais eficiente.

— Ah, sei. — Ela empurrou os óculos para cima da cabeça. — Tudo bem. Na próxima vez que for chegar em casa tão tarde, não se esquece de ligar, está bem?

— É claro. — Peguei duas bananas na fruteira porque, pela primeira vez em uma semana, estava com fome. — Boa noite, mãe. — Corri para a escada.

— Lucy, espera. — Ela pegou alguma coisa em cima da mesa e atravessou a sala. — Isto aqui chegou hoje. — E sorriu. Sorriu. Minha mãe já havia sorrido antes, mas nunca desse jeito tão radiante e largo.

Quando vi o envelope pardo e aparentemente cheio na mão dela, entendi por quê. Meus joelhos dobraram antes, e eu sentei no degrau.

— Marymount Manhattan — ela disse, me entregando o envelope com as duas mãos como se fosse uma oferenda.

Eu esperava por isso há meses. Bom, havia aguardado a vida inteira. Uma carta decidiria se poderia viver meu sonho.

— Tem muita coisa aqui dentro — minha mãe comentou estendendo os braços um pouco mais —, e minhas habilidades de sensitiva me dizem que vai gostar de abrir o envelope. Abre logo e vamos comemorar.

Marymount Manhattan. Dança. Sonhos. Futuro. Tudo a um abrir de envelope. Mas eu não estava preparada para isso.

— Obrigada, mãe. — Peguei o envelope e subi a escada correndo.

— Não vai abrir? — Ela olhava para mim como se eu estivesse surtando.

— Agora não — respondi bocejando. — Estou exausta, acabaria dormindo antes de terminar de ler o primeiro parágrafo. Eu abro amanhã.

— Lucy? — A voz dela era tensa, preocupada.

— Está tudo bem, mãe. Juro. É só cansaço. Prometo que vai ser a primeira a saber da notícia quando eu abrir esta coisinha linda. — Balancei o envelope.

— Tudo bem. — A resposta foi seguida por um olhar do tipo "faça como achar melhor". — Às vezes não consigo te entender.

— Somos duas — resmunguei, e fui para o quarto.

O envelope me assombrou de cima da escrivaninha durante o fim de semana inteiro. Minha mãe não insistiu no assunto, e eu não conseguia encontrar coragem para abrir uma porcaria de carta. Nem falei sobre isso com Jude quando ele ligou no sábado de manhã. Eu queria sair à noite, talvez jantar e ir ao cinema, ou continuar de onde paramos no estúdio de balé, mas, aparentemente, com exceção de atividades relacionadas ao colégio, o fim de semana no abrigo para meninos era sinônimo de trabalho.

Assim, entre os períodos de batalha interna no meu quarto, eu dei algumas caminhadas, rangi os dentes e dancei, apesar da dor que eu mesma havia provocado na sexta à noite. Não via a hora de acordar na segunda de manhã.

Estacionei o Mazda e passei pelos detectores de metal dez minutos antes do começo da aula. Os corredores estavam vazios, exceto por alguns alunos madrugadores e professores de olhar cansado. Eu sabia que Jude nunca chegava tão cedo, mas isso não me impediu de passar pelo armário dele para ter certeza. Eu estava parada, olhando com a testa franzida para o armário vazio, quando a mão forte segurou a minha e começou a me puxar pelo corredor. Não precisei ver a camiseta térmica e a touca cinza para saber de quem era aquela mão.

Jude não disse nada nem olhou para mim. Só continuou andando até entrar em uma sala escura no fim do corredor.

— Bom dia para você também... — Mas não terminei a frase, porque ele me empurrou contra a parede, mãos e boca caindo sobre mim como se tivesse passado fome o fim de semana inteiro.

Eu correspondi ao beijo e envolvi seu pescoço com os braços. Depois, como se a proximidade não fosse suficiente, usei minha força e flexibilidade de bailarina e pulei, enlaçando a cintura dele com as pernas. Jude gemeu, me apertou ainda mais contra a parede e moveu a boca sobre a minha, com movimentos tão violentos que eu não conseguia respirar. Não tinha importância. Na verdade, desmaiar porque Jude me roubou o ar com um beijo era algo que eu podia adicionar à minha lista de objetivos de vida.

E quando eu tive certeza de que era isso, de que esse era o lugar e o momento em que iríamos até o fim, o beijo foi perdendo força e ele me pôs no chão. Isso não era hora de parar, não quando tudo em mim acelerava como se pudesse explodir, se a gente não continuasse.

Gemi quando ele beijou minha boca pela última vez.

— Bom dia — disse, sorrindo como um idiota.

Gemi de novo quando ele recuou um passo.

— Também senti saudade.

Tentei olhar para ele de cara feia, mas, aparentemente, isso era fisicamente impossível quando a pessoa que havia acabado de me beijar até me deixar sem ar sorria na minha frente.

— Você é cruel.

— Eu sei. — Ele ajeitou meu cabelo —, mas essa imagem me perseguiu durante o fim de semana inteiro. Eu precisava disso.

— Ficou sonhando com isso o fim de semana todo? — Meu estômago deu um salto mortal.

— Não pensei em outra coisa.

Mortal duplo.

— Correspondi às expectativas?

— Ultrapassou todas elas — ele respondeu se aproximando. — Mas, nos meus sonhos, você usava aquela saia curta de colegial sem nada por baixo. — Senti o sorriso quando ele beijou meu pescoço.

— Amanhã é outro dia — murmurei, unindo as pernas em agonia. — Continua sonhando grande.

— Posso continuar — ele cochichou no meu ouvido antes de morder a ponta da orelha.

— Não vai engolir meu brinco — falei ofegante. — Ouvi dizer que prata embrulha o estômago.

— Não tem brinco nenhum aqui — ele respondeu, mordendo minha orelha outra vez.

Gemi novamente, mas dessa vez foi de frustração.

— Deve ter caído quando você me empurrou contra a parede — falei, olhando para ele antes de me abaixar e deslizar as mãos pelo carpete.

— Tem certeza de que estava de brinco? — Ele deu uma olhada no chão. — Não lembro de ter visto brinco nenhum.

— Acho que você desligou quatro sentidos hoje e ficou só com o tato. — Olhei para cima, para ele, depois ergui o corpo sobre os joelhos para enxergar uma área maior do carpete. A aula começaria a qualquer minuto, e eu isolaria a sala inteira para não perder minha argola de prata preferida.

Jude chegou mais perto e continuou examinando o chão comigo.

— Acontece que esse é, de longe, meu sentido favorito.

— Não brinca! — reagi sarcástica, pronta para engatinhar pela sala e inspecionar cada centímetro quadrado do carpete. — Ai! — uivei, voltando a me apoiar sobre os joelhos e torcendo para não ter perdido um tufo de cabelos.

— Luce, espera. Não se mexa — Jude segurou minha cabeça. — Seu cabelo ficou preso em alguma coisa.

Tentei fazer força na direção oposta, mas meu cabelo estava preso de verdade.

— Enroscou na fivela do seu cinto — eu disse.

— Para de se mexer. Só está piorando a situação.

Repeti o movimento e, dessa vez, fiz uma careta de dor.

— Para de me dar ordens e começa a soltar meu cabelo — sugeri rindo, apesar da dor.

Ele riu, tentou parar, mas não conseguiu.

— Está adorando, não é? — perguntei, olhando para ele por entre uma confusão de cabelo.

— Queria poder dizer que não, mas seria mentira — Jude confessou rindo.

— Você é muito desagradável — eu disse, segurando seu quadril e me preparando para a extração de cabelo.

Quando eu estava rangendo os dentes, pronta para puxar a cabeça para trás, alguém abriu a porta e acendeu a luz.

— Cara... — A pessoa que falou parou na porta.

Outro garoto enfiou a cabeça na fresta e olhou para dentro. Ele levantou o celular e apontou para onde eu continuava ajoelhada na frente de Jude, segurando seu quadril, as mãos dele na minha cabeça, e o *flash* iluminou a sala.

— Isso vai para a internet.

Nossa foto viralizou, teve cerca de dez mil acessos antes do sinal da hora do almoço. Dois alunos do segundo ano tiveram o celular quebrado ao meio e nunca mais se atreveriam a passar pelo Jude no corredor de novo quando estivessem sozinhos, mas, exceto por essa ocorrência, Jude conseguiu o inimaginável feito de manter o temperamento explosivo sob controle.

Fiquei tão impressionada por ele não ter mergulhado de cabeça em uma explosão digna de ocorrência policial que consegui ficar bem zen com toda Southpointe, sem mencionar o resto do país, olhando nossa foto. Não senti necessidade nem de nos defender ou explicar o que realmente havia acontecido antes de eu acabar de joelhos naquela posição comprometedora porque... Bom, ninguém em sã consciência acreditaria na verdade.

Assim, suportei mais uma onda de olhares e cochichos. Meninas olhavam para mim como se eu fosse a própria filha do diabo que estava ali para dizimar o mundo, e os garotos com os olhos arregalados e sorrisos maliciosos, como se me imaginassem de joelhos diante deles. As meninas eu entendia. Porque, se já tinha feito isso uma vez, o que me impediria de chupar o namorado de todas no laboratório de biologia? Eu recebia esse tipo de desprezo por ser uma garota. Mas os caras eram só cachorros no cio, salivando para cobrir quem e o que conseguissem pegar. Mostrei o dedo do meio para dois reincidentes de passagem.

— Ei, Morrison! — Jude entrou na fila ao meu lado, gritando para o cara que olhava para mim de um jeito familiar. — Olha para outro lugar, a menos que queira perder os olhos.

Morrison levantou o queixo.

— Ryder, você é um filho da puta sortudo.

A vontade de jogar minha embalagem de iogurte na cara arrogante do Morrison era tão grande que quase não consegui me segurar.

Jude se colocou na minha frente e me empurrou para trás com o antebraço.

— Se está falando isso porque minha namorada é inteligente, cheia de classe, carinhosa e correta, tem razão — disse abrindo o peito. — Mas, se está insinuando qualquer coisa menos respeitosa, é melhor mudar suas opções no formulário de inscrição para a faculdade, porque duvido que a Arizona State vai te aceitar, se não conseguir jogar bola.

Morrison mostrou o dedo do meio para Jude e virou, e seus três amigos começaram a provocá-lo.

— Mauricinhos filhos da mãe — Jude resmungou olhando para o trio que se afastava. — Se eu pegar um deles falando de você ou olhando para você de novo, vou mostrar como é que a gente resolve as coisas no mundo onde eu vivo.

Passei na frente dele e o encarei.

— Isso é coisa de quem tem intenção de andar na linha? — perguntei, colocando um pedaço de pizza na minha bandeja. — É coisa de alguém que prometeu à sua...

— Namorada — Jude completou, e envolveu meu corpo com os braços.

— Isso, prometeu à namorada que não faria nada que atrapalhasse tudo? Porque algumas pessoas acham que ser preso por tentativa de assassinato é se meter em encrenca.

— Mulher — ele bufou apoiando o rosto no meu —, você está testando a capacidade do meu saco. Em todos os sentidos.

— E aquela promessa que ia fazer sobre não tocar em Morrison e no bando de vira-latas que anda com ele? — Paguei pelo almoço para a atendente, que nem tentava disfarçar o olhar de crítica. Mais alguém tinha visto nossa foto.

— Tudo bem — ele cedeu, e me levou em direção ao pátio. Ou tinha lido minha mente, ou se sentia como eu, cansado dos olhares e de se esquivar das perguntas. — Não vou tocar naqueles idiotas punheteiros. — Ele segurou a maçaneta e abriu a porta para mim. — Mas não posso prometer que não vou pagar para alguém tocar neles — acrescentou quando saí.

Dei um soquinho no estômago dele.

— Encontrei seu brinco — Jude contou, e tirou a argola de prata do bolso.

— Onde estava? — Peguei o brinco e o devolvi à orelha.

— Dentro da minha cueca.

— Como ele foi parar lá? — Fiquei mole pensando na cueca do Jude.

— Não sei. — Andamos pelo pátio praticamente vazio —, mas quase ganhei um piercing. Lá embaixo.

Eu ri e bati de leve no brinco desaparecido. Ele havia tido uma manhã melhor que a minha. Ninguém olhou para nós quando atravessamos o gramado e nos acomodamos em uma mesa vazia. Era um dia frio, do tipo que faz a gente se arrepender de não ter levado um suéter, mas com Jude perto de mim eu nunca mais teria que carregar um agasalho.

— Namorada, é? — Deixei a pizza na frente dele.

— Namorada — ele afirmou. — Sem ponto de interrogação.

Sorri olhando para a bandeja.

— Que número é o meu?

Ele suspirou.

— Um. A única. Já falei, Luce, você é a primeira e, se Deus quiser e eu não estragar tudo, a última.

Felizmente eu ainda não havia mordido a maçã na minha mão, porque teria engasgado. Devia estar apavorada. Meu namorado, que já havia sido preso inúmeras vezes, mencionava um "para sempre" no meio da conversa, e eu não entrava em pânico. Ele não estava falando em casamento amanhã e filho depois de amanhã. Um dia, talvez. E "um dia talvez" me encantava como não deveria encantar uma menina de dezessete anos que sonhava com um futuro grandioso.

— Com quantas garotas já esteve, Jude? — perguntei. Era a pior pergunta que uma garota podia fazer a alguém como Jude. Eu esperava um número inferior a cinquenta.

Ele abaixou o pedaço de pizza antes de dar uma mordida.

— O suficiente para saber quando algo especial acontece.

— E se fosse quantificar "suficiente" esse número seria... — Também abaixei a maçã. Perda de apetite era um efeito colateral esperado para esse tipo de conversa.

— Luce, não quero mais falar sobre o meu passado. Não quero ficar repetindo quantas vezes estraguei tudo. — Ele fechou as mãos. — Sei que as garotas têm uma fascinação doente com nome, hora e jeito das nossas transas antes de vocês, mas não vou falar sobre isso. Foram muitas, provavelmente muito mais do que o número que está imaginando, mas não amei nenhuma delas, e nenhuma delas me amou.

Era desanimador.

— Que romântico — resmunguei empurrando a bandeja.

— Foi você que eu quis conhecer — ele continuou, e montou no banco para virar de frente para mim. — Escuta, não faça perguntas cujas respostas não quer saber, Luce, porque vou me esforçar muito para ser honesto com você. Não pergunte sobre o meu passado ou vai se arrepender.

Eu já havia aprendido essa lição, mas como ter um relacionamento com alguém que você não conhece em um segmento de passado, presente e futuro?

— Se não gostou de nenhuma delas e nenhuma delas gostou de você, por que... — todas as palavras que surgiam em minha cabeça eram erradas. — Por que fez isso?

— Quer mesmo saber? — Jude me desafiava com os olhos. — Você quer realmente saber esse tipo de coisa?

Assenti uma vez, porque era uma idiota.

O movimento de Jude foi igual ao meu.

— Para mim, era uma fuga. Um jeito de esquecer por algum tempo que minha vida era uma merda. E para as garotas... — ele deu de ombro. — Elas esperavam que os pais médicos e prefeitos ficassem furiosos quando descobrissem que a filhinha querida estava transando com um *bad boy* de carteirinha. Ou isso, ou tinham tesão por mim, mesmo, e queriam saber como eu era na cama. — O sorriso se estendeu mais de um lado, mas sumiu rapidamente quando meu cotovelo encontrou seu estômago.

— Não tem graça. — Olhei feio para a mesa de piquenique, porque era impossível olhar feio para ele.

— Desculpa... desculpa... — Jude riu acariciando meus braços. — Às vezes só consigo enfrentar as lembranças da minha vida de merda usando o bom humor. — E levantou meu rosto. — Mas a verdade séria, honesta, é que eu não gostava delas, e elas não gostavam de mim. — Os olhos encontraram os meus, e ele não poderia estar me encarando desse jeito sem falar a verdade.

— Tudo bem. — Era um alívio ter tirado esse assunto do caminho.

— E se ajuda em alguma coisa, o sexo não satisfez e não teve graça.

— Não ajuda, mas obrigada pela nota de rodapé — respondi, e peguei a maçã de volta.

— Tenho a impressão de que a gente está sempre se beijando até perder o fôlego ou falando sobre coisas que nem devíamos desenterrar. — Jude mordeu mais um pedaço de pizza. — Não dá para ter uma conversa normal, comum?

Pensei nisso enquanto mastigava a maçã.

— Tem razão. Como posso namorar com você se não sei qual é a sua opinião sobre política, clima, ou o que achou do último filme que viu no cinema?

— Boa — ele riu, e bebeu uma lata inteira de refrigerante em cinco segundos. — Esquece a conversa comum. E esquece os assuntos enterrados também. Vamos continuar só no beijo, ou no que mais quiser fazer. — E balançou as sobrancelhas. — A gente continua até você me deixar tão louco que não vou mais conseguir nem falar.

— Ah, vai ser um relacionamento bem gratificante. — Virei o banco para ficar de frente para ele. Como não éramos muito de falar sobre amenidades, melhor entrar logo em um dos assuntos mais sinistros que me atormentavam. — Por que gosta de mim, Jude? De verdade? Minha aparência é comum, eu pareço durona, mas tenho tantas inseguranças quanto qualquer outra garota, e meus planos para o futuro são simples, só quero botar fogo no mundo com minha dança. Não tenho aspirações de me tornar a primeira mulher presidente, encontrar a cura da diabetes infantil ou descobrir a fórmula da fusão. Por que um cara como você fica a fim de uma garota como eu?

Percebi pela expressão que ele não entendia o que eu estava dizendo.

— Luce, é brincadeira? O que eu vejo em você? Fala sério. O que você vê em mim? — Ele balançou a cabeça. — Se quer saber, não é uma coisa que eu possa nomear, são muitas coisinhas que se somam e formam um conjunto incrível.

— Específico — resmunguei.

Jude levantou os braços num gesto de irritação.

— Tudo bem, quer que eu diga um dos muitos motivos para gostar de você? Lá vai. — Vamos lá. — E me encarou. — Eu sabia que se um dia uma garota conseguisse me amar, com verrugas e tudo, essa garota seria aquela que iria ao lago e adotaria a porcaria mais feia e mais nociva que conseguisse encontrar. — Meu coração cresceu, meu sorriso também. — E ela faria isso por acreditar que atrás de um exterior endurecido havia uma alma implorando para ser aceita e amada.

Ainda sorrindo. Eu provavelmente continuaria sorrindo até a sexta aula depois de ouvir isso.

— Boa resposta? — Jude sabia que era.

— Não foi ruim — subestimei.

— Quer que eu continue? Posso passar a tarde toda sentado aqui com você recitando elogios, se ainda não estiver convencida. O dia todo.

Cheguei mais perto e descansei as mãos sobre os joelhos dele.

— Não. Cala a boca e me beija.

— Boa ideia. — A boca estava tão perto de tocar a minha que eu já conseguia sentir seu gosto quando a mochila foi jogada em cima da mesa.

— Oi, Lucy.

— Deus me ajude.

As frases de Jude e Sawyer se sobrepuseram quando os dois se encararam.

— Ryder — Sawyer falou estendendo a mão, que ficou nessa posição por um tempo antes de sumir dentro do bolso. — E aí?

— Aqui estava tudo ótimo.

Chamei sua atenção batendo a perna na dele. Até agora Sawyer estava jogando limpo.

— É claro — ele respondeu olhando para nós dois. — Foi mal ter interrompido. Só queria falar uma coisa, depois vou embora.

— Tudo bem. — Jude passou os braços em torno do meu corpo. Territorial demais. — Fala.

Sawyer sorriu.

— Não quero que tenha nenhuma ideia errada se souber que levei a Lucy para casa no dia do baile de volta às aulas. Vi uma amiga que precisava de ajuda e ajudei. Sei que a garota é sua, Jude.

— Isso significa que vai parar de encarar a Luce cada vez que a encontrar no corredor?

— Vou tentar — ele respondeu coçando a nuca. — Ela é linda, Ryder. Você é um cara de sorte.

— Não precisa me dizer, eu sei. — Os braços de Jude ficaram mais tensos. — E se acha que vou deixar você chegar perto da Luce depois do que fez, pode esquecer.

— Jude — interferi.

— Ei, calma, cara. — Sawyer levantou as mãos e recuou. — Não quis te ofender, só queria falar o que tinha para dizer e almoçar. — Ele olhou para mim e sorriu. — Vejo você na quinta aula, Lucy.

Acenei quando ele entrou na cantina.

— Nunca pensei que pudesse odiar ainda mais esse cabeça de merda, mas devia ter imaginado que um babaca desse grau provoca ódio ilimitado.

Jude ficou olhando para a porta por onde Sawyer havia entrado.

— Alguém já falou que você tem dificuldade de controlar a raiva? — perguntei.

Pelo brilho furioso nos olhos de Jude, dava para pensar que ele nunca havia odiado alguém com mais intensidade.

O rosto dele suavizou um pouco.

— Só umas doze vezes por ano desde a puberdade.

Entrelacei os dedos nos dele e dei mais uma mordida na maçã.

— O que Sawyer Diamond fez para você ficar tão bravo toda vez que o vê? — Continuei mastigando a maçã. — Porque, além de se achar o máximo e ter um sorriso tão branco que nem dá para encontrar o tom na paleta de cores, ele não parece ser tão mau assim.

Jude virou para mim com um olhar duro.

— Sawyer Diamond é o que acontece quando Deus se distrai por um segundo. Um cara como ele não merece segunda chance, misericórdia ou compreensão, principalmente de uma garota como você, Luce, porque ele vai transformar tudo isso em alguma coisa que possa usar para te manipular. — O abraço ficou mais apertado. — Quero que fique longe dele, Luce. Não fale com ele, não olhe para ele, não reconheça a presença dele de jeito nenhum. Entendeu? Porque ele pode negar quanto quiser e fingir que torce por nós dois, mas ele quer você, e quer tanto que agora deve estar no vestiário batendo uma.

— Credo, Jude. — Fiz uma careta. — Que nojo.

— Fica longe dele, Luce. Conheço aquele babaca há dez anos e sei quando ele vai aprontar alguma coisa. E ele vai aprontar.

O sinal tocou anunciando o fim da hora de almoço. Nós dois resmungamos e jogamos as sobras de comida na lata de lixo.

— Tenho três aulas com o cara. Como vou ficar longe dele? — perguntei, enquanto Jude pegava sua mochila e a minha e as pendurava nos ombros.

— Quero que chute as bolas dele cada vez que o encontrar. — Não havia na voz dele nenhuma nota de humor. — Depois de algumas cortadas, ele vai ficar longe de você.

— Por que não pensei nisso? — Dei uma tapa na testa.

— Porque é doce e inocente, e não sabe nada sobre coisas sinistras como esvaziar sacos de lixo — ele respondeu enquanto abria a porta para mim. — Deixa o trabalho sujo comigo, Luce. E continue sendo doce.

— E chutar cabeças como bolas não é trabalho sujo no seu mundo?

— Se forem as bolas de Sawyer Diamond, ele merece os chutes e muito mais.

DEZESSEIS

Algumas semanas passaram, e a foto deixou de ocupar as posições mais altas na lista de dramas com a cidade toda falando sobre o mais novo *quarterback* de Southpointe High.

Jude havia transformado sozinho um time historicamente condenado em uma equipe que figurava entre as primeiras da tabela. Tínhamos quatro vitórias e uma derrota, e a derrota aconteceu no primeiro jogo da temporada, antes de eu ter forçado a situação para colocar Jude no time. Tenho certeza de que o treinador A queimou um milhão de cartuchos para conseguir impedir a suspensão de Jude, ou até uma sequência delas em várias partidas, por causa da história do roubo do carro. Talvez isso tenha tido alguma relação com o dia em que o surpreendi em seu escritório e implorei por uma segunda chance para Jude. Quando eu já me preparava para desistir, o treinador havia suspirado:

— Não posso recusar um pedido da irmã daquele que foi meu maior astro.

Retribuí o voto de confiança levando *cookies* de chocolate que assei todos os dias durante uma semana. Considerando o jeito como Jude jogava, deduzi que ele retribuía a confiança do treinador A com *touchdowns* e vitórias gloriosas. Tudo estava certo novamente no universo, mas eu sabia que seria por pouco tempo.

Disse a Jude como esperava receber metade de sua renda quando ele fosse um *quarterback* famoso da NFL. Ele falou que eu poderia ficar com tudo. A ironia da história era que, no dia seguinte a esse comentário, o treinador A foi informado de que vários olheiros estariam presentes no jogo da quinta-feira seguinte. Todos os jogadores ficaram agitados e envaidecidos, mas todos sabiam que a única razão para a presença de uma dúzia de olheiros em um jogo do Southpointe era Jude Ryder.

— Parece uma pintura em lantejoulas douradas e brilho vermelho — uma voz que eu estava evitando comentou quando me preparei para entrar em campo com a equipe de dança para a apresentação no intervalo do jogo.

Suspirei e olhei em volta procurando Jude. Ele era o maior em um grupo de garotos aparentemente pequeninos e estava muito concentrado no momento.

Por isso respondi:

— Oi, Sawyer. — Eu podia demonstrar mais entusiasmo, mas tinha um motivo para evitá-lo. Se Jude dizia que era para ficar longe dele. Se Jude dizia que ele era alguém de quem eu devia manter distância, isso significava que ele era alguém de quem eu devia ficar longe.

— Nossa! — Ele chegou mais perto. — Uma resposta verbal? Não pode ser.

— Você me fez lembrar porque tenho me ausentado verbalmente — respondi, puxando o top de dança um pouco mais para baixo. Como na maioria dos colégios, a equipe de dança do Southpointe aderia ao lema "menos é mais" em relação ao figurino, e até sentir o olhar de Sawyer em mim, eu não me incomodava com a falta de cobertura.

— Desculpa — ele disse, e deu um passo para o lado. — Meu ego não está acostumado com esse tipo de rejeição. — Cruzando os braços, ele inspecionou o campo onde os times se perfilavam. Dei mais um passo para o lado, caso Jude olhasse para cá. Eu sabia que ele abandonaria o jogo se visse Sawyer perto de mim. — E o Jude? — ele perguntou com tom seco.

Olhei de um jeito significativo para a camiseta de Sawyer, presa na cintura da calça jeans e para o lugar que ele ocupava no banco.

— Arrebentando.

Sawyer riu e olhou para o placar.

— Eu percebi. Se continuar dominando o jogo, ele vai ter pelo menos vinte bolsas de estudo amanhã de manhã. — E virou para a arquibancada, concentrando-se em um grupo de olheiros. Agora eram duas dúzias deles, e nenhum deles havia tirado os olhos de Jude. Estavam babando por ele, e eu sentia tanto orgulho que planejara uma coisa especial para esta noite. Para meu desânimo, Jude havia insistido em ir com calma nas últimas semanas, com a lingerie que escolhi e o que tinha em mente, ele ia esquecer essa ideia de calma.

Esqueci que Sawyer estava ali, até ele pigarrear.

— Senti sua falta, Lucy.

Droga, eu não precisava disso agora. O time de dança se preparava para entrar em campo, e eu tinha certeza de que Jude havia acabado de notar Sawyer perto de mim. Cheguei mais perto das minhas companheiras de grupo.

— Por que está me evitando? — Sawyer também se moveu para continuar perto de mim. — O que Jude falou para te transformar em uma anti-Sawyer Diamond?

Eu havia resistido por três semanas, mas estava bem perto de seguir o conselho de Jude e chutar as bolas dele.

— Estou te evitando porque Jude pediu, porque ele disse que você não é alguém com quem eu deva andar — falei, sem sentir necessidade de me explicar, mas satisfeita por gritar um pouco com ele.

— Faz tudo que o Ryder manda?

Agora eu estava fervendo. Sugerir que eu não tinha personalidade e obedecia cegamente às ordens do meu namorado trouxe à tona meu temperamento explosivo.

Virei para ele e dei um passo, depois outro, até ele ficar encurralado contra a grade.

— Escuta aqui, seu babaca arrogante — comecei, mantendo as mãos na cintura para não estapear a cara dele —, estou te evitando porque não gosto de você. Não gosto de como olha para mim, de como sorri para mim, de como se acha o dono do mundo. Não gosto de como anda pelos corredores do colégio como se tudo lá fosse seu, e odeio te ver jogar grãos de milho na mesa da banda todos os dias. Você é pretensioso, traiçoeiro e grosso — disparei, pronta para gritar mais uns cem insultos, mas o sinal sonoro anunciou o fim do quarto de jogo. — E é feio — acrescentei, sabendo que essa era a ofensa que mais atingiria um cara como Diamond.

— Já perguntou a ele sobre a Holly? — Sawyer reagiu de repente, afastando-se da cerca e vindo para cima de mim.

Recuei um passo.

— Não preciso perguntar nada. Confio nele. Confiança, Sawyer. Procura no dicionário para saber o que é, devia experimentar.

— E você e sua confiança deviam ir atrás dele até um certo trailer caindo aos pedaços em SouthView Park — ele sugeriu a caminho do banco. — Talvez descubra que quem precisa olhar o significado de confiança no dicionário é o Jude.

Esperei até Sawyer virar para desabar na grama. Não conseguia respirar. Não conseguia me mexer. E teria que conduzir a coreografia nova do grupo em três minutos. Estava furiosa comigo por deixar Sawyer me atingir, e ainda mais por ter permitido que ele plantasse em mim novamente a semente da dúvida. Eu podia confiar em Jude. Confiava nele.

Então, por que sentia o coração na garganta? Por que meu estômago parecia prestes a explodir? Por que odiava o nome Holly?

As meninas do grupo de dança me cercaram, algumas ajoelharam perguntando se eu queria água. Balancei a cabeça e vi Jude levando o time para fora do campo. Eu podia confiar naquele homem. Estava me apaixonando por ele.

Como se lesse meus pensamentos, ele levantou a cabeça e olhou para mim, preparando um sorriso que desapareceu quando viu meu rosto. Jude parou de repente, e os outros jogadores passaram por ele. Ele correu em minha direção com uma expressão séria.

"Agora não, agora não", disse a mim mesma. No intervalo do jogo, quando havia vinte dos melhores treinadores do país ali para vê-lo jogar, não era hora de falar em Holly. Mais tarde, depois do jogo, eu teria tempo para me livrar desse fantasma.

— Luce. — Jude tirou o capacete. — Está tudo bem? — E passou as mãos no meu rosto.

A resposta honesta seria não, mas sim era a que eu queria dar. Talvez também tivesse que rever os detalhes do conceito confiança.

— Tudo bem — falei, e apoiei o rosto em sua mão. — Só uma tontura rápida. Esqueci de jantar outra vez. — Revirei os olhos como se eu fosse um caso perdido.

— Alguém traz um pouco de água! — Jude gritou. — E uma barra de granola ou alguma coisa assim! — Ele me beijou com delicadeza. — Droga, mulher, você é muito importante para mim. Vê se come.

Concordei e peguei o copo descartável da mão de alguém.

— Preciso dar uma dura na linha de defesa, tenho que ir. — Ele beijou meu rosto e se levantou.

— E tem que impressionar duas dúzias de olheiros — acrescentei antes de beber mais um gole de água.

— Isso já foi resolvido. — Jude pôs o capacete.

Eu sorri.

— Tudo bem, poderoso, corre. Eu vou te esperar depois do jogo. Planejei uma coisinha. — E levantei as sobrancelhas.

Ele parou e olhou para trás com uma expressão indecifrável.

— Luce, não sei se vai rolar hoje. Já estou todo dolorido, vai ser muita sorte conseguir voltar para casa. Amanhã à noite?

A sensação de que meu estômago explodia aumentou.

— Não vai precisar de carona?

— Meyers se ofereceu para me levar para casa. — Ele olhou para o campo. — Assim não vai ter que me esperar e ouvir um bebezão chorando e pedindo gelo e analgésico.

Eu não conseguia falar.

— Tenho que ir, Luce. Ligo para você amanhã. — E quando corria para o túnel do time de Southpointe High, ele olhou para trás e falou: — Sua vez de arrebentar lá no campo, Luce. Não me decepcione.

Apoiei a cabeça sobre os joelhos.

— E você também não.

DEZESSETE

Eu estava armando uma emboscada para ao meu namorado. Nem lembrava mais da confiança que afirmava ter nele até algumas horas atrás. Estava tão instável, oscilando tanto, que podia ser declarada oficialmente maluca. Não teria sido a primeira vez.

Southpointe, como eu imaginava, ultrapassou o time que liderava a tabela do campeonato, tornando-se, pela primeira vez, líder da competição. Jude voltou do intervalo como se a vantagem de vinte e quatro pontos fosse imperdoável, e aumentou essa diferença em mais vinte e um pontos. Era como ver um jogo entre deuses e mortais, e Jude fazia o papel de Zeus.

Eu havia conseguido levantar e dançar no intervalo, antes de correr para o vestiário feminino e trocar de roupa para desaparecer no meio da torcida na arquibancada. Sabia que Jude me procurava, que devia estar magoado por eu não ter ficado na lateral do campo torcendo por ele, mas não me sentia disposta para torcer. Nem para fingir que torcia, e não podia dar a ele nenhum motivo para desconfiar de que alguma coisa não ia bem.

Não podia correr o risco de Jude olhar para trás e me identificar encolhida e escondida no capuz do moletom atrás do volante do carro. Porque, se isso acontecesse, eu, a namorada legal e confiante que não era, não poderia segui-lo até onde ele iria nesta noite.

O jogo havia acabado, quase todos os carros dos jogadores já haviam deixado o estacionamento, quando ele saiu do vestiário. Sozinho. Sem Scottie Meyers.

Todo o mundo sempre fala sobre momentos cruciais como esse. Momentos quando você tem duas opções e precisa escolher. Um caminho a seguir, nenhuma chance de volta. Escolha número um: eu podia descer do carro, correr e me jogar nos braços dele e continuar me fazendo de idiota. Essa alternativa me atraía em todos os níveis.

Escolha número dois: podia continuar escondida e segui-lo até onde ele me levasse, torcendo para esclarecer de uma vez essa história com Holly ou descobrir que Sawyer era um merdinha mentiroso. Essa opção não me atraía nem um pouco, mas era o que eu tinha que fazer.

Porque eu não era uma dessas garotas que conseguia fingir que não sabia que o namorado galinhava pela cidade. Porque não era uma dessas garotas que considerava confiança um conceito aberto, sujeito a interpretação. Eu era o tipo de garota que precisava saber se meu namorado estava transando com alguma ex pelas minhas costas, para depois poder ficar infeliz, destruída, mas informada, pelo menos. Acho.

Jude saiu do estacionamento e foi andando na direção sul.

Na direção de SouthView Park.

Não sei para onde ele ia, mas ia a pé, o que significava que segui-lo com o Mazda seria impossível.

Saí do estacionamento e fui para o lugar ao qual ele provavelmente se dirigia, o lugar onde eu queria muito que ele não aparecesse.

Não sabia nem como chegar ao parque de trailers. Não era exatamente onde eu ia encontrar amigos no verão, mas, depois de errar algumas vezes, acertei outras tantas, graças ao frentista de um posto de gasolina onde parei para pedir informações, e entrei no SouthView Trailer Park, onde, de acordo com a placa, A VISTA É MELHOR.

O parque não era grande, havia apenas duas fileiras de trailers ocupando uns quatrocentos ou quinhentos metros de via, mais ou menos. E não tinha vista nenhuma, a menos que considerasse a parede enferrujada do trailer vizinho. Não vi vasos de flores nem cestos pendurados, nenhum enfeite. Notei porque esse era o primeiro ano em que não tínhamos flores na escada da frente de casa. Pessoas que se preocupavam com a conta de luz e serviam macarrão instantâneo no jantar não compravam flores.

Estacionei em um lugar onde as luzes da rua não iluminariam meu carro, torcendo para ele não ter chegado lá antes de mim. Torcendo para nem aparecer, porque, se ele chegasse, se eu tivesse que vê-lo entrar no trailer de uma garota tarde da noite de uma quinta-feira, eu saberia a verdade. Saberia que havia acreditado em mentiras. E questionaria todo e qualquer amor que vivesse no futuro.

Sabia que era quase impossível, mas continuei me agarrando à esperança de estar errada e Jude não aparecer batendo na porta de Holly.

Um minuto depois, vi uma silhueta familiar atravessar duas trilhas e continuar se esgueirando pela alameda, ladeada de mato, vindo em minha direção. Ele passou embaixo das luzes, depois seguiu pela escuridão, e vi que carregava duas sacolas de plástico transparente.

Ele estava quase no fim da alameda, a uns dois trailers de distância do Mazda, quando percebi que ele não estava lá para visitar um trailer, mas por minha causa. Jude me viu circulando pela cidade como se tivesse uma missão e, de algum jeito, me seguiu até ali para enfiar juízo na minha cabeça. Eu não me importava com as perguntas que ele faria ou com as explicações que teria que dar, porque ele estava ali por minha causa. Sawyer podia enfiar no rabo suas insinuações sobre confiança.

Estava lembrando como era sorrir, quando Jude passou pelo último trailer. Quase abri a porta do carro para ir correndo jogá-lo no chão e beijar sua boca até deixá-lo inconsciente. Mas Jude contornou o último trailer. Subiu a escada da velharia enferrujada na minha frente e bateu na porta.

Eu desmoronei.

Não conseguia respirar enquanto esperava a porta do trailer ser aberta.

A porta se abriu com um rangido, e uma luminosidade amarela envolveu Jude. Disse a mim mesma que ele não era o homem por quem eu estava me apaixonando. Uma menina mais ou menos da minha idade apareceu na soleira usando um lindo vestido e um sorriso ainda mais bonito. Ela era meio parecida comigo, mas tinha cabelo mais curto.

A menina abraçou Jude, e ele a abraçou e tirou do chão.

Isso não estava acontecendo. Era um sonho ou um pesadelo.

Comecei a sufocar dentro do carro. Abaixei a janela e enchi os pulmões com ar fresco.

— Está atrasado — a menina falou quando Jude a pôs no chão. Eu sabia que ela era Holly.

— Percorrer vários quilômetros a pé depois de disputar o último jogo da noite pode provocar atrasos — ele respondeu, e se apoiou no corrimão da escada. — Mas eu vim, não vim?

Holly afagou o braço de Jude, admirando-o como se ele fosse o sol, a lua e as estrelas. Eu conhecia aquele olhar de admiração, e depois dessa noite eu nunca mais o reconheceria.

— Você sempre vem — respondeu Holly com um sorriso. — Como foi o jogo?

— Bom. Acabamos com o time do Valley.

— Eles estavam merecendo.

Ela tirou seu cardigã, e vi que seus dois braços eram cobertos por tatuagens. Eu me sentiria melhor se ela fosse feia, mas não era. Era mais bonita do que eu.

— Queria ter ido, mas ainda não estou preparada para lidar com todo esse drama.

— É, talvez tenha sido melhor.

Um grito cortou a noite tranquila. Um grito que vinha de dentro do trailer.

— Um momento — ela pediu, e levantou um dedo antes de desaparecer dentro do trailer.

Jude ficou onde estava, olhando para o céu da noite. De repente ele ficou tenso. Ele olhou para um lado, depois para o outro. Estava quase virando de costas para a porta, e eu estava quase saindo dali, quando Holly apareceu de novo segurando alguma coisa nos braços.

Um bebê.

Era nessa parte que eu devia sair do carro, subir aquela escada caindo aos pedaços, falar tudo que eu pensava de Jude e enfiar a mão na cara dele. Mas não foi o que fiz, porque percebi que Holly e o bebê estavam na vida dele há mais tempo que eu. Tinham direito a Jude antes de eu saber que queria esse direito.

— Ele não devia estar dormindo? — Jude fez uma careta engraçada para o bebê, que gritava e balançava as mãozinhas.

— Dentes nascendo — Holly explicou com um suspiro.

— Troca comigo.

Jude deixou as sacolas no chão, aos pés de Holly, e estendeu os braços. Ela entregou o bebê, que parou de chorar imediatamente.

— Obrigada por comprar as fraldas e o leite, Jude — ela falou ao pegar as sacolas. — Estava quase rasgando os lençóis para improvisar.

— Tudo bem. — Ele beijou a cabeça da criança. — Não foi nada.

— Não sei o que faríamos sem você. — Ela olhou para o bebê, e ouvi a nota de tristeza em sua voz.

— Vocês ficariam bem, Holly. — Mais uma careta para o bebê. — Mas fico feliz por poder ajudar.

— E aí, vai dormir aí fora? — Holly pôs a mão na cintura.

— Melhor não. — Ele sorriu.

— Então entra. — E deu um passo para o lado. — Tenho planos para você hoje à noite.

— Caramba, Judezinho, sua mãe é bem mandona.

Holly suspirou, segurou o braço dele e o puxou para dentro. Jude fechou a porta.

Eu precisava sair dali. Precisava ir para casa. Tinha que esquecer Jude. Precisava chorar, chorar muito até colocá-lo para fora de mim.

Esperei mais alguns minutos e estava girando a chave na ignição quando uma luz se acendeu em um quarto no fundo. Eu não queria estar ali quando o trailer começasse a balançar.

Saí do parque de trailers, enxergando as ruas meio turvas por causa das lágrimas. Sawyer estava certo. Eu estava errada. Não podia confiar em Jude, e não devia ter confiado. O próprio Jude tinha me prevenido, mas eu não fui inteligente o bastante para ouvi-lo.

Meu namorado, meu ex-namorado, embora eu não tivesse certeza de poder chamá-lo nem disso. Tinha uma vida secreta escondida em um trailer velho. Essa merda não acontecia na vida real.

Minhas mãos tremiam no volante quando cheguei em casa. O chalé estava escuro, e essa foi a primeira coisa que deu certo na última hora.

Entrei e subi a escada em cinco segundos. Entrei no quarto sem fazer barulho, peguei a sacola com as roupas que pretendia vestir para Jude poder tirar e enfiei na lata de lixo. Larguei o corpo na cama sabendo que, se tirasse o dedo da rachadura, o dique se romperia. Eu não conseguia decidir se precisava desabar ou se tinha que me controlar.

Jude era o tipo de garoto que eu acreditava que merecia uma segunda chance, mas, depois do que descobri hoje à noite, ele não parecia mais ser digno do esforço.

Sentei na cama frustrada, e alguma coisa em cima da escrivaninha chamou minha atenção. Um envelope amarelo e ainda fechado.

Peguei o envelope e abri. Era mais fácil aceitar meu futuro agora, quando tudo era tão vazio.

Segurei a folha de cima da pilha na minha frente e li o primeiro parágrafo. Perdi o fôlego e desabei no chão.

DEZOITO

Algumas horas de sono transformaram meu estado emocional, e eu passei da dor à raiva. Acordei na sexta-feira pronta para apresentar Jude ao inferno. Enquanto me arrumava para ir à escola tive que me lembrar de que o odiava, mas minha esperança era de que os lembretes constantes transformassem esse ódio em algo natural. Pus um vestido que, mais tarde, percebi ser muito parecido com o de Holly, e levei um suéter por precaução.

Minha mãe já havia saído, e meu pai ouvia o *Sergeant Pepper's* há trinta minutos, o que me fez sair de casa correndo. No trajeto para a escola, fui ensaiando o que diria a ele. Que palavras fariam mais estrago, que expressões mostrariam que eu estava incuravelmente furiosa.

Tinha certeza de que estava preparada, até parar o carro na minha vaga e ver alguém parado na grama diante dela, me esperando.

Jude acenou sorridente. Um homem não devia conseguir sorrir desse jeito para uma garota que estava traindo.

Tive um momento de choque enquanto olhava para o que estava prestes a perder, mas logo lembrei que ele nem era meu, por isso não havia o que perder.

Respirei fundo e abri a porta.

— Você está linda — Jude me cumprimentou.

— Não olhe para mim desse jeito. — Bati a porta do carro. — Porque este vestido você não vai tirar.

Ele ficou sério, com ar confuso.

— Saiu da cama com o pé esquerdo?

— Pelo menos não saí da cama errada. — Parei na frente do carro e cruzei os braços.

— Luce... do que você está falando?

— Não se faça de idiota. E não tente me fazer de idiota. Conseguiu me enganar por um tempo, parabéns, mas acabou.

— Ei. — Ele levantou as mãos e se aproximou de mim. — Qual é? Por que está tão brava? — Ele tentou me abraçar, mas eu o empurrei.

— Posso responder a todas essas perguntas com uma palavra — disparei olhando para ele de cara feia. — Holly.

Ele estreitou os olhos por um segundo.

— Que Holly?

Bufei e evitei encará-lo. Podia chegar a um nível mais alto de raiva se não olhasse nos olhos dele.

— Tirei minhas conclusões sobre Holly, mas por que não me conta sua história? Deve ser interessante.

Ele segurou o próprio pescoço e olhou para o céu.

— Holly é minha amiga.

Dei risada.

— Uma amiga que te recebe no trailer dela com um bebê no colo? Uma amiga que te recebe de vestidinho e abre as pernas para você mais tarde? Depois de pôr o bebê para dormir?

— Estava lá ontem — ele deduziu. — Eu tive essa sensação, como se você estivesse lá. Estava certo. — Jude me encarou.

— É, eu estava lá. E vi tudo.

— E por que estava lá? Por que me seguiu? — Jude mantinha a calma.

— Porque alguém está me falando há semanas que você e Holly se encontravam pelas minhas costas, mas ignorei os avisos, porque achei que podia confiar em você. — Fiz uma pausa e mordi a língua, porque estava muito perto de chorar. Não podia deixá-lo perceber quanto havia me magoado. — Cara, nunca errei tanto sobre alguma coisa em minha vida.

— Deixa eu ver se entendi, porque você está falando como se estivesse doida, e não consigo acompanhar. — Jude bufou. — Alguém te falou que eu encontro Holly pelas suas costas? Alguém te contou onde ela mora e onde eu estava transando com ela? — Ele transferiu o peso de um pé para o outro. — E você acreditou? — A voz dele tremeu como se estivesse magoado, mas ele não me enganava. Esse tipo de homem aperfeiçoava seus dons artísticos, todos eles, a fim de manter várias mulheres ao mesmo tempo.

— Ainda bem que acreditei. Era verdade. — O estacionamento enchia, e estávamos chamando mais atenção do que eu queria.

— Quem te falou sobre a Holly?

— Não interessa — respondi, olhando feio para um grupo de meninas que tentava se aproximar o suficiente para ouvir a conversa.

— Acredita em mim, se o assunto é a Holly, interessa.

Ele a defendia, em vez de me defender. Eu precisava ficar mais furiosa.

— Foi o Sawyer.

O rosto de Jude ficou mais sombrio; a mandíbula enrijeceu.

— Sawyer Cabeça de Merda Diamond falou que estou te traindo com a Holly. — Uma pausa, e ele engoliu em seco. — E você acreditou? — Agora eu via dor em sua expressão.

Mordi a boca por dentro e assenti.

— Por que não me perguntou?

Por que eu não tinha perguntado? Nem eu havia parado para pensar nisso, não sabia responder. Por isso improvisei.

— Porque você teria mentido.

Jude fechou os olhos e abaixou a cabeça.

— Confiou mais em Sawyer do que em mim?

Ontem, a resposta teria sido "não, porra", mas hoje eu não tinha tanta certeza. O movimento afirmativo e triste com a cabeça foi tudo que consegui fazer.

— Nesse caso, acho que a gente não tem mais nada para falar — ele disse.

— Ah, eu tenho muita coisa para falar.

— Eu acho que só falta uma coisa. — Jude olhava para mim como se não me reconhecesse.

Eu sabia onde tudo isso ia acabar, mas ainda não estava pronta. Ainda não conseguia dizer as palavras.

— Não se preocupe comigo, gata. Vi tantas costas indo embora que isso não é novidade. — E deu de ombros, como se tudo isso não o matasse como estava me matando. — Pode falar. — Sua voz tremeu.

Mordi a boca de novo. Queria respostas, explicações.

— Fala! — Jude gritou, e se aproximou de mim com os tendões do pescoço quase rasgando a pele.

Engoli em seco e fechei os olhos.

— Tchau, Jude. — Virei e atravessei o estacionamento dizendo a mim mesma para não olhar para trás.

Raramente ouvia esses avisos, como essa confusão toda com Jude havia provado.

Olhei para trás e o vi parado no mesmo lugar, paralisado. Em seguida ele virou e foi embora.

A vibração animada de uma sexta-feira de manhã ecoava pelo corredor quando passei pelos detectores de metal. Todos agiam como se nada houvesse acontecido, como se meu mundo não houvesse desmoronado.

Fiquei ali sem conseguir me mexer. Alunos passavam por mim, alguns me ignorando, outros me encarando como se eu fosse uma criatura exposta no zoológico.

— Ai, meu Deus, Lucy! — Taylor apareceu do meu lado. — O que aconteceu com você e Jude? Vocês terminaram? Ele desistiu? Jude nem entrou no colégio, foi embora. O que houve? — Taylor sacudiu meu braço. — Lucy. — Estalou os dedos diante do meu rosto. — O que você tem?

Estava sufocando. Sufocando de verdade. Tive asma na infância, nada muito sério, mas superei os sintomas antes da segunda metade do fundamental. Ou achava que havia superado. Meus pulmões agora pareciam balões murchos, e eu respirava depressa, com movimentos curtos ditados pelo pânico.

Precisava sair dali.

A mão agarrou a minha por trás e puxou.

— Vem, vou te tirar daqui. — Sawyer passou um braço sobre meus ombros e me levou para a porta.

— Sawyer, o que está acontecendo? — Taylor gritou atrás de nós.

— Abafa, Taylor — ele resmungou abrindo a porta.

O ar fresco me ajudou imediatamente. Voltei a respirar mais devagar e consegui encher os pulmões até a metade. Uma lágrima finalmente escapou.

— Estou aqui — disse Sawyer, afagando meus braços enquanto me levava para o carro branco e reluzente. Ele me fez entrar no carro, prendeu o cinto de segurança e reclinou o banco.

Cobri os olhos com o antebraço e deixei outra lágrima correr.

Sawyer sentou-se ao meu lado, ligou o motor e saiu do estacionamento em alta velocidade. Ele abriu minha janela, e enchi os pulmões com ar fresco outra vez. Minha respiração estava quase normalizada.

— Obrigada — falei depois de um tempo. Não sabia para onde íamos, não me importava com isso, desde que estivesse cada vez mais longe de Southpointe.

— Era o mínimo que eu podia fazer, já que sou o responsável por estar se sentindo tão mal.

— Como assim? Por quê?

— Porque fui eu que contei sobre a Holly — ele disse, reduzindo a velocidade em uma alameda de cascalho.

— Não era você que transava com ela.

Sawyer riu tenso.

— Não que eu lembre.

O carro parou.

— Vai invadir a mansão do Bon Jovi? — perguntei, olhando de boca aberta para a casa diante de nós. Ficava no lago, mas, diferentemente dos outros chalés, essa casa era enorme.

— Eu moro aqui. — E abriu a porta do carro.

Não me mexi. Não imaginei que Sawyer me traria para a casa dele. Não estava gostando disso. Entrar na casa de outro cara, durante o horário de aula e meia hora depois de ter rompido com o namorado que me traía. Se alguém soubesse disso, além de ser a piranha que tinha feito um boquete em um cara no intervalo entre as aulas, eu também seria chamada de oportunista vingativa.

— Não se preocupe, meus pais não estão em casa — ele falou, interpretando mal a preocupação estampada em meu rosto.

O fato de estarmos completamente sozinhos naquele mini-hotel não me deixava mais tranquila, mas não queria passar o dia inteiro dentro do carro, e queria ainda menos voltar para o colégio, por isso saí e fechei a porta.

— Essa é sua casa? — Protegi os olhos com a mão para enxergar melhor. — Você é filho do Bon Jovi?

Sawyer riu.

— Não. Meu pai não é tão legal. Ele é dono de algumas lojas de carro no estado, só isso.

Isso explicava o modelo que Sawyer dirigia.

— Vem — ele disse, inclinando a cabeça na direção da casa —, vamos fazer uma sessão de terapia do sorvete, depois vamos conversar.

— Não garanto nada que a terapia me cure, nem se a casa estiver cheia de sorvete.

— E se eu continuar de onde o sorvete parar? — Ele segurou minha mão.

Como não sabia para onde mais podia ir, eu entrei.

DEZENOVE

— O sorvete está derretendo — Sawyer falou olhando para a tigela entre nós.

Enterrei os pés na areia e abracei as pernas.

— Já falei que não quero sorvete.

— O que é tão ruim que sorvete não consegue melhorar? — Ele jogou uma pedra no lago. — Tudo bem, vamos conversar.

— Não quero.

— É claro que não. Por isso precisa falar. Vai se sentir melhor depois que desabafar.

— Duvido. — Falar não mudaria o que eu tinha visto.

— Vamos tentar. Eu começo. — Ele empurrou os óculos para o alto da cabeça e respirou fundo. — Isso tem alguma coisa a ver com Jude e Holly?

Ouvir o nome dos dois era muito pior que ouvir só o nome dela.

— É agora que você vai dizer "eu avisei"? — explodi. — Não precisa se incomodar. Sim, você tinha razão. Você me avisou. Jude ainda está com Holly. — O nó na garganta voltou. Estava tão cheia dele que queria enfiar a mão na boca e arrancá-lo de lá.

Sawyer suspirou e balançou a cabeça.

— Como descobriu?

— Segui o filho da mãe até o parque dos trailers ontem à noite. Ela tem um bebê, Sawyer. — Peguei uma pedra e a joguei no lago. — Eles têm um filho, e Jude achou que não precisava me contar. — Minha voz era entrecortada, e as lágrimas finalmente transbordavam. — Eles têm um bebê fofo que já tem dentinhos nascendo, e ele não me contou. — Cada palavra era isolada da outra, porque eu soluçava e falava ao mesmo tempo.

— Porra, Lucy. — Sawyer me abraçou. — Sinto muito. Foi justamente por isso que tentei te contar logo, antes que se envolvesse mais com o Jude. Sabia que isso ia acabar com você.

— Eu confiei nele, Sawyer. Confiei nele. E ele mentiu para mim. Que tipo de cretino faz isso?

Ele ajeitou meu cabelo embaraçado e molhado atrás da orelha.

— Há pessoas que sentem prazer manipulando os outros, sabe? A gente procura uma explicação mais profunda, mais honrada, mas algumas pessoas são só perturbadas.

— Bom, você estava certo. Eu estava errada. Jude e eu terminamos. — Eu me controlei. — Quero encerrar esse capítulo no livro da minha vida e nunca mais voltar a ele.

— Você precisa de um recomeço — ele sugeriu abaixando o braço, agora que o único efeito do ataque de histeria era um rosto vermelho e inchado.

— Aceito dois — respondi, limpando o rímel borrado espalhado embaixo dos olhos.

— Sei que isso pode parecer repentino, mas escuta — ele começou, virando-se na areia para olhar para mim. — Na semana que vem vai ter o baile do Sadie Hawkins, e já falei para três garotas e menti, disse que já tinha companhia.

Ele tinha razão. Isso tudo estava acontecendo depressa demais.

— Sawyer — falei, ameaçando me levantar.

— Espera. — Ele segurou meu joelho. — Ouve o que eu tenho para dizer antes de falar alguma coisa.

Continuei sentada e esperei.

— Agora ficou complicado, porque, se eu não aparecer, as três meninas vão perceber que eu não queria ir com elas, e se eu aparecer com outra garota, elas vão descobrir que eu menti.

— Espera. Com quem você disse que iria ao baile?

Eu já sabia a resposta.

— Com você. — Ele teve a decência de parecer envergonhado.

— Sawyer — gemi —, minha vida já está bem complicada sem você para piorar as coisas.

— Eu sei, desculpa, mas eu tenho mais uma coisa para dizer. — Sawyer respirou fundo e abriu os ombros. — Eu gosto de você, Lucy.

Mais do que deveria e muito mais do que você gosta de mim. Dei um tempo, esperei você acordar e perceber que o Jude era uma roubada, e agora que isso aconteceu, sei que vai ter pelo menos meia dúzia de caras na frente do seu armário amanhã de manhã. — Ele parou para avaliar minha reação, mas eu ainda não sabia como reagir. — Não pode me fazer um favor e me dar uma chance? Uma chance e aceitar meu convite para o Sadie Hawkins. Juro que vou me comportar como se fôssemos só amigos, e talvez, se você também quiser, a gente pode pensar nisso juntos.

Eu não conseguia encontrar uma resposta aceitável.

— Por mim, Lucy. Só isso, e se ainda se sentir como agora, prometo que não insisto mais. — A pele bronzeada de Sawyer não parecia tão dourada. Era a primeira vez que eu o via pálido, assustado e vulnerável. — Não quero viver cheio de arrependimentos, e sei que vou me arrepender até o fim da vida se a gente não der uma chance para nós.

Era oficial, minha vida tinha virado uma novela.

Sawyer era um amigo, estava por perto quando eu precisava desde que o conheci, apesar de eu ter estourado com ele várias vezes, e eu tinha com ele uma dívida de gratidão. Por isso disse:

— Tudo bem, eu vou com você ao baile.

— Vai ser legal, prometo. E garanto que não tenho nenhum filho escondido.

Olhei para ele de cara feia.

— Desculpa. Foi mal.

— Péssimo.

Ele segurou minha mão e entrelaçou os dedos nos meus.

— Vamos tentar, Lucy. Sem pressa, vamos ver o que acontece.

— Sem pressa — repeti, porque sabia que tipo de homem era Sawyer. O tipo que faz as mulheres brigarem, beberem e passarem mal. A versão baunilha para o chocolate de Jude. Estava tudo ali: beleza, dinheiro, personalidade. Mas faltava uma coisa. E isso tinha a ver com meu coração.

— Vamos andar antes de correr — ele garantiu afagando minha mão.

VINTE

Sawyer e eu entramos no Sadie Hawkins. Ainda íamos bem devagar nessa tentativa, sem nenhuma pressa. Na verdade, pelos padrões de Sawyer, eu tinha certeza de que ele queria correr, talvez disputar uma maratona. Mas eu não estava nem perto disso.

Sawyer não seria o primeiro na minha vida, mas eu também sabia que não queria que ele fosse o último, então, para que forçar a barra? Não ia para a cama com um cara só porque o relacionamento chegou nesse estágio. Precisava sentir que tinha a ver. Precisava conseguir me ver com ele durante meses, talvez até anos.

Eu podia ser a namorada de Sawyer, mas imaginaria outro rosto quando ele me jogasse no sofá. Veria outro rosto quando olhasse para ele. Ponto-final.

Sabia que Jude havia faltado a alguns dias de aula depois do nosso encontro no estacionamento, e depois havia aparecido para o próximo jogo de futebol e nunca mais tinha faltado.

Eu o via todos os dias nos corredores e o vi duas vezes pela cidade, mas ele não me via. Nem olhava na minha direção desde aquele dia, e eu nunca havia imaginado que esse tipo de rejeição podia doer tanto. Lembrava-me todas as manhãs daquela mentira, do que ele havia deixado de me contar, e acabava todas as noites pensando em como os olhos dele se iluminavam imediatamente antes de me beijar.

Eu havia estado em todos os jogos de futebol da temporada. Nos jogos em casa, minha presença era esperada porque o grupo de dança se apresentava no intervalo, mas eu também ia assistir às partidas fora de casa. Deixava todo o mundo imaginar que estava lá para apoiar o

Sawyer, que, mesmo depois de superar a lesão no tornozelo, nunca mais havia recuperado a posição de *quarterback*. No entanto, se alguém estivesse me observando, veria quem meus olhos buscavam. E não era pelo número na camiseta do meu namorado que eu torcia em silêncio.

Jude Ryder havia se instalado em minha alma, e eu não conseguia encontrar um jeito de despejá-lo.

Comecei a me dedicar a tudo e qualquer coisa que me ajudasse a não pensar em Jude. A dança era a primeira opção, a mais óbvia, mas quando eu não estava dançando, ocupava meu tempo livre levando os cachorros do abrigo para passear, ou comparecendo a reuniões e atividades de meia dúzia de clubes em que havia me inscrito. Não fazia diferença. Nem o balé era capaz de tirar Jude do centro dos meus pensamentos. Ele estava sempre lá.

A canção no rádio chegou ao fim, a porcaria de música que me deixou toda nostálgica e com saudade de Jude.

— "I'll try to fix you"[7] — repeti, e desliguei o rádio. A canção prometia consertar alguém.

De repente, e não em câmera lenta, como acontece nos filmes, uma tábua caiu da carroceria de um caminhão velho bem na minha faixa. O Mazda passou por cima da tábua, e eu senti imediatamente.

— Droga — resmunguei, sem entender como um pedaço de madeira podia parar duas toneladas de metal em movimento. Era a natureza enfrentando a indústria, pneu a pneu.

O ruído conhecido de borracha solta batendo no metal ecoou dentro do carro.

— Porcaria. — Sabia que tinha um pneu traseiro furado, mas isso era tudo que eu sabia sobre trocar um pneu.

Parei no acostamento e olhei para os dois lados da estrada, torcendo para ver uma dessas oficinas auto qualquer coisa. Alguém devia estar olhando por mim, porque vi a menos de quinze metros uma placa

7. "Fix You", Chris Martin, Guy Berryman, Jonny Buckland, Will Champion; EMI, 2005. (N.E.)

anunciando a Oficina Premier na frente de um prédio pintado de azul e cinza com três baias abertas.

— Muito obrigada — disse ao meu protetor invisível.

Levei o Mazda até lá, odiando ouvir aquele flop flop flop ficando mais alto. Torcia para não perder o pneu inteiro, mas pelo menos havia profissionais por perto.

Um homem de vinte e poucos anos usando uma camiseta de boliche saiu de uma das baias. Ele lavou as mãos e acenou para mim, indicando a primeira baia.

Uma oficina próxima e um funcionário prestativo. Só podia ser um chamado da rede do milagre.

Assim que parei o Mazda na baia, saí do carro para ir ver o tamanho do estrago.

— Vou tentar adivinhar — o mecânico falou limpando as mãos em um pano. Não adiantava muito. — O outro cara levou a melhor. — Ele se abaixou para examinar o pneu e balançou a cabeça.

— Objetos pontiagudos geralmente ganham a briga contra materiais macios feitos pelo homem — respondi, e me ajoelhei ao lado dele.

— Verdade. — O mecânico bateu no pneu e levantou-se. — Vou cuidar disso para você, meu bem.

— Obrigada. — Também fiquei em pé. — Tem ideia de quanto tempo isso vai demorar? Estava a caminho do estúdio de balé, queria ensaiar o dia todo antes de ocupar meu posto no caixa da noite da lasanha que o grupo organizou para arrecadar dinheiro para os novos uniformes, mas parece que vou ter que mudar meus planos.

— Não vai demorar quase nada, meu bem. — Ele gesticulou para alguém dentro do escritório. — Vou mandar meu melhor funcionário cuidar disso.

E de repente, sem nenhuma explicação, meus braços arrepiaram e tudo à minha volta ficou quente e luminoso.

— Ei, Jude — o mecânico chamou —, vem aqui ajudar essa belezinha.

Pela janela escurecida, vi que ele estava de costas para a oficina, falando ao telefone. Jude desligou e virou. Nunca tinha visto um sorriso desaparecer tão depressa. Era um recorde mundial, graças a mim.

Em seguida, ele ergueu os ombros, saiu do escritório e contornou o carro para examinar a parte de trás.

— Qual é o problema, Damon? — Jude perguntou olhando para o carro, evitando olhar para mim.

— A menina passou por cima de alguma coisa — Damon gritou com a cabeça enfiada embaixo da tampa do motor de um caminhão ao nosso lado. — Conserta o que tiver que consertar. É por conta da casa.

— Ah, não precisa — falei.

Ele tirou a cabeça do capô do caminhão e olhou para mim.

— Ah, sim, precisa.

Eu teria discutido, mas, quando Jude passou por mim sem nem dar um oi, decidi que era melhor focar minha energia em outra batalha.

— Oi, Jude — eu disse, aproximando-me de onde ele estava, de costas para mim, inspecionando o pneu.

Ele ergueu o corpo e passou por mim de boca fechada, olhando para a frente. Abriu o porta-malas e pegou o estepe.

— Vai mesmo continuar em silêncio — falei. — Que bom, já mostrou que me despreza. — Desprezo podia ser uma palavra generosa demais para a forma como Jude estava me ignorando. — Mas não vai nem falar oi?

Jude foi até o fundo da baia e pegou uma chave de roda.

— Oi — disse com indiferença. — Agora se afasta para eu consertar o pneu e você poder ir embora.

Uau. Era pior do que eu pensava. Jude não me desprezava, ele me odiava. No entanto, eu não o odiava, e não ia fingir o contrário.

— Fiquei sabendo que ganhou bolsa integral para qualquer universidade que escolher — continuei, e falei mais alto para ser ouvida em meio ao barulho do elevador que levantava o Mazda.

Olhando para o carro, Jude respondeu dando de ombros.

O elevador parou, e ele se aproximou do pneu furado. Olhou para mim do outro lado da baia e desviou o olhar em seguida.

— Deve ser só boato. Se eu for escolhido pelo time de futebol de uma das maiores universidades, vou acabar no banco ou machucado por jogar com caras muito maiores que eu.

Não consegui evitar o sorriso. Jude estava falando comigo de novo.

— Acabou de formular uma frase inteira? — perguntei, empurrando a orelha como se quisesse ouvir melhor.

Jude começou a tirar os parafusos da roda.

— Foram duas, na verdade.

— E o que eu fiz para merecer duas frases completas?

— Estou de bom humor. — Ele olhou para mim e esboçou um sorriso. Nunca imaginei que sentiria gratidão por um pneu furado.

— Não sabia que isso era possível.

— Normalmente não é. — Ele removeu o último parafuso. — Mas ele aparece de vez em quando. — Segurando o que restava do pneu e a roda, ele a tirou do eixo e deixou no chão.

Era a coisa mais sexy que eu via em muito tempo. Talvez desde sempre.

— Como vão as coisas?

— Pergunta complicada — ele disse levantando uma sobrancelha. — Como vai o cretino do Sawyer Diamond? — A pergunta era tão desprovida de emoção quanto podia ser quando Jude se referia a Sawyer.

— Acabou de responder a uma pergunta com outra pergunta?

Ele olhou para mim de novo quando pegou o estepe. E esse olhar durou um segundo a mais que o último.

— Só cancelei sua pergunta com a minha. Você não quer responder, eu também não quero. Jogo empatado.

O cara tinha uma noção muito distorcida de justiça e igualdade.

Por ser a idiota que era, toquei no assunto que, sabia, o incomodaria.

— Jude — comecei olhando para as mãos. — Sinto muito por tudo que falei e disse.

Seu corpo já estava tenso quando ele levantou o estepe e o encaixou no eixo, mas enrijeceu ainda mais.

— Não dá para ser mais vaga?

Eu não ia me colocar na defensiva. Não ia mesmo me colocar na defensiva.

— Isso é um pedido ou um ataque? — Estava na defensiva.

— Se está pensando em falar sobre determinados assuntos — Jude começou, apertando um parafuso como se tivesse contas sérias para acertar com ele —, então são os dois.

"Engole o orgulho. Pede desculpas." Meu diálogo interno teria que me guiar nessa situação.

— Desculpa por eu ter te seguido naquela noite até a casa da Holly. — Engoli em seco. Era difícil falar esse nome. — E peço desculpa por ter explodido com você na manhã seguinte.

— Nada disso me interessa.

— Não? — Cruzei os braços. — Então, por que está tão furioso comigo? — Eu era propensa a explosões temperamentais, por isso conseguia reconhecer um semelhante de longe.

Jude bufou e apoiou a testa no pneu.

— Quero que isso tudo se dane — resmungou, jogando a chave de roda no carrinho de metal a seu lado. Depois olhou para mim. — Porque você acreditou nele, não em mim.

Fiquei sem fala. Não havia chegado a essa conclusão em nenhuma das minhas análises noturnas.

— E isso foi um erro? Porque Sawyer estava certo, como comprovei.

— Sobre o quê? — O tom de Jude era muito controlado.

— Você e Holly. — Cara, eu odiava dizer o nome dela. Ia parar com isso. A partir de agora, só a chamaria de "a piranha que não devia ser nomeada".

— Eu e Holly? — Ele colocou mais um parafuso no lugar. — Não pensou em me perguntar sobre ela antes de armar um flagrante? Não pensou em confiar em mim, em vez de acreditar nele? Acreditou naquele merda, não em mim. Um cara que mente, trai e não é bom para alguém como você, Lucy!

— Jude — suspirei frustrada, respirando fundo mais uma vez para me acalmar. Ele não entendia ou eu não entendia. Um de nós não estava entendendo nada, e nós não falávamos a mesma língua. — Ficou evidente que eu não tinha motivo nenhum para confiar em você.

— De onde tirou essa certeza? — Ele apertava o último parafuso. Eu não estava preparada para me despedir. Ficar perto dele discutindo era melhor do que passar por ele e ser ignorada.

— Eu vi você, Jude — respondi, perguntando-me quanto teria que ser óbvia para ele entender. — Vi você com Holly e... — engoli em seco — o bebê. Eu vi tudo.

— Você me viu com Holly e o bebê — ele repetiu, movendo a cabeça em sentido afirmativo a cada palavra. — E por isso não pode confiar em mim?

Devia ser mais óbvio do que ele fazia parecer. A menos que trair a namorada tivesse se tornado uma prática aceita recentemente.

— É, acho que isso resume tudo — afirmei, perguntando-me se estava perdendo alguma coisa. Algo tão óbvio que eu não via.

— Está pronto — Jude anunciou enquanto se dirigia à parede do outro lado. — Temos outro empate. Nenhum de nós confia no outro. — Ele acionou a alavanca e desceu o elevador com o Mazda.

Eu não queria ir. Queria entender o que estava acontecendo entre nós.

— Você continua bravo comigo, e eu ainda estou brava com você. — Eu me aproximei dele no fundo da baia. — Mas acha que a gente pode superar tudo isso e recuperar nossa amizade?

Ele riu baixo e guardou o pneu furado no porta-malas.

— Sinto sua falta, Jude. Sinto falta de ter um amigo que me apoia e não me apunhala pelas costas quando viro.

Ele parou onde estava, mas ficou de costas para mim.

— Desculpa, Lucy, mas não posso ser seu amigo. — Depois passou por mim e foi abrir a porta do motorista.

— Desde quando me chama de Lucy?

— A tristeza que eu sentia era mais profunda que antes.

— Desde que deixamos de ser amigos. — E inclinou a cabeça indicando que eu devia entrar no carro.

Eu não acataria ordens. Fixei os pés no chão e cruzei os braços.

— Não pode escolher por nós dois — falei olhando para ele. — Não quer seu meu amigo, tudo bem, problema seu. Mas não pode me dizer que não posso ser sua amiga. Vai se ferrar. — Oi, pavio curto, que bom que você voltou.

O rosto dele suavizou como acontecia quando eu perdia a cabeça com ele.

— Pessoas como você e eu não podem ser amigos, Luce, e você sabe disso.

— Eu sei o quê? — Esperei pela resposta. E continuei esperando. — Fala! — Cheguei mais perto dele. — Eu sei o quê? — Porque, pela milésima vez, eu não sabia de nada.

Ele fechou a boca e tentou se afastar. Não permiti. Parei na frente dele e o empurrei.

— Vai, Ryder. Eu sei o quê?

Os olhos dele se incendiaram quando encontraram os meus.

— Não dá para ser amigo da pessoa com quem você devia viver para sempre — Jude falou. — Então, segue sua vida e me deixa em paz. — Ele passou por mim, saiu da oficina e sumiu.

O que eu lamentava muito, mais que tudo que eu já havia estragado, era não ter ido atrás dele.

VINTE E UM

Passei todos os dias do restante do ano letivo me arrependendo de não ter ido atrás de Jude naquele dia na oficina. Lamentava não ter seguido Jude e o obrigado a ficar até explicar tudo que tinha dito. Com frases detalhadas que uma mulher pudesse decifrar.

Os meses que seguiram nossa conversa enigmática me fizeram sentir saudade do tratamento silencioso, porque agora, quando passava por mim no corredor, Jude não me ignorava mais intencionalmente. Agora era como se eu não existisse.

Passei de alguém que ele desprezava para alguém que ele nem notava.

Fiz dezoito anos e me formaria no ensino médio em uma semana. No próximo outono, eu seria caloura na Marymount Manhattan. Era hora de comemorar, relaxar, olhar para o passado com nostalgia e para o futuro com esperança.

Eu me sentia como um navio perdido na noite, bem no centro da minha alma, onde coisas como certo e errado, verdade e amor existiam. E sabia por quê.

— Hoje vou interromper suas viagens, Lucy — Taylor gritou para ser ouvida, apesar dos alto-falantes que urravam uma canção sobre verão, amigos e festas. — Esta noite é só para se divertir muito e viver o momento.

Palavras sábias de uma garota que falava basicamente de seu futuro brilhante.

— E isso significa encher a cara e pegar o primeiro babaca que encontrar? Isso é viver o momento?

Taylor gemeu.

— E eu pensando que era meio incrédula.

Abaixei o volume e puxei para baixo o decote do vestido que Taylor havia enfiado em mim. Agora ele cobria metade dos meus seios e toda minha bunda.

— Desculpa. É meio natural depois de me vestir como uma vagabunda barata a caminho do trabalho.

— Você está usando brincos de pérolas, Lucy, fala sério. Nunca vi uma prostituta usando pérolas.

— Tudo bem. — Olhei para o espelho pela terceira vez. Se ela tivesse aplicado mais uma camada de rímel, meus cílios se partiriam ao meio. — Uma vagabunda a caminho da igreja.

Taylor riu e olhou para mim quando paramos em um farol vermelho.

— Joias, é? — O olhar era escandalizado. — Alguém deve ter sido muito boazinha ou muito indecente para ganhar brincos de pérolas de presente de formatura.

— Nunca deixo de me surpreender com sua capacidade de ser depravada. — Mostrei a língua. — Ganhei os brincos dos meus pais, não do Sawyer.

Felizmente ele ainda não havia me dado nenhuma joia, porque eu estava uns três níveis de compromisso abaixo disso.

O farol abriu, e Taylor seguiu em frente com o Volkswagen.

— E a culpa disso é só sua. Os homens dão joias para as mulheres como uma forma de recompensa pelo desempenho, sabe? É um fato da vida.

— Você é depravada, sério. — Abri a janela. Queria estar no estúdio me preparando para os próximos quatro anos de dança com e contra os melhores. Não queria estar presa em um carro pequeno com a garota mais linda e mais dramática do colégio, a caminho de uma festa de formatura onde o álcool correria solto e as inibições teriam vida breve, principalmente em um vestido que fazia uma *socialite* de Hollywood parecer recatada.

— Como não vejo pingentes de diamante ou pulseiras de ouro, imagino que ainda esteja praticando o bloqueio de pinto até o Sawyer entrar em coma.

Os absurdos que essa garota falava! Podia até ser engraçado, se não fosse tão triste.

— Não é da sua conta.

— Então, acertei — ela concluiu, manobrando o carro e seguindo por uma alameda de cascalho.

— Acertou — confirmei, porque ela ia tirar conclusões com ou sem a minha validação.

— Por quê? — O caminho era cheio de buracos. — Vocês dois começaram a ficar no baile do Sadie e assumiram o namoro no baile de inverno. Decidiram ir com calma ou alguma idiotice desse tipo?

— Eu estou indo com calma. — Já dava para ver o lugar da festa. Eu conhecia a mansão no lago. Os pais de Sawyer estavam viajando, foram a um leilão, e ele decidiu fazer a festa de formatura mais épica, a que entraria para os registros. Palavras dele, não minhas. De onde estávamos, a casa dos Diamond parecia estar cheia de formigas. Formigas bêbadas.

— E o Sawyer? — Taylor perguntou com tom surpreso.

— Sawyer é homem. Desde quando eles acham legal ir com calma nesse departamento?

— Nunca — ela concordou, respondendo à pergunta mais retórica que as mulheres conheciam.

Taylor encontrou uma vaga na grama, estacionou o carro, desligou o motor e retocou o brilho labial. Mais um pouco de brilho, e os satélites conseguiriam localizar aquela boca.

— Taylor, não estou com a menor disposição para isso — avisei, e segurei o braço dela. — Vamos entrar e sair. Essa festa só tem projeto de piranha querendo pegar alguém.

Ela franziu a testa, olhou para mim e estalou os lábios.

— Exatamente.

— Sinto que chegou a hora de a gente conversar sobre garotas com baixa autoestima e caras que tiram proveito disso. — Saí do carro e ajeitei meu vestido. Quanto mais o puxava para baixo, mais meus seios pulavam do decote.

— O que está tentando dizer, Debbie Downer? — Taylor enganchou o braço no meu.

— Não entre para a estatística. — Sorri para ela de um jeito exagerado.

— E as garotas que não dão para o namorado lindo e rico que vai para a universidade no sul da Califórnia no próximo outono? — Ela me levava para a casa que vibrava com a música alta.

— Isso deve ser bom — resmunguei.

— Elas acabam secas, amargas, megeras velhas com um bando de gatos e teias de aranha entre as pernas.

Joguei a cabeça para trás e gemi.

— Depravada e maluca, essa é Taylor Donovan.

Não estávamos nem no gramado na frente da casa, e já havia uma cacofonia de assobios e gritos para nós.

— Uma hora — avisei me sentindo generosa —, depois a gente vai embora.

— Três horas — Taylor respondeu, e sorriu para um garoto parado na escada da frente, um sorriso que me deixou vermelha. — E não esquece que você é a motorista da rodada, nada de álcool.

Eu sempre era a acompanhante e a motorista que garantia que os amigos voltassem inteiros para casa, mas me arrependi de não ter deixado Taylor aos cuidados de outra pessoa nesta noite, porque aturar três horas de festa no estado em que eu estava ia acabar me fazendo matar alguém.

— Finalmente — Morrison gritou para nós em meio à música, e seus olhos passearam por nós como se fossem mãos.

— Agora começou de verdade — Taylor respondeu, sentindo-se a rainha da festa por causa dos olhares que recebíamos. Acho que, quando você aparece em uma festa cheia de garotos bêbados, vestida com um pedacinho de pano e cheia de maquiagem, esses olhares fazem parte do pacote.

— Que veneno vão querer, senhoras? — Morrison perguntou, já a caminho do bar improvisado no bufê italiano da mãe de Sawyer. Ela teria um ataque se visse o que havia em cima dele agora.

— Vodca com suco de laranja — Taylor gritou para ele.

Morrison sorriu.

— Acho que posso atender a esse pedido.

E eu ainda teria que aguentar duas horas e cinquenta e nove minutos desse hedonismo. Aparentemente, alguém ia passar esse tempo na praia vazia, se eu tivesse sorte.

— Lucy? — Morrison perguntou.

Eu era suficientemente esperta para saber que não se deve aceitar bebida preparada por um cara, muito menos um cara como Luke Morrison.

— Eu estou bem — respondi levantando o polegar. Depois me inclinei para Taylor. — Aproveita e me chama se alguém tentar alguma coisa. Vou respirar ar puro.

— Acho bom alguém tentar alguma coisa — ela disse, sorrindo quando Morrison se aproximou de nós com a bebida.

— Estatística — repeti a caminho da porta do fundo. — Não entre para a estatística.

— E você não vire uma velha bruxa cheia de teia de aranha! — ela gritou para mim.

Fui atravessando o mar de estudantes na cozinha e empurrei um casal que se agarrava para conseguir abrir a porta da geladeira. Achei uma lata de refrigerante atrás de várias de cerveja, e foi isso que a motorista da rodada escolheu para beber.

— Vestido lindo, Lucy! — Alguém gritou de algum lugar na cozinha. Nem me incomodei em responder.

— Sawyer está te procurando. Alguma coisa me diz que ele vai ficar bem feliz quando a encontrar!

Chegar à praia demorou uma eternidade. O lugar estava tranquilo, exceto por um casal se pegando forte na espreguiçadeira da sra. Diamond. A noite era quente, e a água estava tão parada que era quase como se eu pudesse andar sobre ela sem afundar.

Tirei as sandálias de salto que Taylor me emprestou e caminhei descalça até o píer. Faria minha festinha ali. Só eu e o sr. Lima-Limão. Abri a lata e bebi um gole. Qual era o problema comigo? Quando a garota que adorava ser o centro da festa havia se tornado essa menina que procurava um cantinho para se esconder?

Eu fazia muitas perguntas a mim mesma ultimamente, e a resposta era sempre a mesma. O mesmo nome.

— Também não é muito minha praia.

Dei um pulo tão grande que respinguei refrigerante no vestido indecente da Taylor. Seria a última vez que ela me emprestava alguma coisa, e isso me deixava bem feliz.

— Não é a minha — respondi enquanto limpava as gotas de refrigerante do tecido cor de champanhe. — É óbvio.

— Nada é óbvio em você, Lucy Larson.

Aquelas palavras e aquela voz chamaram minha atenção de verdade, agora que eu não estava preocupada com a limpeza do vestido. Até a voz dela era mais sexy que a minha.

Holly usava um jeans *skinny* escuro e camiseta branca. Eu não sabia se a convidava para sentar ou se mergulhava no lago e nadava até a outra margem. Não sabia o que ela sabia, se sabia alguma coisa sobre mim e Jude, e não queria discutir esse assunto com ela.

Decidi ser educada.

— Oi, Holly, puxa uma cadeira.

Ela estava me procurando, é claro. Não era um encontro casual. Holly tinha alguma coisa para me dizer. Eu queria tirar esse assunto do caminho para poder continuar tentando seguir em frente sem sucesso.

Ela se sentou, deixou o copo de plástico vermelho de lado e dobrou a barra da calça.

— Pensei que seria mais difícil achar você sozinha. — Holly mergulhou os pés na água e chegou mais perto de mim. — Ouvi dizer que você é a "it girl" do ano em Southpointe.

Não queria nem pensar em quem tinha falado isso para ela.

— Se "it girl" é o alvo de mais boatos e meias verdades, sim, acho que o título é meu neste ano. — Minha voz tinha um tom mais defensivo do que eu queria, mas estava conversando com a garota com quem meu ex-namorado teve um filho.

Ela assentiu olhando para o lago.

— Desculpa, não tive chance de entregar a coroa pessoalmente. Meu reinado terminou no ano passado, quando abandonei a escola.

Eu não sabia o que dizer. Não estava preparada para ser solidária com ela e devia ser capaz de demonstrar alguma empatia, mas também não tinha muito a oferecer nesse campo.

— Jude está aqui? — perguntei, e quis me chicotear por isso. Se ela já não me considerasse uma fracassada desesperada, a pergunta daria um jeito nisso.

— Não sei. — Holly bebeu um gole do que tinha no copo vermelho.

— Ficou em casa com o bebê? — Era uma pergunta honesta, mas meu tom de voz a fez parecer cruel.

— Não. — Holly ficou tensa, e seus olhos azuis brilharam. — Minha mãe está cuidando do bebê hoje.

— Holly, desculpa. — Devia ter ficado lá dentro, assim não teria que enfrentar essa conversa infernal. — Não estou tentando ser desagradável...

— É natural? — Ela me olhou com um sorriso falso.

— Ah, eu mereci essa.

— É. — Holly bebeu mais um gole.

Ficamos em silêncio por um tempo, por tanto tempo que eu não sabia se ela estava esperando eu dizer alguma coisa ou se tinha dificuldade para dizer o que queria.

Então, falei algo que nenhuma de nós duas estava esperando.

— Ele é um bom pai?

Holly parecia tão surpresa com a pergunta quanto eu.

— Tenho certeza de que um dia vai ser.

— Espera. — Virei para olhar para ela. — Está dizendo "um dia"... não no presente?

Ela mordeu o lábio e pensou um pouco.

— Não sei quanto posso te contar, mas...

— Conta tudo — interrompi, e me aproximei mais dela. — Porque ninguém mais vai contar.

Ela me olhou por baixo dos cílios.

— Talvez porque você tirou as próprias conclusões sem perguntar nada antes.

Era como se eu estivesse prendendo a respiração durante um minuto.

— Está disposta a fazer perguntas agora? — Ela se inclinou para trás e se apoiou nas mãos. — As perguntas certas?

Concordei.

— Pode perguntar.

Eu queria seguir por esse caminho? Queria confirmar ou negar minhas presunções a essa altura do jogo? Quando um rosto dominou meus pensamentos, um rosto com uma cicatriz e olhos cinzentos, eu soube qual era a resposta.

— Jude é o pai do seu bebê? — Melhor tirar logo a primeira do caminho.

— Não.

Ai, meu Deus. A culpa era tão repentina quanto o alívio.

— Você e Jude têm algum tipo de relacionamento?

— Sim. Ele é meu melhor amigo desde o primeiro ano do fundamental.

De novo, quis bater na minha cara e, ao mesmo tempo, pular e gritar de alegria.

— E naquela noite em que segui o Jude até sua casa — falei devagar, tentando processar tudo —, ele levou fraldas e leite em pó, você disse que tinha planejado alguma coisa e o abraçou. — Estava revendo mentalmente a cena, mas com um olhar diferente. Olhos menos propensos a tirar conclusões sem fazer perguntas.

— E eu que pensei que o Jude tivesse problemas com confiança — ela resmungou, olhando para mim como se quisesse torcer meu pescoço. — Naquele dia eu tinha ligado para ele porque estava sem dinheiro e o leite e as fraldas estavam acabando. Durariam mais doze horas, se eu tivesse sorte. Jude tem me apoiado desde o começo, já que o pai do pequeno Jude nunca quis saber dele.

Engoli em seco lembrando das coisas que havia pensado e das coisas que tinha falado para ele na manhã seguinte. Agora entendia por que ele me ignorava.

— Abracei o Jude porque ele é meu melhor amigo, é meu amigo desde sempre. — Holly contava nos dedos e olhava para mim como se isso fosse um jogo infantil. — Os planos que tinha para ele naquela noite incluíam consertar um berço que tinha encontrado naquele dia em um bazar de garagem e, sim, ele dormiu lá. — E levantou uma sobrancelha. — No sofá, caso já tenha tirado conclusões erradas.

Tentei absorver tudo que Holly havia dito.

— Por que ele não me contou sobre você? — murmurei. — Por que não negou tudo quando falei com ele na manhã seguinte?

Holly movia os pés na superfície calma do lago.

— Porque eu pedi para ele não contar a ninguém sobre o pequeno Jude. Ele sabe quem é o pai, o bosta do pai sabe, mas eu não queria que mais ninguém soubesse o verdadeiro motivo para eu ter abandonado o colégio. Os fofoqueiros de Southpointe teriam se divertido com essa informação — ela comentou com uma careta. — E só Jude pode explicar por que ele não te contou a verdade sobre nós naquela manhã. Talvez por saber que você não teria acreditado.

Eu só conseguia pensar no olhar de Jude naquela manhã, quando o acusei e disse que confiava mais em Sawyer do que nele. A mágoa e o sentimento de traição deixaram seu rosto sombrio.

— Eu sou a pior pessoa do mundo — falei quase para mim mesma.

— Pensei a mesma coisa quando Jude foi me procurar como se alguém tivesse arrancado o coração de seu peito e me contou o que havia acontecido.

— Agora entendi. Agora eu sei por que ele me odeia. — Eu merecia o rancor. Depois de tudo que havia enfrentado com a população de Southpointe me julgando e tirando conclusões absurdas, eu havia feito a mesma coisa com Jude. Eu me tornei o que mais odiava para a pessoa que amava.

Holly riu, uma risada rouca e sem humor.

— Você é mesmo uma sem noção, Lucy. — E jogou o restante da bebida na água. — Jude não te odeia. Contrariando tudo que sabe e tudo que eu digo, aquele cara ainda te ama.

Sempre havia uma explicação. Eu havia acabado de entrar em um universo paralelo.

— Ele ainda me ama? — sussurrei.

— Ainda, e vai amar para sempre — Holly confirmou balançando a cabeça.

Eu tinha que ir atrás dele. Precisava pedir desculpas, implorar por seu perdão e descobrir se o que ela estava dizendo era verdade, porque apesar de ter tentado sufocar esse sentimento, eu ainda o amava.

— Obrigada, Holly — eu disse, e finalmente olhei nos olhos dela.

— Não foi por você. Foi por ele, não precisa me agradecer. — Holly não poupava meus sentimentos.

Mas eu estava agradecida, sentia gratidão pela garota que havia pensado ser amante de Jude, a garota que era, na verdade, a melhor amiga dele, a garota que havia esclarecido tudo.

— Holly — perguntei deixando o refrigerante de lado —, quem é o pai do pequeno Jude?

Ela deixou escapar uma exclamação chocada como se eu a tivesse pegado de surpresa. Não era da minha conta, e eu esperava que ela me mandasse para o inferno, mas Holly suspirou.

— Ah, se não são as duas mulheres mais lindas que já enfeitaram os corredores de Southpointe High.

A voz de Sawyer viajou pelo píer. Eu gemi, e Holly ficou tensa e em silêncio. As tábuas rangiam sob os pés que caminhavam em nossa direção. Sawyer estava vestido com uma calça cáqui e uma polo de grife, como sempre.

— Oi, gata. — Ele se abaixou para me beijar. Seu hálito tinha cheiro de álcool e suco de *cranberry*. — Oi, srta. Holly. — Sawyer olhou para ela com ar superior. — É sempre um prazer ter a sua companhia. Como vai o bastard... — E cobriu a boca com um olhar debochado. — O bebê?

Ela levantou de repente e o encarou.

— Se depender de mim, não vai saber nunca — disse, e o empurrou para o lado. Depois saiu correndo e desapareceu no meio dos convidados.

— Devia tomar mais cuidado com suas companhias, Lucy. Meninas com a fama que ela tem não colaboram muito para melhorar a reputação que você já teve.

— Sawyer, a gente vai se formar em uma semana. Não estou preocupada com minha reputação. — Fiquei em pé, porque não gostava de como ele olhava para mim com aquele sorriso de bêbado. — E que coisa horrível você falou para a Holly. O que ganha chamando o filho dela de bastardo?

Sawyer levantou o copo e respondeu:

— Os semelhantes se reconhecem. Está no sangue da criança. — Ele bebeu tudo que havia dentro do copo e o jogou no lago.

— Que beleza. — Cruzei os braços. — Hoje você está caprichando.

— É só tensão, Lucy. — Ele me abraçou com força e segurou minha bunda. — Preciso de alívio. — Empurrando meu cabelo por cima do ombro, deslizou os lábios pelo contorno da clavícula. — E pelo jeito como se vestiu para mim hoje, acho que finalmente vai me ajudar com isso.

— Que merda, Sawyer — reagi, empurrando-o com mais força do que pretendia, mas menos do que ele merecia. Não sei se foi o álcool ou minha força sobre-humana, mas Sawyer cambaleou para trás e caiu no lago.

— Droga, Lucy! — ele gritou quando voltou à superfície.

— Aproveita para nadar um pouco — falei, e me afastei com passos pesados.

— Lucy! Volta aqui agora! — ele berrou batendo as mãos na água.

— Seja feliz, punheteiro — resmunguei para mim mesma, correndo em direção a casa com os sapatos da Taylor na mão.

A festa estava animada, e agora não havia mais nenhum lugar para sentar. As pessoas eram capazes de uma incrível criatividade quando não havia nenhuma superfície disponível para se deitarem. Estava me preparando para tirar a Taylor do colo do Morrison para deixá-la em casa e ir atrás do Jude, quando tive uma ideia tentadora demais para ser ignorada.

Fui desviando e passando por cima de corpos a caminho da escada para o segundo andar. O quarto de Sawyer ficava no fim do corredor, e devia ser o único na casa que não estava ocupado, porque ele mantinha a porta trancada para impedir a entrada dos pais e de adolescentes excitados quando dava esse tipo de festa.

Mas, como estávamos namorando, ele havia me contado onde ficava a chave reserva, provavelmente na esperança de que um dia eu me trancasse lá dentro como uma surpresa de aniversário. Nunca me senti tão feliz por ter falado não para um garoto bonito antes.

De joelhos, me encolhi embaixo do banco no fim do corredor e peguei a cópia da chave no esconderijo. Levantei, encaixei a chave na fechadura e abri a porta.

— Achei que não ia pedir nunca — um dos jogadores do time falou atrás de mim com voz pastosa.

— É — respondi me protegendo atrás da porta. — Eu nunca conseguiria ficar tão bêbada. — Bati a porta e a tranquei por dentro, depois corri ao banheiro do Sawyer. Agora que havia dado um pé na bunda dele, não conseguia entender o que tinha visto nesse cara. Devia ser capaz de pensar em alguma coisa depois de passar quase seis meses namorando, mas não havia nada.

Nada além de uma coleção de arrependimentos e alívio por ter caído na real antes de ter mais do que me arrepender.

Tirei a toalha de rosto da argola de metal e abri a gaveta de baixo do gabinete da pia do banheiro. Não precisei vasculhar a confusão de produtos de higiene masculina para encontrar o que procurava. Estava em cima de tudo.

Corri do banheiro até a escrivaninha, peguei uma caneta e um papel adesivo e escrevi meu bilhete de despedida. Não estava nem tentando sufocar o sorriso. Enrolei a toalha antes de colocá-la no meio da cama, apoiei o lubrificante nela e colei o bilhete sobre a embalagem quase vazia. Depois recuei e admirei minha obra.

Sawyer ia ficar maluco quando estivesse sóbrio o bastante para ler as palavras. Queria poder ver a cara dele.

Estava virando para sair dali, quando ouvi a porta abrir e fechar rapidamente. Sawyer estava ensopado e com a chave na mão, sorrindo para mim como se eu tivesse acabado de cair em sua armadilha.

— Sentiu saudade de mim? — ele perguntou trancando a porta.

Além de ser um filho da mãe tarado, Sawyer nunca havia feito nada que me fizesse sentir ameaçada, em perigo ou com medo. Agora eu sentia tudo isso. E nunca o havia visto tão bêbado. Sawyer Diamond não era só um bêbado inconveniente, ele era perigoso.

— O que é isso? — Ele atravessou o quarto em direção à cama. — Um presente?

Não respondi. O instinto me dizia para sair daquele quarto. Comecei a andar de lado a caminho da porta.

Sawyer descolou o bilhete da embalagem e estreitou os olhos.

— Divirta-se enquanto se alivia — ele leu, e um sorriso lento distendeu sua boca. Depois de jogar o bilhete em cima da cama, ele virou a cabeça e me viu chegando perto da porta. — Ah, gata, é o que eu vou fazer.

A cara dele, mais que as palavras, provocaram a descarga de adrenalina. Desisti da sutileza e corri para a porta. Não fui suficientemente rápida.

— Aonde vai? — Sawyer me agarrou por trás. Mesmo cambaleando de bêbado, ele era forte. O mergulho na água gelada devia ter curado o porre. — Acabou de chegar.

— Sawyer, me solta — avisei, tentando livrar os braços que ele mantinha presos junto do meu corpo.

— Ou vai fazer o quê? — ele provocou me puxando para a cama. — Vai chorar para aquela bruxa da sua mãe, que não se importa com você, ou para o seu pai, que nem sabe se a casa está pegando fogo? Quem sabe os amigos que eram meus, antes de serem seus? — Sawyer me jogou em cima do colchão e se debruçou em cima de mim. — Seja uma piranha boazinha e comporte-se. — Ele olhou para o criado-mudo, onde eu sabia que havia uma arma. Sawyer tinha me explicado que era para se defender de assaltantes, mas, aparentemente, também servia para ameaçar e obrigar uma garota a fazer tudo que ele quisesse. — Ou vou ter que te obrigar a ser boazinha.

— Meu Deus, Sawyer. Quem é você? — Peguei a embalagem do lubrificante que rolava pela cama e joguei nele. — Enganou todo o mundo?

— Nem todo o mundo. — Ele tirou a camisa molhada e jogou no canto do quarto. — Holly e Jude sabem quem eu sou, mas olha o que essa descoberta fez com a reputação dos dois. Se eu fosse você, depois de hoje, não sairia pela cidade contando para todo o mundo que eu sou um monstro. — Ele sorriu para mim com os olhos arregalados pela excitação. — Porque, gatinha, eles vão acreditar em mim, não em você.

Rolei para o lado da cama calculando quanto tempo para chegar à porta, e se conseguiria chegar lá antes de Sawyer me pegar. Como ele estava entre mim e a porta, minhas chances eram pequenas.

— Por que agora? Depois de meses bancando o namorado paciente, por que está fazendo isso agora?

— Porque eu posso — ele respondeu abrindo o cinto. — E porque eu quero. Não preciso de mais nenhuma justificativa.

Eu tinha que tentar. Tinha que fugir, porque Sawyer não ia parar.

— Entendi. Seu plano brilhante é estuprar a garota com quem acabou de brigar na frente de testemunhas, com duzentas pessoas em volta? — Eu tentava apelar para sua inteligência, o pouco que ainda restava naquele estado de loucura alcoólica.

— Não, meu plano brilhante é transar com minha namorada que vai embora no outono e quer ter uma última noite romântica antes de a gente seguir caminhos diferentes. — O cinto foi parar em cima da camisa.

Merda. Ele havia planejado o que estava fazendo. E eu sabia que a história dele seria levada em conta em um tribunal. Era hora de correr.

Pulei da cama e corri para a porta, mas só dei três passos antes de um varal encontrar meu pescoço. Caí no chão tossindo, sentindo que sufocava com a pressão.

— Melhor não tentar de novo. — Sawyer parou ao meu lado, com o cabelo encharcado pingando água do lago no meu rosto.

Virei a cabeça para o outro lado e tentei respirar de novo.

— Um dia, Sawyer Diamond — falei ofegante —, alguém vai ficar em cima de você como está em cima de mim agora e chutar sua bunda. E eu vou estar vendo tudo.

Ele deitou em cima de mim e me imobilizou com seu peso. Afastando minhas pernas com os joelhos, ele passou a língua no meu pescoço e subiu até a ponta da orelha.

— Talvez amanhã — respirou na minha orelha —, mas não hoje. Ninguém vai te ajudar hoje.

Esperneei tentando soltar as pernas e levantei a cabeça.

— Não, Sawyer — falei na orelha dele —, ninguém vai ajudar você. — As aulas de defesa pessoal que meus pais me obrigaram a fazer quando eu tinha treze anos finalmente se pagaram. Enterrei os dentes na orelha dele, soltei uma perna e chutei uma, duas, três vezes entre as pernas dele.

Sawyer uivou, uma das mãos segurava a orelha, a outra segurava a masculinidade atacada. Arrastando o corpo debaixo do dele para escapar, escorreguei pelo carpete pensando que precisava chegar à porta antes de ele alcançar o criado-mudo, ou as aulas de defesa pessoal não serviriam para nada.

Eu ainda me arrastava pelo carpete quando a porta foi arrombada. Parte do batente se desprendeu em pedaços. Jude passou pela porta, olhou para a cena que se desenrolava no chão e teve um ataque de fúria.

Ele se jogou em cima de Sawyer e começou a bater nele. Depois de virá-lo de costas, Jude sentou em cima dele e começou a socá-lo.

Cada soco acertava o alvo com um barulho alto, cada um tirava menos sangue que o anterior. Não dava para saber se os grunhidos de Jude eram mais altos que os gemidos de Sawyer ou o contrário. Quando ficou claro que Jude não pretendia só ensinar uma lição ao Sawyer, mas tirar a vida dele, levantei do chão e corri para os dois.

— Pare, Jude. — Minha voz tremia quase tanto quanto minhas pernas. — Pare. — Estendi a mão e toquei o ombro dele.

Jude não parou, mas os socos foram ficando mais lentos e menos frequentes.

— É melhor ouvir o que ela está dizendo — Sawyer falou cuspindo sangue. — A menos que queira ser preso de novo. Quem vai cuidar da Lucy quando eu encontrar com ela em outro quarto, Ryder? — Ele piscou para Jude com um sorriso ensanguentado, desafiando-o como se quisesse morrer.

Senti os músculos de Jude se movendo embaixo da minha mão; a respiração fazia os ombros subirem e descerem quinze centímetros por vez.

— Prometi para mim que na próxima vez que soubesse que você tinha feito isso com uma garota eu ia arrancar seu pinto e enfiar na sua garganta. Mas como a garota é a Luce... — Ele olhou para mim com um olhar tenso, depois abaixou até quase encostar o rosto no de Sawyer. — Vou te matar.

A coisa mais assustadora que havia acontecido nessa noite até agora era essa ameaça. Porque não era uma ameaça. Percebi por seu tom de voz que ele estava falando sério.

Em vez de me aproximar mais deles, rastejei para longe dos dois, me colocando entre eles e o criado-mudo de Sawyer. Era o primeiro lugar onde Jude iria procurar uma arma.

Jude ergueu o corpo, mas não saiu de cima de Sawyer.

— Luce — ele falou olhando para Sawyer —, dá para sair daí para eu poder acabar com esse filho da puta?

Engoli em seco. Ele já sabia.

— Não — respondi.

— Luce, agora isso é entre mim e ele. — Sua voz tremia. — Sai daí.

E antes eu lutava para impedir Sawyer de me violentar, agora eu lutava para impedir Jude de assassiná-lo. Eu devia ter chegado ao ponto de exaustão com a porta arrombada atrás, mas ainda tinha muita energia para lutar.

— Não — repeti com voz mais forte.

— Droga, Luce — Jude gritou —, ele merece!

Levantei e dei um passo na direção dele.

— Eu sei — falei, dando mais alguns passos até poder segurar uma das mãos dele com as minhas. Esperei Jude olhar para mim, e então vi o conflito em seus olhos. — Mas você não merece.

— Um dia vou acabar preso de verdade, e não consigo imaginar motivo melhor para pegar uma prisão perpétua do que acabar com um filho da mãe como esse. Não me importo, Luce.

Toquei o rosto dele e tracei a cicatriz com o polegar.

— Mas eu me importo.

Ele olhou para mim ainda com os olhos cheios de fúria, depois para Sawyer. Todo seu corpo ficou tenso de novo.

— Quero matar o cara, Luce. Quero matar esse cara mais do que já quis qualquer outra coisa. — Um tremor percorreu suas costas. — Não sei como sair daqui sem fazer isso.

— Eu te ajudo. — Fiquei esperando. Esperaria pelo tempo que fosse necessário, não sairia dali enquanto ele não saísse comigo.

Embaixo de Jude, Sawyer riu baixinho cuspindo mais sangue.

— O bandido e a piranha cavalgando juntos rumo ao pôr do sol. — Ele riu. — Ninguém vai ter que esperar esse final feliz.

Jude ficou mais tenso, mas continuei segurando a mão dele.

— Não estrague sua vida por causa desse filho da mãe — insisti, evitando olhar para Sawyer. Ficaria feliz se nunca mais tivesse que olhar para a cara dele. Sorri para Jude. — Por que não desperdiça sua vida comigo, em vez disso?

As linhas no rosto dele suavizaram quando ele olhou nos meus olhos. Finalmente, Jude sorriu.

— Negócio fechado.

Acenei com a cabeça em direção à porta e o puxei pela mão.

Sawyer riu de novo.

— Pelo menos alguém vai curtir essa bunda hoje.

Gemi baixinho. Sawyer não tinha amor à vida.

Jude o segurou pela gola da camisa e o puxou para cima.

— Você não sabe quando tem que calar a boca — disse fechando a mão. — Vou te ajudar. — E deu um soco na boca de Sawyer, jogando-o de volta no chão. — Luce — Jude falou com a expressão recomposta —, me espera no corredor. Não vou matar o cara — acrescentou, respondendo à pergunta que eu ainda nem tinha feito.

— Jude. — Não o deixaria sozinho com Sawyer.

— Olha para mim — ele pediu. — Estou bem. Não vou matar o cara. — E me olhou de um jeito cheio de significados. — Confia em mim.

Era minha chance. Minha chance de demonstrar a confiança que antes eu havia negado. A confiança que ele merecia e de que eu não o havia considerado digno. Como eu podia dizer não e esperar que um dia tivéssemos uma chance?

Não queria confiar nele. Não gostava de deixar Jude sozinho com Sawyer.

— Tudo bem — concordei.

O sorriso que eu não via há muito tempo e que já acreditava que havia sumido para sempre apareceu.

— Eu já vou sair — disse. — Pede para a Holly entrar? Ela está esperando no corredor, e acho que ela vai querer ver isto aqui.

Confiança. Confiança. Confiança.

— Tudo bem. Vou esperar lá fora — avisei. — Não demora. — Caminhei para a porta ajeitando o vestido, tentando arrumar o cabelo.

Apoiada à parede, Holly estava ali obviamente para não deixar ninguém tentar interromper Jude e a surra que ele dava em Sawyer.

Ela me olhou da cabeça aos pés, o rosto mais sério que antes.

— Tudo bem?

— Tudo. Jude pediu para você entrar.

Ela assentiu e se afastou da parede. As mãos seguraram as minhas.

— Tudo bem? — perguntou de novo quando nos olhamos em silêncio. Em um nível básico, eu entendia a situação, entendia Holly, e ela me entendia também. Éramos como a irmandade das garotas atacadas por Sawyer, e embora esse não fosse um denominador comum digno de orgulho, era um elo do qual podíamos nos orgulhar.

— Sim — respondi.

Ela afagou minha mão e se preparou para entrar.

— Você é durona, Lucy Larson. Agora entendi o que Jude viu em você.

Contrariando todos os impulsos de entrar naquele quarto, fiquei onde estava. Não confiei em Jude antes, não dei a ele o benefício da dúvida. Agora eu confiaria nele.

Ganhei olhares tortos de duas garotas sentadas no alto da escada, mas o segundo andar estava vazio. Ou a festa estava acabando, ou Holly sabia como desviar o tráfego.

Eu agora tentava acertar na mão, puxando para baixo o arremedo de vestido que eu usava. O que fazia de novo meus peitos quase pularem para fora. Desisti. Não ia adiantar puxar e alisar, nada criaria mais tecido para cobrir as partes de meu corpo que eu preferia manter cobertas, e eu teria que dar um vestido novo para a Taylor porque, graças ao Sawyer, agora tinha um rasgo na frente combinando com a fenda de trás.

Mais um minuto passou, e me convenci de que estava tudo bem, porque não ouvia gritos pavorosos nem tiros, mas ainda estava muito nervosa. Decidi gastar um pouco dessa energia e comecei a andar pelo corredor como uma leoa enjaulada.

Quando passei pela escada e completei a quinta volta no corredor, Jude e Holly saíram do quarto de Sawyer. A expressão de Jude era ilegível, mas Holly sorria.

— Tudo bem? — perguntei, correndo ao encontro deles.

Jude olhou para Holly.

— Agora sim — disse, abrindo os braços para mim. Eu me encolhi naquele abraço e senti que partes de mim derretiam. Seis meses de sofrimento viraram fumaça.

— O que aconteceu? — perguntei com o rosto colado em seu peito.

— Vingança — Holly respondeu ajeitando o cabelo. — Vou nessa. Já fiz o que tinha que fazer, e minha mãe vai ficar muito brava se eu ficar fora a noite toda.

— Nós também vamos — Jude respondeu, passando um braço sobre meus ombros e me levando para a escada. — Tenho que levar Luce para casa.

— Espere. — Parei. — Eu vim com a Taylor. Sou a motorista da rodada.

Jude gemeu.

— Hol, se importa de achar a Taylor Donovan e dar uma carona para ela?

Holly fez uma careta.

— Se está falando da garota que me chamou de todos aqueles nomes do dicionário da baixaria feminina, sim, me importo. Mas como é você quem está pedindo, vou me comportar como adulta e levar a vadia para casa. Mas não vou acompanhar ninguém até a porta.

— Você é uma santa — Jude respondeu a caminho da escada, empurrando para o lado um cara que quase derrubou a cerveja em mim.

— Alguém viu uma vadia maluca com um cabelo legal? — Holly gritou quando desceu a escada.

Cada pessoa apontou em uma direção diferente.

— Parece que alguém me livrou da tarefa — ela disse atravessando a sala lotada. — Até mais.

— Ei, Hol — Jude gritou.

Ela olhou para trás.

— Parabéns pelo trabalho lá em cima.

Ela fez um gesto de triunfo e desapareceu.

— Vem, vamos sair daqui — Jude falou.

Quando passei pela porta, percebi que nunca havia estado em uma festa tão errada, mas também me dei conta de que estava feliz por ter ido. O vestido vulgar, a conversa esclarecedora, o ataque de Sawyer, nada mais tinha importância, agora Jude estava ao meu lado, segurando minha mão como se nunca mais fosse soltá-la.

Enfrentaria coisas bem piores para segurar aquela mão.

— O que a Holly fez lá dentro? — perguntei, tirando as chaves do carro de Taylor da bolsa.

Ele não respondeu.

— Ai, Deus. É tão grave assim? — Não daria asas à minha imaginação.

— Nada menos do que ele merecia — Jude respondeu, abrindo a porta do passageiro e pegando a chave da minha mão. — Ela só colocou um rótulo nele, um aviso. — Depois de fechar a porta, ele contornou o carro sem pressa.

— Que tipo de aviso? — perguntei assim que ele abriu a porta.

Jude pôs o cinto de segurança e olhou para mim meio acanhado.

— Do tipo que é tatuado no saco com uma lista das DSTs que ele pode ter.

Engasguei com a saliva.

— O quê? É brincadeira!

Girando a chave, ele me encarou com um ar muito sério.

— É tão sério quanto pode ser uma marca permanente.

— Meu Deus — gemi. — Caramba, ele tem mesmo uma lista? — Mais um motivo para agradecer a Jude.

Ele deu de ombros.

— Bom, vamos colocar assim: nenhuma garota vai precisar descobrir, porque ninguém vai querer aquele pinto dentro de um raio de menos de três metros de distância depois de ver aquela lista. — Jude manobrou o carro e saiu da propriedade.

— Mais alguma coisa? — perguntei com medo da resposta.

Linhas surgiram no canto dos olhos de Jude.

— Talvez a gente tenha colado a mão dele no pinto e o indicador da outra mão dentro do nariz.

Meu queixo caiu. Era tão chocante quanto engraçado, por isso eu ri. Visualizei a cena toda, da tatuagem no início ao trabalho com cola no fim, e me senti totalmente... vingada. Holly tinha razão.

— Não podem ter problemas por causa disso? — perguntei depois de me acalmar.

— Provavelmente — ele respondeu, e também ria menos que antes —, mas Sawyer não vai registrar um boletim de ocorrência por isso.

Sawyer me deu a impressão de ser o dedo-duro clássico.

— Por que não?

— Porque Holly ameaçou contar aos pais dele que o pequeno Jude é seu filho, e isso seria um escândalo. Uma família como os Diamond não pode se dar ao luxo de ser exposta publicamente desse jeito, se quiserem continuar vendendo minivans superfaturadas e coisas do tipo.

Holly não teve a chance de me contar, mas eu havia imaginado. A troca silenciosa no corredor revelou tudo que eu precisava saber sobre quem era o pai do pequeno Jude.

— Vocês dois planejaram tudo.

Ele respondeu dando de ombros.

— Como você está? — perguntou, cobrindo minha mão com a dele.

— Depois de quase ter sido forçada a transar com meu ex-namorado? Ou depois de descobrir que esse ex-namorado não é só um babaca, mas um pai que ignora o filho? Ou depois de descobrir que estava errada sobre você e que não me desmentiu? — Queria culpar outra pessoa, ou as circunstâncias, mas a única culpada era eu mesma.

— Como se sente em relação a tudo isso? — A voz dele era suave, um grande contraste com o que eu sabia que ele era capaz de fazer. — Quero uma pontuação média.

— Eu me sinto uma merda — respondi, depois olhei para ele. Não sabia se era só por essa noite, se era como um amigo que me protegia, ou se era um pouco mais do que ele havia sido para mim nos últimos seis meses, mas ele estava aqui. — E também me sinto ótima. E você?

Os olhos dele brilharam e se encheram de afeto.

— Também me sinto ótimo.

Jude saiu da Sunrise Drive e parou o carro de Taylor na entrada do chalé. Ficamos olhando para a casa, esperando. Podia ser precipitado, podia ser de mau gosto, mas esta mulher aqui ia pegar o que queria sem arrependimentos.

— Quer entrar? — Eu apostava mais em um sim do que em um não.

Os olhos dele inspecionavam a casa como se ela fosse fortemente protegida. Eu conhecia aquela expressão preocupada.

— Meus pais não estão em casa — falei. — Minha mãe viajou a trabalho e levou meu pai.

Jude abriu a porta do carro. Meu coração disparou.

— Sua mãe conseguiu tirar seu pai de casa? — perguntou ao descer.

— Depois de temperar a omelete dele com remédio tarja preta — respondi me aproximando dele.

Jude olhava para o chalé novamente e mordia o lábio inferior. Essa era outra expressão que eu conhecia: hesitação.

— Tudo bem se não quiser entrar — avisei. — Eu entendo.

— Eu quero — Jude falou olhando para a janela do meu quarto. — Só não sei se devo.

O cara que ganhava qualquer briga com as mãos amarradas. O mesmo cara que não se importava se toda Southpointe anunciasse ao mundo que ele havia dormido com todas as mulheres solteiras do estado. O mesmo cara agora refletia se devia entrar comigo quando meus pais não estavam em casa.

Uma contradição ambulante.

— Bom, eu tenho certeza. Minha certeza derruba sua incerteza. — Segurei seu braço e o puxei para a escada da entrada de casa. — Por aqui.

Ele suspirou, mas se deixou levar para a varanda e pela porta da frente. As tábuas rangeram sob nossos pés, e o barulho ecoou pela casa silenciosa.

— Quer alguma coisa? — Acendi a luz da cozinha.

Ele balançou a cabeça, ainda hesitante.

Queria tirá-lo de perto da saída mais próxima, por isso o levei para a escada sem soltar sua mão.

— Preciso trocar de roupa — expliquei.

Funcionou.

Não tinha certeza do que estava fazendo quando levei Jude ao meu quarto, mas não por ter intenções puras ou impuras. Eu nem tinha intenções nesse momento. Estava apenas seguindo o que sentia que era certo.

— Como soube o que estava acontecendo comigo nesta noite? — Puxei a cordinha do abajur sobre a cômoda.

— Holly viu Diamond e você brigando e foi me avisar. E quando é preciso prever as atitudes de Diamond, basta pensar no que um cabeça de merda faria, multiplicar por dez, e você tem a resposta. — Ele se apoiou no batente da porta, examinando meu quarto como se fosse irreal.

Eu olhava para ele do mesmo jeito.

— Obrigada, Jude. — Parei a caminho do banheiro e o estudei. Tinha pensado coisas horríveis sobre ele. Havia me tornado mais uma na multidão que o acusava das piores coisas. Isso me incomoda muito. — E desculpa — pedi, esperando que ele pudesse ler em meus olhos o que as palavras não conseguiam transmitir. — Holly explicou tudo, e eu sinto muito, muito mesmo, Jude.

Ele se afastou da porta e entrou.

— Eu sei, Luce. — E sorriu para mim com tristeza.

Desapareci atrás da porta do banheiro levando o pijama na mão e lágrimas nos olhos.

— Não pensei que seu quarto fosse tão... feminino. — O tom de voz sugeria um nariz torcido.

Tirei o vestido apertado e espiei pela porta.

— Não está na hora de parar de tirar conclusões precipitadas? — Levantei uma sobrancelha e sorri.

Ele riu.

— Acho que sim. Será que não é um bom momento para falar sobre os cinco filhos que tive com cinco mulheres diferentes? Ou já me seguiu e viu os trailers de todas elas?

Joguei o vestido na cara dele.

Ele o deixou escorregar pelo rosto e amassou. Mais um indicador de que havia pouco tecido naquele vestido foi a forma como ele o segurou com uma das mãos e o enfiou no bolso da jaqueta.

— Vou guardar de lembrança, Luce. Você estava incrível.

— Como se estivesse admirando o vestido — respondi vestindo a camisola.

— Se voltar a usar um vestido como esse, Luce, precisa saber que os homens não vão admirar o tecido.

Tudo era como antes. Tudo voltava ao normal. Bem, normal como Jude e eu podíamos ser, mas era o nosso normal, e era o suficiente. Escovei o cabelo algumas vezes, só para não dar aquela impressão relaxada, e voltei ao quarto.

Jude estava reclinado na minha cama, folheando o manual do aluno.

— Fiquei sabendo que você conseguiu — ele comentou devolvendo o manual ao criado-mudo. — Marymount Manhattan, Luce. Posso ser um caipira burro, mas sei o que significa entrar na MM. É motivo de muito orgulho.

Sentei ao lado dele e em cima da perna.

— E eu fiquei sabendo que você pode ir para a universidade que quiser.

Ele apoiou a cabeça na cabeceira da cama.

— É, acho que sim.

— Tomou alguma decisão?

— Ainda não — ele respondeu, como se não fosse nada muito importante. Como se ter uma bolsa integral para a faculdade que escolhesse cursar não fosse grande coisa. Se não era, eu não conseguia nem imaginar o que Jude considerava uma grande coisa.

— Jude — eu disse tocando sua barriga. — Por que não me contou sobre Sawyer? Por que não falou que não era o pai? — Essa era uma das várias perguntas para as quais eu não conseguia nem imaginar uma resposta.

— Teria acreditado em mim?

Eu sabia qual era a resposta, mas não queria dar voz a ela.

— Também imaginei que se você pensasse que eu era o pai do pequeno Jude e havia mentido sobre isso, seria o suficiente para desistir de mim de uma vez. Foi o único jeito que encontrei para te manter segura, longe de mim.

Tirei a mão da barriga dele.

— Está dizendo que foi planejado? Nesse tempo que passamos juntos, o tempo todo, estava pensando em um jeito de estragar tudo para me fazer desistir?

— Não, Luce. — Ele pegou minha mão de volta. — Para me obrigar a desistir.

— Naquela manhã quando o acusei de ser pai do filho de Holly, você não negou.

— Mas eu confirmei?

Estreitei os olhos.

— Confirmou quando não negou.

Jude puxou a touca para baixo e fechou os olhos.

— Era o único jeito de te salvar de mim. Não planejei as coisas como aconteceram, mas, quando você me acusou com relação à Holly naquela manhã, eu soube que não teria outra chance de agir como um homem e desistir de você. E, para minha sorte, tive coragem de fazer o que fiz naquele dia.

— O quê? Mentir para mim? — perguntei irritada.

Jude balançou a cabeça.

— Sair de perto de você.

Tudo que havia acontecido entre mim e Jude havia sido um mal-entendido cuidadosamente planejado por ele. Eu estava magoada, furiosa, e até entendia os motivos dele, mas, acima de tudo, estava cheia de tudo isso.

— Já desistiu de se afastar de mim? — Joguei um travesseiro nele.

Ele jogou o travesseiro de volta.

— Ainda não decidi.

Se eu não soubesse qual era o motivo da indecisão, poderia ter ficado ainda mais magoada com a resposta.

— Por que está aqui, então?

— Porque eu quero — Jude confessou como se reconhecesse um pecado.

— E antes não queria? — Cheguei mais perto e desejei que, por dois minutos, pelo menos, pudéssemos estar em sintonia.

— Queria — ele respondeu olhando para o teto. — Só que agora cansei de brigar contra isso.

Aí estava, a brecha que eu estava esperando. O farol aberto.

— Então, me faz um favor: não brigue mais.

Ele olhou para mim. Seu olhar era perturbador.

— Eu vou continuar, Luce. Vou continuar brigando, porque você não merece um cara sem futuro com um passado como o meu para estragar sua vida.

Levantei os braços e bufei. Humildade era uma qualidade, mas se fazer de mártir era tão ruim quanto acreditar que era um presente de Deus. Eu estava cansada disso.

— Se parar de falar sobre todos os motivos que deveriam me impedir de te querer, talvez entenda que eu não me importo — falei. Não, gritei. — Conheço suas piores partes e suas melhores partes. — Parei para respirar. — E eu te quero.

Alguma coisa cintilou em seus olhos antes de ele desviar o olhar. A mandíbula ficou tensa quando ele olhou para a porta, e quando eu já pensava em usar o corpo para bloquear a passagem, ele me puxou e me beijou.

Jude me beijou como se tentasse me devorar, como se compensasse meio ano de momentos perdidos, como se estivesse cansado de uma batalha que eu sabia ser inútil.

Segurando meu rosto entre as mãos, ele me beijou com mais ardor, tanto ardor que eu não conseguia respirar, mas, se para ser beijada desse jeito eu tinha que ficar sem respirar, abriria mão do oxigênio para sempre. O momento me consumia. O passado, as mentiras, o sofrimento... nada podia interferir no mundo que criávamos juntos.

Puxei sua camiseta para cima, pela cabeça dele e a joguei no chão. Era a primeira vez que ele me deixava tirar sua camiseta, mas tocar a pele de Jude não era o suficiente. Eu queria sentir ele todo em mim.

Jude tocou meu corpo embaixo da camisola e a empurrou para cima, até a barriga, por cima dos seios, além da cabeça. Os olhos passeavam por meu corpo como se decorassem cada linha e curva. Eu sabia que devia me sentir desconfortável ali, nua e exposta diante de um homem que já tinha visto muitas mulheres e podia escolher qualquer uma, mas era impossível me sentir insegura com Jude me olhando daquele jeito.

Ele sorriu para mim quando os olhos finalmente fitaram os meus novamente. Os olhos eram como prata fosca, a respiração era rápida, o corpo estava pronto. Eu sabia que nunca havia desejado ninguém como o queria.

— Jude, eu...

As palavras se perderam quando a boca esmagou a minha, as mãos seguraram meu quadril e me deitaram de costas na cama. O calor da pele de Jude me aquecia, criando uma película de suor entre nós. A boca se moveu até o meu pescoço, as mãos tocaram meus seios, e eu me senti perto de perder o controle. Mas ainda queria mais, precisava de mais.

Estava tão pronta para ele que podia sentir esse desejo até na ponta dos pés.

Encaixei as mãos entre nós e puxei o botão do jeans. Ele se abriu, e eu enfiei uma das mãos dentro da calça dele. Jude gemeu e encostou a testa à minha, e o corpo se movia contra o meu. Tirei a mão e levantei o quadril em direção ao dele. Mais um gemido.

— Porra — ele gemeu antes de me beijar de novo. A língua entreabriu meus lábios, encontrou a minha, enquanto os dedos deslizavam para baixo da calcinha. Ele a arrancou com um movimento fluido, sem tirar a língua da minha boca.

Eu estava em outro mundo. Um mundo que era desconhecido e onde eu queria morar. Era um mundo cheio de paixão, e lá havia calor. O tipo de calor que penetra tão profundamente que se torna parte de você.

Estava tão perto de explodir, tão cheia de sensações que cresciam dentro de mim, que sabia que não ia aguentar muito mais tempo com Jude me tocando daquele jeito. Com ele me consumindo daquele jeito.

Totalmente nua, envolvi a cintura dele com as pernas, levantei o quadril e balancei para cima e para baixo. Jude parou de respirar e todos os músculos de seu corpo ficaram tensos.

— Assim não — ele murmurou, e deu um soco no travesseiro atrás de mim.

Tudo dentro de mim gritava.

— Assim como? — perguntei ofegante, apertando as pernas em torno dele. Não ia desistir agora que estávamos tão perto.

Ele fechou os olhos.

— Não depois de ter sido quase estuprada por Sawyer Diamond. — Jude recuou.

A pele não estava mais em contato com a minha, e um arrepio frio percorreu meu corpo.

— Jude, está tudo bem — falei. Eu me apoiei sobre os cotovelos, tentando não deixar o momento passar.

Jude apoiou os pés no chão e abaixou o tronco.

— Mas para mim não está.

— Por quê?

Ele passou as mãos no rosto.

— Porque isso é muito errado agora.

Essa doeu.

— Não senti nada de errado — respondi, tentando não pensar que devia ser a única mulher com quem o lendário Jude Ryder não ia até o fim.

Ele pegou a camisola no chão e me deu, mantendo os olhos baixos.

— Aí é que está. Eu também não senti nada errado — disse.

Senti vontade de jogar a camisola do outro lado do quarto para demonstrar como me sentia, mas, em vez disso, eu a vesti.

— E foi assim que eu soube que era errado.

— Dá para deixar os enigmas para amanhã de manhã? Não tenho muita capacidade de compreensão nesse momento.

— Não estou me explicando bem. Minha ideia de certo e errado é bem confusa, Luce, tanto que meu errado é o certo de todo o mundo. E meu certo é errado para os outros.

Queria abraçá-lo e acalmar o tumulto dentro dele, mas me sentia rejeitada demais para isso.

— Está dizendo que nós dois sentimos que o que estávamos fazendo era certo, e por isso deve ser errado? — Era a própria definição de confuso.

Ele concordou.

— Preciso recalibrar certo e errado, Luce, e enquanto não conseguir entender essa merda toda, tenho que ser cuidadoso com você.

Caí deitada na cama e cobri a cabeça com um travesseiro.

— Cuidado não era o que eu estava planejando para hoje — choraminguei com a voz abafada.

— Eu sei. — Ele afagou minha perna. — Mas é a coisa certa.

Levantei o travesseiro e uma sobrancelha.

— O seu certo ou o certo de todo o mundo? — perguntei com um sorriso inocente.

O sarcasmo não o atingiu.

— Não sei — ele disse —, e preciso descobrir antes de irmos até o fim... — Jude olhou para a cama — nisso.

— Bom — respondi, sentando na cama e chegando mais perto dele — resolve essa merda logo, Ryder. — Beijei sua boca e recuei quando comecei a ferver por dentro.

— Sim, senhora. — Ele sorriu e afagou meu rosto com o polegar. — Só quero sentir que é certo, entende? Quero que seja perfeito.

Seria ótimo se vivêssemos em um mundo perfeito.

— Se vai esperar tudo ser certo e perfeito, vou te poupar do suspense e avisar que não vai acontecer nunca. — Segurei a mão dele. — Mas, se puder olhar para mim e dizer que quer ficar comigo, e eu puder olhar para você e dizer que quero ficar com você, vamos nessa, gato. Porque essa é toda perfeição que a gente vai ter.

Ele assentiu e afagou minha mão.

— Você é muito sensata, Luce — disse, beijando minha testa ao se levantar. — A gente se vê de manhã.

Agora isso estava ficando absurdo.

— Claro que sim — respondi segurando a mão dele. Depois bati no espaço ao meu lado e afastei as cobertas.

Jude estudou a cama como se fosse uma equação.

Tentei imaginar que equação ele resolvia mentalmente.

— Certo ou errado?

Um lado de seu rosto se ergueu.

— Não sei — ele confessou.

— Mas eu sei. — Puxei a mão dele.

Jude hesitou por mais um segundo e, pressionado por mim ou decidindo por conta própria, deitou-se ao meu lado e me abraçou, me apertando tanto que eu não conseguia respirar direito.

Eu não dormia tão bem há quase cinco anos.

VINTE E DOIS

Era cedo. O sol ainda estava pensando em nascer. Normalmente, eu dormia três horas a mais em uma manhã de domingo, mas hoje eu não queria dormir. E nem conseguiria.

Acordei com o peito apertado, como acontecia há quatro anos nesse dia, aquela sensação que me deixava sem saber se eu ia vomitar ou desmaiar. A sensação de que o dia estava acontecendo de novo, mas senti o braço de Jude me apertar um pouco mais no sono, e tudo pareceu mais fácil de enfrentar.

Ele havia ficado. Tinha passado a noite comigo. E não me soltou nenhuma vez.

Jude gemeu alguma coisa indecifrável enquanto dormia, depois colou o rosto no meu pescoço.

A touca continuava em sua cabeça. Sem camisa e dormindo, mas com a touca velha na cabeça. Isso não podia fazer bem. O couro cabeludo precisava respirar de vez em quando, num intervalo de alguns anos, pelo menos. Sem saber por que tinha a sensação de estar fazendo algo que não devia, empurrei a touca por sua testa e a tirei.

O cabelo dele era tão claro e tão fino, que era quase como se Jude fosse careca. Notei as cicatrizes e as saliências que iam do topo da cabeça até a nuca. Cicatrizes de queimadura. Deslizei os dedos por cima delas querendo poder apagá-las da pele e apagar as lembranças do que as tinha causado.

Descendo os dedos até a nuca, vi o labirinto de cicatrizes que se espalhava pelas costas. Eram linhas quase brancas e salientes, algumas pequenas, a maioria grande, como se ele tivesse sido rasgado de cem maneiras diferentes e costurado por alguém que não sabia usar uma agulha e linha corretamente. Cadáveres não deviam ter menos cicatrizes.

Senti enjoo, um enjoo ainda mais forte do que havia sentido ao acordar hoje, enquanto meus dedos traçavam uma linha sobre cada cicatriz, sem conseguir ou querer imaginar o que tinha acontecido com o homem que estava dormindo em minha cama.

De repente ele acordou sobressaltado. Os olhos permaneceram tranquilos por um segundo, até ele notar a expressão em meu rosto e o que eu tinha na mão. Agarrando meu pulso, ele o empurrou para longe e levantou da cama recuperando a touca cinza.

— O que está fazendo? — gritou, cobrindo a cabeça com a touca novamente. Estava furioso e magoado.

— O que aconteceu? — cochichei sentada na cama.

Jude correu para o outro lado do quarto, pegou a camiseta de mangas compridas e a vestiu sem responder.

— Aqueles garotos te machucaram também — deduzi, lamentando que fosse tão fácil chegar a essas conclusões. — Eles queimaram você.

Jude uniu as mãos atrás da cabeça.

— Não foram os mesmos, mas eram parecidos — explicou com voz tensa. — Foi quando me mudei para o abrigo. Há uns cinco anos.

— Por quê? — Eu me inclinei para a frente e tentei segurar a mão dele, quando voltou para a cama.

Ele se esquivou.

— Foi um presente de boas-vindas.

— Meu Deus — murmurei, pensando se a devastação do passado de Jude algum dia ficaria para trás. — E as cicatrizes?

Os olhos de Jude encontraram os meus. Estavam negros.

— Melhor não saber.

Ele estava certo, mas também estava errado.

— Mas eu quero saber — sussurrei.

— Não quero contar. — O peito se movia com a respiração pesada.

— Tudo bem. — Aceitei que Jude tinha tantas cicatrizes internas quanto as que marcavam a sua pele. — Sinto muito, Jude.

— Não quero sua piedade. E não quero lembrar minha infância inteira enquanto você faz aquela besteira de psicanálise de menina. Eu sou um câncer, Luce. Avisei desde o começo. Você não precisa saber dos detalhes sórdidos para aceitar esse fato.

— Sim, preciso — insisti, contrariando o instinto que gritava para eu abraçá-lo. — Sem os detalhes não existe cura. Deixa eu te ajudar. — Tentei tocá-lo de novo.

— Droga, Luce. — Jude começou a andar pelo quarto. — Não sou um dos seus projetos do abrigo. Não sou um cachorro que você pode salvar da eutanásia. Não preciso ser salvo, e com certeza não quero ser salvo. — Ele parou e olhou para mim. — Para de se esforçar tanto.

Eu sabia que esse era o ponto em que eu devia desistir, mas não conseguia.

— Não — falei com firmeza.

— Não quero ser salvo.

Mordi a língua para segurar as lágrimas.

— Quer sim.

Os olhos dele se incendiaram.

— Não... — a voz dele tremia. — Não quero.

Jude recuou para se afastar mais de mim e bateu na cômoda, derrubando uma caixa que eu havia tirado do sótão no dia anterior.

Ela caiu no chão, e o conteúdo se espalhou pelo carpete. Pulei da cama e comecei a recolher tudo antes que ele virasse.

Jude abaixou para me ajudar. Ele notou alguma coisa em minha mão e levantou, olhando para a fotografia como se visse um fantasma.

— Como conhece esse cara?

Respirei fundo.

— Era meu irmão.

— John Larson era seu irmão? — Jude nem piscava.

Agora eu estava chorando. Essa manhã era mais do que podia suportar a mulher de aço, não dava para segurar as lágrimas. Olhei para a foto entre os dedos de Jude. Meu irmão no time de futebol do último ano do colégio. Sete meses antes de ser assassinado. Cinco anos atrás.

— Sim — confirmei limpando o rosto.

A foto caiu da mão dele e seu rosto ficou pálido.

— O nome do seu pai é Wyatt?

Assenti e peguei a fotografia do chão.

Jude virou e deu um soco na parede. O gesso se rompeu, e uma nuvem branca invadiu o quarto.

— Por que escondeu isso de mim? — ele gritou, e o corpo todo tremia.

Estava tão confusa, tão perturbada, que não sabia qual sentimento era mais forte.

— Eu contei que meu irmão morreu. — Deixei a foto de John no meu colo. — Desculpa se não dei os detalhes macabros.

Jude se aproximou da janela e olhou para fora, e os ombros subiam e desciam cada vez que respirava.

— Nessa situação os detalhes teriam sido importantes — ele disse com a voz trêmula.

— Do que está falando, Jude? — murmurei.

Tudo estava desmoronando, desmanchando-se à minha volta, e eu não sabia o que tinha puxado o fio.

— Meu nome completo é Jude Ryder Jamieson. — Ele virou de frente para mim.

O nome me atingiu como um trem.

— Meu pai foi preso por ter matado um jovem. — Ele se agarrou ao parapeito da janela.

Balancei a cabeça.

— Para — falei sufocando. Tudo girava sem controle, e eu queria sair desse carrossel.

— O nome do meu pai é Henry Jamieson. — Jude fez uma pausa e olhou para a janela como se fosse pular ou arrebentá-la com um soco. — Meu pai matou seu irmão.

A foto caiu no carpete virada para baixo. Eu repetia para mim mesma que não era verdade, não era possível. Eu não havia me apaixonado pelo filho do homem que havia assassinado meu irmão. Deus não era tão cruel.

— Seu pai — comecei, sem saber se conseguiria falar tudo — acabou com a minha família.

Jude deu um soco no parapeito.

— E a culpa por toda essa sequência de eventos foi do seu pai, ele começou tudo! — ele gritou. — Depois de passar anos trabalhando em uma das empresas do seu pai, meu pai foi escolhido aleatoriamente para fazer um exame de detecção de drogas, foi reprovado, e o grande sr. Wyatt Larson tinha a palavra final. E mandou meu pai embora.

— Jude, o exame detectou cocaína e metanfetamina no sangue. Ele quase matou um colega no local de trabalho. — Lembrei de cada palavra dita, cada cena descrita no julgamento. Meus pais estavam tão devastados com a perda que nem pensaram que não seria legal deixar a filha de treze anos assistir ao julgamento, mas eu não quis ficar em casa. Esconder-me embaixo de um cobertor enquanto o assassino do meu irmão era julgado não parecia ser certo. Estive com ele até na morte.

— Porque minha mãe tinha acabado de ir embora! — ele gritou, e vi os tendões salientes em seu pescoço. — Ele passava por um período difícil, mas ia superar, e como recompensa por uma década de serviços, seu pai o demitiu. O banco retomou nossa casa dois meses depois, e ficamos na rua. Ele me deixou no abrigo no mesmo dia em que atirou no seu irmão.

Eu queria fugir dali, mas não podia. Ainda queria acordar desse pesadelo.

— Ele matou meu irmão — repetia, e as palavras eram amargas.

— Era para ser seu pai! — Jude explodiu. Os ombros caíram, a cabeça pendeu para a frente. — Era para ser seu pai — ele murmurou.

— Não. — Meu lábio tremia. — Era para ter sido eu.

Jude paralisou.

— Como assim?

Eu me arrastei pelo chão até a parede, porque precisava de apoio.

— Minha mãe havia pedido para eu levar o almoço do meu pai naquele domingo. Ele estava trabalhando sem parar para concluir um projeto dentro do prazo, mas eu não quis ir. Meu pai trabalhava perto de casa, eu podia ter ido de bicicleta. — Fechei os olhos revendo todas as cenas. — John se ofereceu para ir, e essa foi a última vez que vi meu irmão vivo. Quando ele apareceu no canteiro de obras, seu pai meteu três balas nele. Devia ter sido eu lá dentro, na cadeira giratória do escritório móvel do meu pai, quando Henry Jamieson, tão chapado de "meta" que nem conseguiu identificar quem estava naquela cadeira, atirou e matou meu irmão. — Tudo dentro de mim esvaziou. — Era para ter sido eu.

O silêncio era tão alto que eu queria cobrir as orelhas.

Finalmente, Jude passou por mim e parou antes de sair.

— Eu podia ter vivido sem essa merda toda.

Jude saiu e bateu a porta. Seus passos ecoaram na escada, pela porta e para fora da minha vida, dessa vez para sempre.

Finalmente chorei o que não havia chorado em cinco anos.

VINTE E TRÊS

Fiquei na frente do espelho estudando a garota que ele refletia. Parecia comigo, mas não era a mesma menina que eu lembrava. Alguma coisa havia se partido nas horas seguintes à partida de Jude, e devia ter sido crucial a quem eu era antes.

Eu me sentia vazia, incapaz de manifestar qualquer tipo de emoção, e me sentia perdida, como se tudo pelo que eu havia me esforçado e que realizara tivesse me levado a um beco sem saída. Pela primeira vez na vida, pensei se o mundo que eu tentava salvar merecia ser salvo.

— Lucy *in the sky*? — Ouvi as batidas suaves na porta. — Está pronta?

A resposta era não, mas não foi o que eu falei, porque eu nunca dizia não para nada que tivesse a ver com meu irmão. Não me recusei a falar no funeral, e não me recusava a falar todos os anos no aniversário da morte dele, quando meu pai e eu íamos visitar a sepultura. Era o único jeito de demonstrar que o amava e pensava nele todos os dias.

Olhei pela última vez para a menina no espelho antes de sair dali. Aquela garota não era mais eu.

— Oi, pai — cumprimentei ao abrir a porta. Como nos quatro anos anteriores, meu pai vestia o terno preto e até havia conseguido dar o nó na gravata corretamente. — Só nós dois de novo? — Olhei para o corredor. Minha mãe nunca ia com a gente ao túmulo do John e, até onde eu sabia, nunca mais havia voltado lá depois do sepultamento.

— Sua mãe lida com isso do jeito dela. — Meu pai limpou as mãos no paletó. — Nós lidamos do nosso jeito.

Na maior parte do tempo, eu queria ser capaz de lidar com isso do jeito da minha mãe.

— Vamos, está ficando tarde. — Ele se dirigiu à escada. Peguei minha bolsa e fui atrás dele. — Você dirige — ele avisou desnecessariamente ao trancar a porta de casa. A última vez que esteve atrás do volante de um carro foi no dia em que John morreu.

O cemitério ficava a uma hora do chalé, mas, quando se está sentada ao lado do pai totalmente silencioso, a impressão é de que o trajeto dura um dia inteiro, sem nenhuma parada. Eu ia até lá uma vez por ano porque era a coisa certa a fazer, mas era só isso. Além disso, nada do que eu amava em John estava enterrado embaixo daquela lápide.

Meu pai continuava em silêncio, perdido nos pensamentos de um homem que havia deixado de viver, e eu olhava para a frente e tentava não pensar, porque meus pensamentos só me levavam por uma estrada.

O cemitério estava vazio. Parei o carro e olhei para meu pai.

— Pai. — Toquei seu ombro. — Vamos?

O corpo estremeceu, e os olhos clarearam como se ele voltasse à vida.

— Vamos.

Saí do carro e parei na frente dele para esperar.

E esperei.

Era um treino de paciência que eu havia começado cinco anos atrás. E que havia aperfeiçoado.

Meu pai estava parado ao lado da porta do carro, lutando contra seus demônios em silêncio. Eu tinha que fazer um grande esforço para ir visitar o túmulo de John, mas a tortura a que meu pai se submetia era do tipo a que livros inteiros de doença mental eram dedicados.

Eu nunca contava, mas acho que a média era quinze minutos de espera. Dessa vez, ele girou os ombros para trás e ajeitou o paletó depois de cinco minutos, apenas. Então se aproximou de mim.

— Vamos lá dar um oi — disse, ajeitando a gravata pela quinquagésima vez.

O túmulo de John não ficava muito longe dali, e uns cinquenta passos depois, nós nos ajoelhamos ao lado dele. Meu pai parecia estar à beira de um desmaio, mas eu sabia que ele aguentaria firme. Sempre aguentou.

Nunca dizíamos nada, mas sempre senti que John ouvia o que eu queria falar. Os pássaros cantavam, o sol brilhava, eu trouxe à memória minhas lembranças preferidas de John e tentei apagar de vez as de Jude. A vida ia se tornando lentamente uma enorme bagunça, e eu não sabia se era porque, de algum jeito, eu tinha sido amaldiçoada ou se a vida desandava naturalmente. Durante todo esse tempo, eu havia acreditado na história de que uma pessoa pode fazer a diferença sozinha, mas acabei descobrindo que, no fim, o mundo é uma porcaria.

— Não quer me contar o que está acontecendo? — Meu pai fez a pergunta em voz baixa, tocando de leve minha perna.

Eu me assustei, não sei se mais com o contato físico ou com o fim do silêncio.

— Está tudo bem. — Por que era tão difícil manter a voz normal?

— Lucy, nunca ouvi você dizer que está tudo bem. Ou as coisas estão ótimas, ou maravilhosas, ou horríveis, ou você está exausta, ou furiosa, ou qualquer outra coisa, menos bem. — Ele olhava para o horizonte. — Você é uma pessoa intensa. Herdou essa característica de mim. — Um sorriso se esboçou em seu rosto. — Ou da pessoa que eu fui um dia. — Meu pai fez uma pausa, respirou fundo algumas vezes, depois me encarou. — O que está acontecendo?

— Como percebeu? — De todas as pessoas no planeta, meu pai era a última que eu esperava que percebesse alguma coisa apodrecendo por baixo da superfície.

— Quando você não se permite mais sentir suas emoções como aconteceu comigo, sobra espaço para as emoções dos outros. Esse é um dos muitos pontos negativos de se tornar alguém fechado e silencioso.

Era a primeira conversa significativa que eu tinha com meu pai em cinco anos, e o dia e o lugar em que ela acontecia me davam a sensação de que tinha a mão de John nisso.

— É o Jude. — Toquei a grama ao lado da sepultura.

— Pensei que não tivesse mais nada com ele. — Meu pai pigarreou. Ele estava realmente tendo uma conversa preocupada com a filha adolescente.

— Não tinha, mas a gente se encontrou por acaso ontem à noite. — Meu pai podia estar demonstrando uma pequena dose de força, mas eu tinha medo de contar o motivo do meu encontro com Jude e provocar mais cinco anos de ausência. — Esclarecemos as coisas e depois, hoje de manhã, descobrimos que há algo entre nós que nunca vamos poder resolver. — Sabia que essa informação também podia mandar meu pai para o fundo do poço, mas ele estava ali ao meu lado e parecia ser o farol de força que eu lembrava da minha infância. Um homem que nada poderia derrubar.

Ele assentiu.

— E que coisa é essa?

Soprei o ar, e as letras na sepultura de John ficaram turvas.

— O sobrenome de Jude é Jamieson. — Estava falando, mas ainda não conseguia acreditar. Não queria acreditar.

Meu pai suspirou.

— Eu sei.

Olhei para ele de supetão.

— Quê?

— Eu sei, meu bem. Já faz algum tempo.

Meu pai estava entrando em surto. Mais um momento de ruptura com a realidade, e dessa vez um dos sintomas era mentir.

— Está dizendo que sabia que Jude é filho de Henry Jamieson? — Eu precisava ser bem clara.

— Sabia. Achei que o nome dele era familiar, mas como ele não usava mais o Jamieson, levei um tempo para juntar as peças do quebra-cabeça. Entendi tudo há alguns meses, quando estava mexendo em uma caixa com coisas do John e encontrei o artigo de jornal que dava detalhes do assassinato. A matéria mencionava que Henry Jamieson tinha um filho pequeno chamado Jude. Foi quando eu soube que o Jude do Henry e o seu Jude eram a mesma pessoa.

Eu não sabia quanto ainda podia descer nessa queda no buraco do coelho.

— Por que não me falou nada?

Ele inclinou o corpo para a frente.

— Eu devia ter falado, Lucy, mas não sabia como. Queria protegê-la, e não queria vê-la sofrer. Não dava para ter as duas coisas, por isso escolhi te proteger da dor. Você já sofreu o suficiente para cinco encarnações. — Uma pausa. — Talvez não tenha tomado a decisão certa quando escondi isso de você. Mas não havia uma decisão certa, e você parecia estar se entendendo com o Sawyer. Sabia que um dia, se voltasse com ele, você acabaria descobrindo tudo.

— Nós descobrimos. — Mordi o lábio.

Meu pai bateu de leve na minha perna.

— E preferia não ter descoberto?

Confirmei com um movimento de cabeça.

— Porque gosta dele e queria estar com ele?

Repeti o movimento e me concentrei em não desmoronar. O dia de hoje estava exigindo demais de mim, e eu me preparava para desabar a qualquer momento.

— Devia ter me contado.

— Talvez, mas não contei. Jude não devia ser julgado por ser filho de quem é. — Ele segurou minha mão. — O que Henry Jamieson fez é imperdoável, mas não significa que Jude não mereça ser feliz. Perdemos nosso John, mas ele perdeu o pai. — A voz tremeu, mas ele a controlou. — Todos perderam alguma coisa naquele dia, e fico feliz por ver uma semente germinar das cinzas.

Uma semente que nunca teve a chance de criar raízes.

— Ele diz que a culpa é sua.

— E você culpa o pai dele. — Seus olhos se moveram de mim para a lápide de John.

— Porque ele matou o John — respondi. — Tenho todo o direito de culpá-lo. — Culpa era o mínimo por ter assassinado meu irmão.

— Não importa quem é ou deixa de ser culpado nessa história entre você e Jude, meu amor. O que importa é o que vocês dois querem. Os dois estão procurando uma saída fácil, porque estão com medo do que sentem. — Ele olhou nos meus olhos com emoção, como uma presença verdadeira que eu pensava ter perdido há muito. — Gostar de alguém assusta, porque vocês dois sabem como é perder alguém de uma hora para outra. Mas não pode deixar o medo determinar sua vida, ou vai acabar como eu. Viva o presente. Quando encontrar alguém com quem queira ficar para sempre, não deixe essa pessoa ir embora, independentemente de o para sempre ser um dia, um ano ou cinquenta anos. — Ele apoiou a outra mão no túmulo de John. — Não deixa o medo de perder impedi-la de amar.

Wyatt Larson, que era capaz de falar com qualquer pessoa sobre qualquer coisa, o homem que havia comandado a maior construtora do estado antes de seu mundo acabar, me dava uma aula sobre viver o presente e não deixar o passado me fazer ter medo do futuro. Eu sabia que ele não era hipócrita. Meu pai realmente acreditava nisso. Apenas era incapaz de viver o que pregava nesse momento.

— Perdi o Jude, pai — confessei, me perguntando se cheguei a tê-lo.

Meu pai olhou para um ponto distante, e sua expressão ficou vazia.

— Sempre me surpreendo com a maneira como alguma coisa acaba nos encontrando quando temos certeza de que a perdemos para sempre.

Eu sorri. Era um sorriso triste, mas sorri. Meu pai tinha dito a mesma coisa várias vezes quando era pequena e perdia um brinquedo de que gostava muito. E era verdade. Quando aceitava que o sr. Teddy havia ido embora para sempre, ele aparecia nos lugares mais óbvios.

— Mesmo que a gente volte — continuei —, como vamos superar uma coisa como essa? Como vou ignorar que o pai dele é Henry Jamieson? E como ele vai ignorar que minha família é o motivo pelo qual ele perdeu o pai?

— Sou ingênuo o bastante para acreditar que o amor é capaz de tudo — meu pai respondeu.

Eu ri, mas foi uma risada esquisita, porque eu estava tentando não chorar.

— Você é ingênuo — concordei. As palavras e a voz dele eram firmes, mas a cabeça e os ombros ainda estavam caídos. Ele era a sombra do pai que um dia havia sido. Mas eu havia recuperado uma fração.

— O que aconteceu com você, pai?

Ele levantou a cabeça e estudou as nuvens. Procurando formas, respostas ou uma fuga, não sei, mas procurando alguma coisa.

— Quando um filho morre, um pai perde parte de si mesmo — disse. — O mundo todo deixa de existir, e a gente vira uma casca vazia da pessoa que foi um dia. Sua mãe lidou com isso do jeito dela, eu, do meu jeito, e você, do seu. — Ele tirou a mão do túmulo de John e ficou em pé. — Sua mãe odeia o mundo, eu o evito, e você tenta salvá-lo.

— Tento sem sucesso — respondi sem entrar em detalhes.

— Sei por que tenta salvar o mundo, meu bem. — Meu pai estendeu a mão para mim. — Está tentando amenizar a culpa por não ter estado no lugar de John naquele dia.

Olhei para as datas que marcavam o tempo de vida de John. Uma vida encerrada prematuramente porque fui mimada e fiz meu irmão levar o almoço do meu pai.

— Não salvei nada.

— Salvou você mesma, Lucy — ele falou com a testa franzida. — E me salvou. Naquele primeiro ano, a única coisa que me fazia sair da cama todas as manhãs era você.

Olhei para a mão estendida sem conseguir aceitá-la.

— Não salvei o John.

— Ah, meu amor, não dependia de você. Eu não salvei o John. Deus não o salvou. Por quanto tempo ainda vai deixar a culpa pelo passado prejudicar o presente?

Olhei para ele grisalho, enrugado e triste. Ele havia envelhecido trinta anos em cinco.

— Posso falar o mesmo de você.

— Eu sei — ele disse, e estendeu a mão de novo. — Mas você é mais forte que eu, Lucy *in the sky*. É mais forte do que pensa que é.

Aceitei a mão e a ajuda para ficar em pé.

— Você também é, pai — respondi, me aproximando para beijar sua testa. — Você também é.

VINTE E QUATRO

Os dois dias anteriores à formatura foram ocupados por cafés da manhã dos formandos, distribuição de becas e capelos, passeios de barco pelo lago e assinatura de anuários. Preferi não participar de nada disso. Apesar da conversa que tive com meu pai no cemitério, não conseguia acreditar no que ele disse. Os pais sempre incentivam as filhas e acreditam que elas são criaturas infalíveis. Eu sabia que meu pai acreditava no que disse, mas era porque, como pai, ele não conseguia me ver de um jeito imparcial.

Eu era sua bebê. Sua Lucy *in the sky*. Isso era tudo que ele via quando olhava para mim. Meu pai não conseguia enxergar a pessoa em que eu havia me transformado. Mas ele estava certo sobre uma coisa: eu não podia salvar o mundo. Isso não mudaria o que havia acontecido, não traria John de volta. Mas, ao aceitar esse fato, eu não sabia mais o que fazer. Minha vida parecia meio vazia e virada de pernas para o ar, e isso não combinava com sair e comemorar com pessoas que eu conhecia há menos de um ano e com as quais perderia contato em uma semana.

Estava silenciosa na cadeira que havia sido designada para mim, esperando para acabar logo com isso e deixar para trás esse ano. Os outros trezentos e poucos formandos estavam agitados, todos rindo e se abraçando e jurando amizade eterna, prometendo que nunca perderiam contato.

Eu achava tudo muito dramático, uma grande bobagem.

Mais alguns minutos passaram, e a maioria das cadeiras foi ocupada. Eu mordia o pingente do capelo. Quinze minutos já haviam passado, faltavam duas horas de blá-blá-blá, nosso futuro é brilhante, blá-blá-blá, você pode ser o que quiser. Blá-blá-blá.

Um dos últimos retardatários sentou-se algumas fileiras adiante da minha. Sawyer andava de um jeito estranho, como se alguma coisa não funcionasse bem ou como se a mão dele tivesse sido colada no pinto. Eu nem tentei segurar a gargalhada.

Alguns alunos olharam para mim, inclusive ele, mas assim que viu que era eu, Sawyer virou a cabeça como se tivesse levado um soco no queixo. Eu havia beijado aquela porcaria. Fiz mais que beijá-lo. Isso era o suficiente para uma garota desistir dos homens para sempre. Especialmente uma garota a caminho da faculdade, onde, ouvi dizer, os babacas do colégio passavam a ser cretinos de carteirinha, e os poucos que eram legais já estavam comprometidos quando o outono chegava. As perspectivas de relacionamentos eram nulas, por isso eu fingia que nem lembrava desse assunto. Melhor sozinha e meio feliz do que com alguém e completamente infeliz.

O diretor Rudolph surgiu de trás das cortinas cor de vinho e se dirigiu ao palanque. Isso seria doloroso. Eu me sentia mal por meus pais, que estavam na plateia sorrindo e acenando para mim cada vez que eu olhava na direção deles.

— Alunos, pais, docentes — ele começou com um tom de falsa solenidade que não combinava com ele —, este é um momento para celebrarmos o passado, o presente e o futuro.

Qual era o problema dos discursos de formatura? Existia alguma lei que obrigasse todos eles a serem essa coisa igual, velha e cansativa?

— Gostaria de aproveitar esse momento para... — o diretor Rudolph continuou, e eu e todos os alunos desligamos.

Alguma coisa se aproximando de mim chamou minha atenção. Uma coisa grande, vestida com beca e capelo, alguém que tinha um jeito de andar característico e reconhecível de longe. Pisquei duas vezes para confirmar o que estava vendo. Jude vinha em minha direção, bem no meio da cerimônia de formatura, sem prestar atenção aos murmúrios e olhares voltados para ele. Eu não via Jude desde a manhã de domingo, e tudo nele era diferente. Como se fosse um homem em paz. Um homem que havia desvendado todos os mistérios da vida. Um homem que, apesar de todas as palavras e revelações, ainda fazia meu coração pulsar forte.

— Oi, Luce — ele falou, parando bem na minha frente. — Desculpa falar disso aqui e agora, sei que odeia esse tipo de coisa, mas escrevi meu discurso de formatura.

Todo o mundo em volta dele cochichava, ou olhava para ele com cara de espanto ou de cara feia. A maioria esperava ver e ouvir o que acontecia entre os dois alunos mais falados de Southpointe High deste ano. Mas Lucy Larson sorria.

— Esse ano não foi como nenhum outro antes dele — Jude me falou. — Aprendi mais sobre mim, a vida e até o amor do que em todos os meus dezessete anos.

Todas as cabeças no auditório estavam voltadas para mim. Eu me ajeitei na cadeira. Não sabia onde Jude queria chegar com esse discurso revelador de formatura, mas sabia que ia passar vergonha, na melhor das hipóteses.

— Aprendi com uma pessoa que não sou o bosta que todos gostam de pensar que sou. O bosta que eu acreditava que era. — Jude podia estar falando em cima do palco, seria a mesma coisa. — Alguém me disse isso muitas, muitas vezes neste ano e eu acho que finalmente acredito nela. — Seus olhos brilhavam. — Porque não preciso acreditar que o futuro vai ser igual ao passado. E não preciso acreditar que uma tragédia pode determinar o futuro. — Ele parou e pigarreou. — Só eu posso construir meu futuro. Agora eu sei.

Mais uma pausa, e de repente tudo estava quieto.

— Também sei que, enquanto eu aprendia tudo isso, a pessoa que me ensinava deixou de acreditar em mim, e talvez até nela mesma e no mundo todo. — Ele fechou as mãos junto do corpo. — Posso ser preso um milhão de vezes, e nada seria pior do que o que fiz com ela. Ela me ensinou a amar. Ela me deu muitas chances de mostrar do que eu era capaz. E eu falhei todas as vezes. — Os olhos continuavam cravados em mim. — Eu amo você, Lucy Larson. E lamento ter tido que estragar tudo que a gente tinha para reconhecer esse amor. E para entender por que perdi você e nunca a terei de volta.

Fechei os olhos. Era demais. A confissão, a emoção por trás das palavras, todo o mundo olhando para mim, tudo que eu estava sentindo. Era demais.

— Você me salvou, Lucy, e eu não retribuí. Desculpa — Jude pediu em voz baixa. — Só queria que você soubesse.

Abri os olhos e o vi se afastando de mim. Recuando e sorrindo, o sorriso que ele reservava para ocasiões especiais. Sorri de volta.

No meio de tudo que era tão errado, alguma coisa certa se impunha. Alguma coisa se erguia das cinzas.

Jude levantou a mão, acenou e saiu do auditório, deixando o passado para trás para ir buscar aquele tal de futuro brilhante.

VINTE E CINCO

Antes de eu conseguir me bronzear, já estava fazendo as malas e me mudando para o outro lado do país. Passei as semanas curtas de verão dançando, me reaproximando de meus pais e dançando mais. O tipo de verão que podia ser considerado quase perfeito. Exceto por uma coisa.

Ou melhor, uma pessoa.

Jude saiu do abrigo na manhã seguinte à formatura, e ninguém nunca mais ouviu falar dele. É claro que havia boatos, mas depois de ter sido vítima deles, jurei que nunca mais acreditaria nessas fofocas. Algumas pessoas diziam que ele estava em treinamento de verão para fazer parte de um dos melhores times de futebol do país. Outros contavam que ele havia fugido do país depois de assaltar um banco no sul e matar um dos caixas. E havia ainda quem dissesse que Jude tinha tido uma total e irreversível ruptura com a realidade e se jogado da Highman's Bridge.

Eu preferia acreditar que, onde quer que estivesse, ele estava feliz e em paz com ele mesmo e com o passado.

Era o que eu queria para mim desde a formatura, e estava progredindo nesse sentido. Não dava para dizer que estava feliz, mas tendia mais para o lado da felicidade do que da infelicidade, e isso era uma vitória. Meu passado ainda estava lá, todas as manhãs e todas as noites, pronto para me atormentar se eu deixasse, mas na maioria dos dias eu não deixava. Lembrava de John pelas coisas que mereciam ser lembradas, não pelo jeito como ele morreu.

E quanto a salvar o mundo, eu ainda não havia deixado para trás meu lado altruísta. Na orientação da faculdade, me inscrevi para ser professora de balé em uma escola onde filhos de família de baixa renda não tinham dinheiro para pagar pelas aulas. Uma aluna até criou um fundo para comprar sapatilhas e meias para as crianças. Então eu dançava, ensinava e aprendia.

Mas ainda faltava alguma coisa. Eu tinha que lutar para vencer a depressão todos os dias. Na maior parte deles, vencia essa batalha me envolvendo em discussões na sala de aula, sorrindo para os novos amigos nos momentos certos, mas em outros dias a dor era muito profunda. Era uma vida boa, e eu me sentia culpada por pensar nisso, mas sabia que podia ser melhor.

— Lucy, vai pôr esse brinco ou vai passar a noite toda com ele na mão? — India, minha colega de quarto, perguntou ao se olhar no espelho pela última vez.

— Para onde vai me levar mesmo? — perguntei enquanto enfiava a argola na orelha.

Ela revirou os olhos e jogou a bolsa em mim.

— Para uma festa em Syracuse. Homens, bebida e música. Vai ser divertido. — India era a rainha da diversão, na verdade. A família dela havia patenteado uns vinte jogos de tabuleiro, portanto diversão era seu segundo nome. Como se não bastasse, ela tinha um espírito de aventura inato, era capaz de transformar uma prova surpresa no começo da manhã em um momento divertido, além disso era convidada para todas as festas da região.

— E por que precisa de mim?

Mais um bônus de ser uma rica embaixadora da diversão? Nunca ter que se preocupar com ir sozinha a lugar algum, a menos que quisesse.

— Porque você trabalha muito e se diverte pouco, e essa ética puritana está prejudicando a atmosfera zen do nosso quarto.

Peguei a jaqueta e saí atrás dela.

— Desculpa se confundi a faculdade com alguma coisa tão horrível quanto trabalhar duro — falei, batendo com o ombro no dela quando andávamos pelo corredor. — Como posso recuperar o sagrado clima zen do nosso quarto?

Ela fez uma careta para mim.

— Pode ficar bêbada. Pode dançar em cima da mesa. E pode transar com o cara mais lindo e mais legal que encontrar.

— Ah — eu disse, balançando a mão no ar —, se é só isso...

— Às vezes, juro que o criador esqueceu de instalar em você o botão da diversão. — India apertou o chaveiro, e as luzes do carro dela piscaram. Mais um benefício de crescer em uma família de milionários empreendedores? Você pode dirigir o que quiser.

— E alguém se esqueceu de instalar um filtro em você — respondi enquanto abria a porta do passageiro e entrava no carro.

India saiu da garagem e gemeu desanimada.

— Minha amiga, você está precisando realmente beber, dançar em cima da mesa e transar nesta noite.

Apoiei a cabeça no encosto e disse:

— Bom, vai mais depressa.

Era como reafirmar o óbvio, porque India fazia tudo depressa, principalmente dirigir, e ela não me desapontou dessa vez.

— E aí, quem é o cara? — perguntei olhando para ela. Conhecia India há poucas semanas, mas não demorei muito para perceber que sempre havia um cara envolvido quando íamos a algum lugar. India tinha certeza de que os homens eram o tempero da vida. Com base nos que tinha visto com ela, ela gostava da vida bem temperada.

India deu de ombros e olhou pela janela, como se quisesse muito dizer alguma coisa.

— Você vai ver — ela respondeu.

A atitude misteriosa era muito irritante.

— Se vai dirigir para ir encontrar o cara, ele deve ser o máximo. Talvez o melhor que a porção feminina da humanidade já viu.

Ela fez uma careta como se dissesse "talvez".

— Mas por ser quem é, você não estende o tapete da India para um rostinho bonito. Ele tem que ser inteligente, espirituoso e rico como um xeique.

Ela levantou um dedo.

— Riqueza não é requisito — disse, como se meu comentário fosse ofensivo. — Riqueza pode ser construída. Inteligência e personalidade não podem.

— Tudo bem, Freud. — Finalmente entramos em Syracuse. — E eu pensando que você queria se formar em música.

India parou o carro e desligou o motor na frente do que parecia ser um dormitório.

— Sai do carro — ela disse abrindo a porta. — Antes que acabe com o clima zen dentro dele também.

Saí e esperei India contornar o carro.

— Que lugar é esse? — perguntei. Estudantes entravam no prédio, e havia luzes piscando nas janelas do primeiro andar.

— É uma espécie de reunião de repúblicas, coisa de começo de ano — ela explicou, segurando meu braço e me puxando para o prédio.

— Você me trouxe para uma reunião de repúblicas? — Queria sair correndo. — Pensei que ninguém mais tivesse que aturar essas coisas depois de se formar no ensino médio.

— Na faculdade, essas festas são um pouco diferentes — ela explicou a caminho da entrada.

— Sério? Não vai ter nenhum moleque tarado tentando agarrar qualquer coisa que se mova?

Ela sorriu para mim como se estivesse envergonhada.

— E não vai ter música ruim que nem dá para dançar?

Mais um sorriso acanhado.

— Ai, India. Se eu quisesse ir para o inferno, teria pedido diretamente ao capeta.

— Por que minha companheira de quarto é tão difícil? — India abria caminho pelo prédio lotado. — Você vai gostar da festa — gritou, porque a música, além de ser chata e sem ritmo para dançar, era muito alta. — Confie em mim.

Entramos em um corredor onde, sim, um cara tarado como um cachorro no cio começou a se esfregar em mim antes que eu conseguisse empurrá-lo, e eu gritei:

— Não posso confiar em você enquanto não merecer minha confiança, Indie!

— Caramba, preciso de uma bebida. — Ela me puxou para o que parecia ser a mesa dos drinques. — Qualquer coisa! — berrou para o garoto que cuidava das bebidas. Ele fez um gesto com a mão como se atirasse com uma arma de fogo, depois preparou alguma coisa que parecia ser muito rosa e muito forte.

— Escolhe o veneno, gata — ele me disse depois de entregar a bebida de India.

— Tem alguma coisa aí que não vai me deixar vermelha depois do segundo gole? — Pouco provável, considerando o estado das pessoas por ali.

Mais um gesto como se atirasse, e ele abriu um *cooler* e pegou uma cerveja. A canção chata e sem ritmo parou de repente, bem no meio do refrão horroroso, e deu lugar a uma música mais conhecida e lenta.

— Ei, e aí, cara! — O garoto das bebidas gritou para alguém atrás de mim. — O que vai querer?

— Não sei mais se ainda posso ter o que eu quero — respondeu uma voz familiar enquanto Paul McCartney cantava.

O ar ficou preso em meus pulmões. Deixei a cerveja em cima da mesa e me virei devagar.

— Oi, Luce.

Era ele. De verdade. Sorrindo para mim com aqueles olhos de prata derretida.

— Jude? O que está fazendo aqui?

Não era meu melhor momento. Muitas perguntas haviam ocupado meus pensamentos durante o verão, mas essa não era uma delas.

Ele deu mais um passo em minha direção e seu sorriso ficou mais largo.

— Eu estudo aqui.

India se afastou sorrindo e levantando um polegar para mim.

— Em Syracuse? — Cheguei mais perto dele. Queria tocá-lo, confirmar que estava realmente ali.

— Sim. — Ele pôs as mãos nos bolsos da calça jeans. Jeans azul. Não tinha mais nada cinza em Jude. Nem a velha touca. Ele estava completamente diferente, mas ainda era o mesmo.

— Não fugiu do país para escapar da prisão perpétua?

Ele riu e transferiu o peso de um pé para o outro.

— Não. Faz um tempo que não cometo nenhum crime.

— Por que veio para cá, então? Não há dúzias de faculdades com times melhores para onde poderia ter ido?

— Talvez.

— Por que aqui, então? — Eu sabia que estava fazendo perguntas idiotas, mas não conseguia parar.

Jude massageou a nuca e olhou para o teto.

— Eu tinha esperança de que isso fosse óbvio.

Nada do que acontecia agora, nada que tinha a ver comigo e Jude era óbvio.

— Estou aqui por sua causa, Luce — ele confessou. — Merda, se Marymount Manhattan tivesse um time de futebol e me quisesse, eu estaria lá.

Abri a boca. Nada. Não sabia o que dizer.

— Aguenta aí — Jude pediu, e pela primeira vez ele parecia quase nervoso. — Passei algum tempo ensaiando, preciso falar tudo antes que você me esbofeteie e vá embora. Preparada? — Ele abriu os ombros e respirou fundo. — Oi, eu sou Jude Ryder Jamieson — começou estendendo a mão. Eu a apertei, e ele segurou minha mão quando tentei soltar a dele. — Minha mãe saiu de casa quando eu tinha treze anos. Meu pai cumpre prisão perpétua por ter matado um adolescente. Passei os últimos cinco anos em um abrigo para meninos sofrendo *bullying*, abuso e apanhando dos outros garotos, dos funcionários e até do cachorro. Vendi drogas. Usei drogas. Fui preso. Várias vezes. Transei com várias mulheres sem rosto. — Ele parou e respirou fundo outra vez. — E um dia conheci uma garota com um rosto que não consegui esquecer. Eu me apaixonei por ela. Magoei essa garota por ter me apaixonado por ela e tive medo de que ela me abandonasse, como todo o mundo havia feito. — Jude levantou a outra mão para envolver a minha. — Ainda amo essa menina.

— Jude — murmurei, sem saber o que dizer. Tínhamos muita história, uma história que era o pior tipo de base sobre a qual construir um relacionamento.

— Amo você, Luce — ele continuou. Era evidente que não ia parar até falar tudo que tinha para dizer. — E peço desculpas por ter estragado tudo que a gente tinha antes de eu ser capaz de admitir o que sinto. Antes de admitir para mim mesmo. Você não fez de mim uma pessoa melhor, porque ninguém tem essa capacidade. Você me fez querer ser uma pessoa melhor. Acreditou em mim e ficou ao meu lado. E se importou comigo quando ninguém mais ligava. Você me fez melhor, Luce. Tem razão, uma pessoa pode fazer a diferença. Uma pessoa pode mudar completamente o mundo de outra, e para melhor. Uma pessoa estragou meu mundo, meu pai, e uma pessoa salvou meu mundo, você. — Ele segurou meu rosto. — A mesma tragédia destruiu a minha família e a sua. A mesma tragédia nos trouxe até aqui hoje. Não deixe isso separar a gente.

— Jude — comecei, decidida a falar mais que uma palavra —, como vamos conseguir seguir em frente, se o passado vai estar sempre lá para lembrar o que perdemos?

O polegar afagava meu rosto.

— Eu sei que nunca vou amar alguém como amo você. É isso que vai superar o passado cada vez que ele tentar voltar. — Jude deu um passo em minha direção. — Ou somos você e eu, ou eu e eu, Luce. E não gosto de mim, por isso espero que escolha a opção você e eu.

Dei mais um passo na direção dele, e nossos corpos se tocaram.

— Eu também não gosto de você — respondi, e enlacei seu pescoço com os braços. — Eu amo você.

A cicatriz do pescoço desapareceu quando ele sorriu.

— Finalmente! — Jude abaixou a cabeça. — Porque não vou mais deixar você ir embora. Quero você para sempre, Luce.

Então ele me beijou, demonstrando a paciência de um homem que considerava o futuro, e com a urgência de um homem que vivia para o presente. Foi, sem dúvida, o melhor beijo da minha vida.

— Dança comigo — ele disse, me envolvendo com os braços e puxando para mais perto. Com a boca perto da minha orelha, começou a cantar o refrão.

— Pensei que odiasse essa música — comentei, movendo o corpo no ritmo e em sintonia com o dele.

— Odiava.

— E o que te fez mudar de ideia?

Ele sorriu.

— Você.

Jude me levantou e inclinou a cabeça para trás.

— Quando deixei Luce Larson entrar no meu coração, consegui pegar minha merda de música triste e fazer dela uma coisa melhor! — Ele cantava desafinado e em voz alta. Alguns alunos à nossa volta levantaram suas cervejas num brinde, outros acompanharam o coro de "na na na", e alguns olhavam para ele como se vissem um maluco.

Eu só ria. Já sabia que ele era maluco. E o amava por isso.

— Acho que o nome disso é liberdade criativa com a letra.

— Não quero saber o que é — ele respondeu —, porque depois de tudo que aconteceu na minha vida, vou poder ir para a cama com você todas as noites.

Olhei para o rosto pelo qual me apaixonei em uma dia quente de verão há um ano, e agora me apaixonava pelo homem atrás daquele rosto.

— Como alguém como você promete a eternidade a alguém aos dezoito anos?

— Fácil. — Ele beijou com suavidade o canto da minha boca. — É só encontrar uma garota como você.

Este livro foi composto em Fairfield LH e impresso pela RR Donnelley
para a Editora Planeta do Brasil em maio de 2017.